imaginist

想象另一种可能

理
想
国

imaginist

追击贫民窟毒枭

NEMESIS：ONE MAN AND
THE BATTLE FOR RIO

里约折叠

Misha
Glenny

［英］米沙·格兰尼——著
吴桑雨——译

海南出版社
·海口·

NEMESIS: ONE MAN AND THE BATTLE FOR RIO
by MISHA GLENNY

图字：30-2021-084
地图审图号：GS（2020）7991号

图书在版编目（CIP）数据

里约折叠：追击贫民窟毒枭 /（英）米沙·格兰尼(Misha Glenny) 著；吴桑雨译．-- 海口：海南出版社，2021.11

书名原文：NEMESIS:ONE MAN AND THE BATTLE FOR RIO

ISBN 978-7-5730-0288-4

Ⅰ．①里… Ⅱ．①米… ②吴… Ⅲ．①纪实文学－英国－现代 Ⅳ．① I561.55

中国版本图书馆 CIP 数据核字 (2021) 第 229482 号

里约折叠——追击贫民窟毒枭
LIYUE ZHEDIE——ZHUIJI PINMINKU DUXIAO

作　　者　[英]米沙·格兰尼
译　　者　吴桑雨
责任编辑　刘　逸　余传炫
特约编辑　许护仙
装帧设计　董茹嘉
内文制作　李丹华
海南出版社 出版发行
地　　址　海口市金盘开发区建设三横路2号
邮　　编　570216
电　　话　0898-66822134
印　　刷　山东韵杰文化科技有限公司
版　　次　2021年11月第1版
印　　次　2021年11月第1次印刷
开　　本　880 mm × 1230 mm　1/32
印　　张　11.5
字　　数　238千字
书　　号　ISBN 978-7-5730-0288-4
定　　价　59.00元

如发现印装质量问题，影响阅读，请与发行部门联系：010-64284815。

悼念

Sasha Glenny

1992—2014

巴西，一个美丽的国度，却有着这个世界上最糟糕的记录：我们是世界上暴力凶杀案案发率最高的国家——世上每10个死于暴力凶杀的人中，就有一个是巴西人。这意味着巴西每年有超过56,000人在暴力中丧生，其中大多数是死在枪口下的年轻黑人男性。巴西同时也是这个世界上毒品消耗量最大的国家之一，禁毒战争给这个国家带来了无尽的伤痛，在巴西街头死于凶杀的人中，超过50%的人的死亡原因与此相关。

伊洛娜·萨博·德卡瓦略（Ilona Szabó de Carvalho）
伊加拉佩智库（Igarapé Institute），TED演讲
2014年10月，里约热内卢

目 录

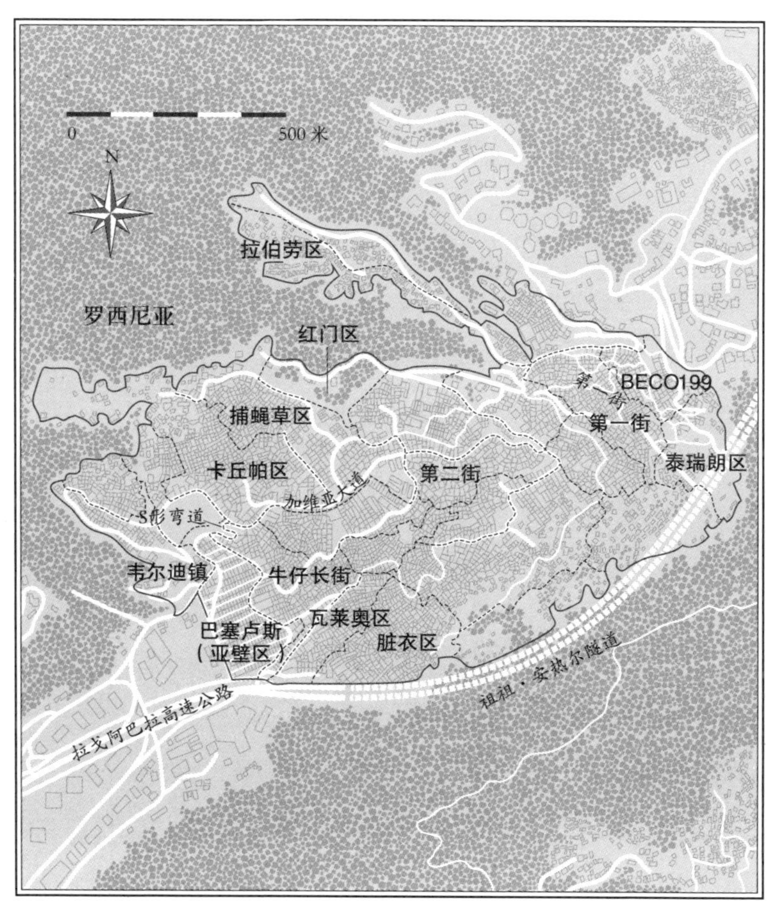

罗西尼亚

* 书中地图系原文插附地图

N
博塔福古
圣塞巴斯蒂昂
-十字军区
罗德里戈
-迪弗雷
塔斯湖
科帕卡瓦纳
城市公园
加维亚
莱伯伦
伊帕内马
时尚商城
罗西尼亚
祖祖·安热尔隧道
天空农场
圣康拉多
维德加尔
两兄弟峰
洲际酒店
南大西洋
0
3千米

南区

卡希亚斯公爵城
里约热内卢 /
加利昂国际机场
戈韦纳多岛
瓜纳巴拉湾
马雷区
阿莱芒区
里约-尼泰罗伊大桥
尼泰罗伊
里约热内卢
马拉卡南
蒂茹卡
罗德里戈
-迪弗雷
塔斯湖
科帕卡瓦纳
加维亚
罗西尼亚
伊帕内马
圣康拉多
莱伯伦
N
0
5 千米
南大西洋

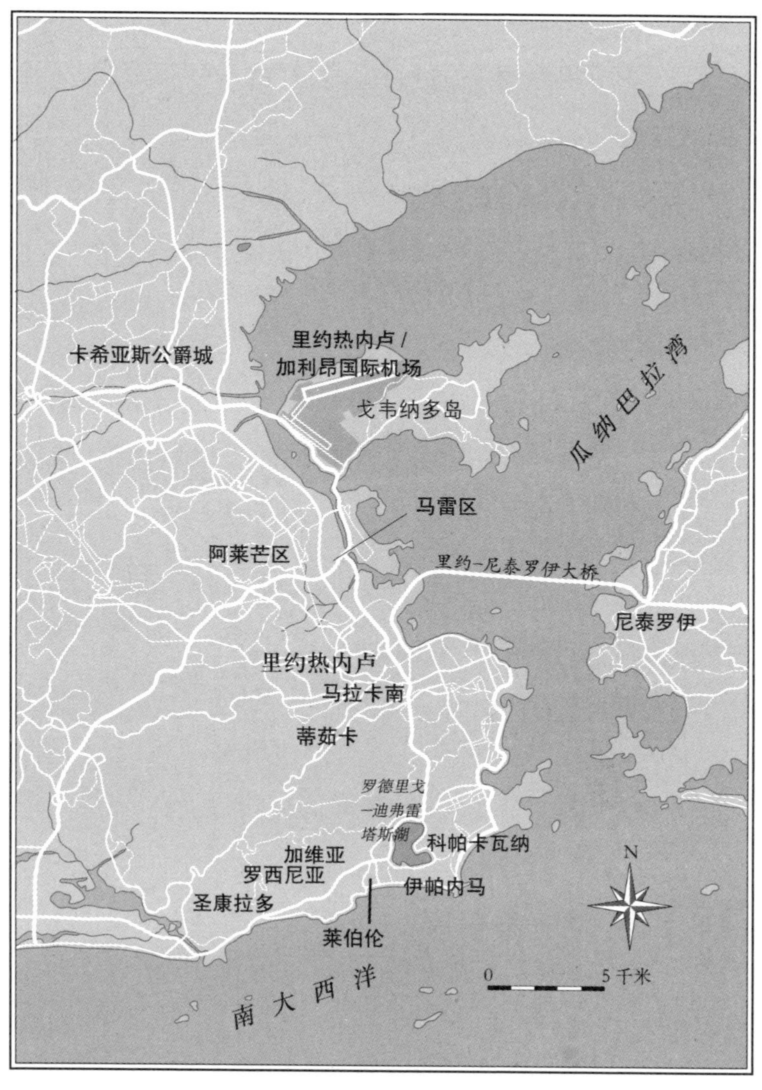

里约热内卢

北大西洋
苏里南
委内瑞拉
帕拉马里博
圭亚那
法属圭亚那
哥伦比亚
罗赖马州
阿马帕州
厄瓜多尔
亚马孙河
北里奥格兰德州
亚马孙州
帕拉州
马拉尼昂州
塞阿拉州
巴西
帕拉伊巴州
阿克里州
皮奥伊州
伯南布哥州
波多韦柳
托坎廷斯州
秘鲁
朗多尼亚州
巴伊亚州
马托格罗索州
阿拉戈斯州
巴西利亚
玻利维亚
塞尔希培州
戈亚斯州
米纳斯吉拉斯州
南马托格罗索州
圣埃斯皮里图州
大坎普
圣保罗州
太平洋
智利
巴拉圭
圣保罗
里约热内卢州
巴拉那州
桑托斯
里约热内卢
圣卡塔琳娜州
南里奥格兰德州
阿根廷
乌拉圭
南大西洋
N
0
1000 千米

巴西（1988 年以后）

前 言

第一次飞抵大坎普（Campo Grande）的感觉很古怪。作为南马托格罗索州(Mato Grosso do Sul)的首府,大坎普位于巴西、巴拉圭和玻利维亚三国交界处以东 400 千米左右，它同南边的潘塔纳尔（Pantanal）也隔了差不多这么远，那里是世界上最大的热带湿地。我对这个城市的第一印象，是它看起来一点也不巴西。

这座城市只有 100 余年的历史，布局是棋盘式的，宽阔的林荫大道和交叉的街道旁是茂密的树木。不少商店都安着落地玻璃窗，让人印象尤深。屠夫们在橱窗里陈列着几十头瘦牛的尸体，约翰迪尔（John Deere）商店炫耀似的摆着一排排崭新的拖拉机。这里给人的感觉既不像肉欲的里约热内卢，也不像勤恳的圣保罗，更像是 20 世纪 60 年代的得克萨斯乡村。

在城市鲜明的分界线上，宽敞的建筑物突然让位于朱红色的土壤，地面像是刚被颜料漆过一样。土壤的颜色与深绿色的植被对比强烈，让这块地方看起来就像一幅卡通画。

就在眼前的一切变得红绿相间时，我在一个没有标识的路口转弯，驶下环路。我避开了好几个放在土路上的油桶，终于到达铁丝网大门前。从现在的位置望去，高度戒严的联邦监狱基本上尽收眼底。我的目光当下就被监狱墙壁和哨塔那简约清晰的设计风格所吸引。建筑的外墙都被刷成了柔和的粉红色和鹅黄色。

第一道大门自动打开后，我还须越过最后一道障碍：坦克路障。巴西是个有着漫长越狱史的国家，大坎普监狱对此绝不会掉以轻心。作为巴西国内的四所特殊机构之一，这里是为那些最危险的罪犯准备的。大坎普不像任何著名的巴西城市，这座监狱也不像任何普通的巴西监狱。

首先，这座监狱里的狱警始终保持着友好和礼貌，其中一些甚至能说一口流利的英语——这在巴西可不常见。在工作职责允许的范围内，他们都尽己所能地为我提供了最大的帮助。

大多数监狱里常见的肮脏、拥挤和潜在暴力在这里都不见踪影，大坎普监狱透露出一种秩序和稳定感。囚犯们在这里肯定不好过，但这里也没有曝出侵犯人权的报道和无端施加暴力的投诉。在四所特殊监狱中，没有一个囚犯死于狱友的谋杀，也没有一个囚犯成功越狱过。而在巴西其余的监狱里，这些风险都是家常便饭。

这座监狱的管理如此高效，主要是因为这里的囚犯都臭名昭著。在过去，银行大盗和毒枭们都很乐意在入狱后继续远程操控生意。在州级和市级监狱，犯人们的标准做法是给那些薪水微薄的狱警塞钱，好让他们对送进监狱里的手机、毒品、游戏机和电视机睁一只眼闭一只眼，有时甚至连女人都能弄进来。

在大坎普，犯人们除了写信之外（信件当然受到狱方的严格审查），与外界进行沟通的唯一方式就是通过他们的律师或获准探监的亲人。就算对组织精良的犯罪集团来说，这都是个不小的挑战。

把随身物品锁进柜子之后，我又接受了一系列的安全检查和生物特征检测，除了手表、眼镜和一个法院允许携带的电子录音器以外，其他东西都留在外面。在随身物品被反复检查后，我终于在两个联邦警察（Federal Police）的引导下来到了一个3米 ×3.65米大小的长方形房间里。

我的左手边放着一张桌子，桌子上摆着一台电脑和一台录影机，右手边的墙壁上挂着一块背景板，上面写着“联邦监狱局”几个大字。当案件在里约热内卢、圣保罗、马瑙斯或是累西腓开庭时，犯人们就在这间房间里通过视频连线受审。

坐在对面的就是我这次前来访问的对象——安东尼奥·弗朗西斯科·邦芬·洛佩斯（Antônio Francisco Bonfim Lopes）。假如说在2011年11月被逮捕前，这个男人不是全巴西最想抓住的人，那他至少也是里约政府最想抓住的人。全国人民都知道他的绰号——内姆——而不是他的本名，或者用完整的葡萄牙语来说：“罗西尼亚的内姆”（Nem da Rocinha）。

我第一次听说内姆是在 2007 年，那时我参加了一个罗西尼亚旅游团。罗西尼亚是巴西乃至全南美洲规模最大的贫民窟。里约有近千个贫民聚居点，但罗西尼亚是独一无二的，因为它恰巧位于里约最富有的三个区中间。当我第一次访问罗西尼亚的时候，它已经是个热门旅游景点：你可以坐着人力车穿越主干道加维亚大道（Estrada da Gávea），然后停下来观赏那些挤在一起的五颜六色的小盒子——十万居民中的一部分就居住在其中。在快速参观完当地 NGO 在业余时间举办的儿童游戏班后，我掏钱买下了一幅天真烂漫的画作，为贫民窟绝望的经济状况尽一点绵薄之力。

一位向导告诉我，管理罗西尼亚的人叫内姆，他满怀敬意地向我表达，是内姆，这个当地毒品集团的首领“维护了罗西尼亚的和平”。

四年后，内姆再一次出现在我的视线里，他于午夜时分在距罗西尼亚几英里远的地方被逮捕。当时的情况相当戏剧化，我怀着好奇心深挖这条新闻，却意外地发现在内姆被捕前，他竟然和巴西记者做过好几次访谈。媒体总是把他描绘成一个冷酷的杀手，靠贩卖毒品夺走了无数年轻人的性命，但这些访谈却隐隐透露出一个截然不同的故事。内姆在访谈时的回答显然经过深思熟虑，可见他很清楚自己所扮演的角色在政治和社会意义上的重要性，他是罗西尼亚实际上的总统和总理，是这个中型城市里最具权势的商人。

在 2012 年，巴西正处冬季之时，我提笔写信给服刑中的内姆。介绍完自己的身份后，我希望他能够接受采访。八个月后，我来到了大坎普，现在内姆，这个巴西人民的“头号公敌”就坐在我对面。会面过程中狱方严禁任何身体接触，连握手也不行。在这种情况下，我们的初次见面略显拘谨。

内姆穿着一身蓝 T 恤和棉裤组成的狱服。当他在狱警的带领下起身走出房间时，我观察到他又高又瘦，身高大概有 1.9 米。他的脸庞特别窄，牙齿有点深覆合，皮肤是棕色的。他的头发剪短了，那两张在互联网上疯传的照片里的一头卷发现在没那么明显了。最引人注目的是他那对漆黑的眼睛，如此深邃，好像眼球上的虹膜和瞳孔都融为一体。显然，他外形上的魅力主要来自这双眼睛：它们能洞穿你的灵魂，却不会给你任何回应。

他总是用葡萄牙语中对男性的尊称来称呼我：先生（o senhor）。但我因为刚学了一点皮毛，还不了解这门语言中的微妙之处，我只是简单地叫他安东尼奥。

访谈过程中，我不小心把笔掉到了地上。弯腰捡笔时，我看到他的双腿被铐在钢桌上，而钢桌被焊在地板上。他没有要一杯咖啡或者水来喝，因为那样就得把双手举起来，露出手铐（在后面的几次访谈中，他被允许摘掉手铐）。这个男人显然觉得自己眼下的处境是一种羞辱。

然而，内姆非常乐意讨论自己的人生，无论是私人生活还是职业经历。鉴于当时他的案件还在候审，有些事他没法发表意见，它们都涉及正在进行的刑事诉讼。

过去两年间，我一共去监狱探访过他十次：最初的两次会面各自持续两个小时，剩下八次会面各自持续三个小时。在监狱里采访犯人已经很奇怪，这几次面谈更是如此。在这种反常的情况下——也许正是因为这个原因——我和安东尼奥建立了一种密切的关系。渐渐地，我们开始谈论更加深刻和私密的事，其中有一些他可能都没和自己的家人说起过。我们谈到毒品、暴力、领导力、信仰、家庭以及如何在一个充满恶意的世界中生存下去。

接下来我要讲的是内姆的故事。尽管他的自述是本书的核心，但我当然没有只参照他自己的说法。我还采访了他的家人、朋友、敌人、调查过他的警察、和他谈判过的政治家、报道过他的记者和代表他出庭的律师。我相信，这个故事在某种程度上能反映当代巴西的本质——不论是光明的一面还是黑暗的一面。它同样也可以告诉我们，这个国家的男人和女人们如何在最艰难的情况下生存下去，甚至欣欣向荣。他们又是如何像高空走钢索那样，穿过这条分割生与死的细线的。

序幕

逮捕(上)

2011年11月9日—10日

在里约大西洋雨林茂密的枝叶之下，一辆黑色丰田卡罗拉正缓缓地沿着蜿蜒的道路爬上山。这辆保养得当的高级汽车无疑是政府或企业用车，毕竟这在罗西尼亚可不常见。一辆快要报废的破车？这里有。像蝗虫一样成群的摩的？这里有。不顾物理学定律、在U形弯道猛地一摆屁股的公交车？这里也有。但是一辆底盘紧贴地面、轮胎超厚、气势十足、发着光的高级汽车？怎么看都不属于这里。一千只眼睛默默地打量着这位陌生来客，这在罗西尼亚是理所当然的事。

这辆车很快到达了加维亚大道的最高点，从山脚到山顶，这条路把整个罗西尼亚对半切开。从这里往下望去，人们可以看到贫民窟闪烁的灯光一路通向大西洋。当时是晚上，车上的三个男人一眼就能分辨出哪里是小山坡（the Hills），哪里是沥青区（the Asphalt）——前者是里约的贫民窟，后者是中产阶级住宅区。贫民窟的照明总是略逊一筹：那里的电缆密密麻麻地混在一起，有的合法，有的非法，同旁边沥青区齐整有序的电网相比，提供的电压要低得多。

越过小山坡的最高点后，这辆黑色的车继续驶过九九（Nine Nine）——这是公共汽车在贫民窟的终点站，正好位于道路急剧左转的位置。现在是 2011 年 11 月 9 日晚上 10 点 35 分左右。

三个西装革履的男人缓慢地行驶在夜色中，沉默而不安。司机看起来近 60 岁，比车上另外两人的年纪都大。坐在司机旁边的是个大块头的男人，正抓着电话拼命想要联系到某个人。但这都是徒劳，罗西尼亚山顶几乎没信号，他的通信服务供应商根本没有覆盖这个地区。第三个人的身板同样结实，身旁的座位上放着一个皮制旅行袋，和两个同伴一样，他的职业也是律师。

过了这个狭窄的弯道，他们又往前行驶了约 200 米，进入了一小块“无人区”，就是这里将罗西尼亚和里约最昂贵的地区——加维亚区（Gávea）的高雅别墅分隔开来。此时又出现一个 U 形弯道，只不过这一次是往右拐，眼前就是里约热内卢美国学校的正门。即使是在白天，也没几个人能看得出这里还有一个左转弯，转弯通向一条没有照明的长路。此刻正是夜间，树木和灌丛为这里增添了一丝阴暗。

当汽车逐渐靠近这条贫富分界线时，一个高大的男人从隐蔽的小路里走出来，挥舞着半自动步枪示意停车。他身穿作战小组（combat battalion）制服，这是军事警察（Military Police）

中负责群体管控的分队*。尽管冠有“军事”二字,但军警才是实际上负责里约民事治安的警察部队。

三个男人陆续从丰田车里钻出来，每个人都像刚打了肾上腺素。他们的肢体语言很紧张，同警官激烈地争论起来。警官要求搜查汽车后备箱，律师们则一脸焦虑地表示他不应该这么做。

此时，又有两位高级军警到达现场，其中一位中尉显然是这里的负责人。那个拿着袋子的律师向警官出示了一些个人证件：一本护照和一张看起来像是官方签发的身份证。律师解释道，他是巴西公民，同时也是刚果民主共和国的名誉领事，他正在执行公务，车辆理应享有外交豁免权而免受搜查。

突然，那个拿着电话的男人发现自己有信号了，于是又开始打电话，他在过去 45 分钟内一直试着联系对方。此时正好是晚上 11 点 06 分。

在里约著名的马拉卡纳球场（Estádio do Maracanã）旁边的蒂茹卡区（Tijuca），一名巡官正在家里给年幼的女儿讲睡前故事，他隶属于另外一支警察部队：民事警察（Civil Police）。就在这时，手机响了，巡官不禁跳了起来。他一整晚都在等这通电话，已经不抱什么希望了。电话那头的人说话很快，而且语无伦次，虽然这位熟人没能把情况交代得很清楚，巡官也明白自己没时间可以浪费了。

---

* 见附录：里约热内卢主要警力一览。——本书脚注如无特别标识，皆为原注

巡官立刻拨通上级电话。几分钟内他就获得许可，前去介入眼下这件事。这盏绿灯来自警局的最高层，下发命令的不是别人，正是公共安全部部长。他负责管理所有警察，不仅是里约热内卢市，还包括整个里约州。如此高级别的官员批准行动，这意味着要有大事发生了——更不用说部长人不在里约，而是在柏林，那里现在可是凌晨 2 点 15 分。巡官亲了亲女儿的脸颊，向她道过晚安，随后抓起钥匙向屋外的车跑去，期间一直通着电话。

回到那个 U 形弯道，拿着手机的律师把中尉拉到一边说话，两人激烈地争论一番后，律师把手中的手机递给警官，对方愤怒地拒绝了。然后他走到一边，用自己的手机打了一通电话。他已经下定决心要把第三个执法机构扯进来——强大的联邦警察。

军警们似乎越发焦躁不安，直到中尉的一个手下走过来对他耳语了几句。又经过一番讨论后，三位律师回到了车上。大家达成一致，所有人一起前往警察局，律师们似乎很乐意配合这个决定。

车队出发了。在前面带头的是军警的车。丰田车被夹在中间，上面坐着三位律师，他们后面跟着两辆车，里面坐着中尉和其余的警察。护送这三位男人的警察加起来有 11 位。而在几英里外的里约市中心，一位联邦警察指挥官正忙着调遣一队人马把车队截下来。

突然，夹在中间的丰田车出人意料地打了一个右转弯，试图挣脱车队。其中一名警察司机反应很快，立刻调转车头，成功地堵住了丰田车的去路。车队停住，大家再次站到路上。这一次，丰田车的司机把中尉拉到一边说话。

拿着电话的律师此时几乎是对着电话那头大吼。他很清楚一旦出了差错，可能会带来致命的后果。

不远处，民事警察的特种部队特别资源调动组（Coordenadoria de Recursos Especiais，以下简称CORE）已经接到命令。他们从储物柜中拿出武器，揭下部队的装甲车上的防水帆布。在另一个地方，空中业务科的两名飞行员已经紧急起飞前往现场。

当街争吵过后，律师和警察再次组成车队出发。没过多久，律师们又在主干道边上停下来，这次他们直接开进了旧海军俱乐部的停车场，停车场紧临拉戈阿（Lagoa）——正处里约南区中心的潟湖。车队停了下来，就在他们上方，巨大的救世主耶稣基督像矗立在科尔科瓦杜山（Corcovado Mountain）的山顶上。

律师和军警下车展开了第三次激烈交锋，就在大家又要吵起来时，几辆车伴随着尖锐的刹车声停了下来。一位民事警察的高级警官走下车，向军事警察的同事们发出抗议。没过多久，那名住在蒂茹卡区的巡官也赶来了。期间丰田车的司机把车钥匙丢给了某名民事警察，引发了一阵争抢，这几个人可不想让军警碰到车钥匙。

接下来出现的是联邦警察小队的车，光滑的车身被漆成专属的灰色。一个长官大声向所有人宣告联邦警察已经接手此案，那名民事警察的高级警官则叫他赶紧滚蛋。

三位律师和民警都坚持把丰田车开到第15分局，那里离这儿只有五分钟的车程。军警和联邦警察则坚称因为领事提到自己享有外交豁免权，所以此事理应由联邦机构管辖。

喊叫声和指责声越来越响，一位目击证人称民警和军警一度举枪对峙。趁着混乱，中尉蹲在丰田车的后面，将一把小刀捅进汽车的轮胎，好阻止这辆车被带去第15分局。

全副武装的CORE干脆把巨大的装甲车停在军警的车前面，这样它们就哪儿也去不了。此时此刻，随着螺旋桨的声响越来越近，民事警察的直升机用镜头记录了地面上发生的一切。

这段录像无疑助了两位旁观者一臂之力，他们是来自国家安全部的情报官。两人马上会向部长复述这令人警醒的一幕：他的跨部门合作战略显然遇到了一些创业公司常见的起步问题。

这一切的发生地距离巴西最大的新闻机构环球传媒的办公室只需步行几分钟。没过多久，电视摄像机、闪光灯、麦克风和喧闹的记者也加入了人群之中。各方利害冲突，还有武器在场，这场乱局的情势随时都有可能恶化。

现在，巡官觉得自己不能让事态进一步失控了。他不得不向联邦警局的同行们道出实情。因为只有他知道，除了三名律师外，后备箱里还藏着第四个人。

在和联邦警局的高级官员讨论后，大家一致同意由领事打开汽车后备箱。此时他已经被各个部门的警察团团围住，其中大多数人都将枪口对准了车。

后备箱被掀开，一个身形瘦长的男人侧身蜷着，膝盖抵住胸口，身上穿着一件蓝白条纹的衬衫和一条黑色长裤。警察们拽住他的手脚，将他拖出了后备箱。

站直身体后，面对着眼前的人群、闪光灯和极端混乱的局面，这个男人显然感到茫然。记者和警察互相推搡，想要抢占拍照片的最佳角度。闪光灯在男人眼前不停闪烁。一个警察一把抓住他浓密的卷发，把他的头向后拉，好给那些呆头呆脑的镜头行个方便。男人已经在后备箱里待了将近两个小时，现在突然暴露在一场狂乱之中，还是巴西风格的。一群制服各异的警官围着他大声喊着："他是我们抓到的！""不，他是我们的！把手拿开！"他似乎已经听之任之，脸上毫无表情，像个疲惫的布娃娃一样被人推来搡去。他可能正在经历某种形式的轻微休克。最重要的是，在这一片狂热之中，他看起来始终非常孤独。

中尉得意扬扬地给他戴上手铐，并和联邦警察的长官一起把他押到那辆浅蓝色警车的后座上。就是这辆军警警车在罗西尼亚入口把丰田车拦了下来。囚犯随后被运到了联邦警察总部。

当这个名叫安东尼奥·弗朗西斯科·邦芬·洛佩斯的男人，即巴西人民口中的"罗西尼亚的内姆"被正式逮捕时，午夜12点的钟声正好敲响。原定的日程表被丢到一边，图片编辑们开始整理当晚的戏剧性场面，好放进第二天的晨间新闻。

这个全里约、实际上也是全巴西最想要抓住的人终于戴上了手铐。对里约热内卢州公共安全部部长何塞·马里亚诺·贝尔特拉姆（José Mariano Beltrame）来说，这是胜利的时刻。他终于可以夸耀自己为平定里约市内毫无法纪的贫民窟采取的激进政策起了作用，而不必担心遭人反驳。他的部队正在清理贫民区的毒品和枪支，重建巴西政府的权威。整个国家终于能以前所未有的热情，去期待一届安全有序的世界杯和奥运会了！

就在被捕之际，内姆卷入了一张由腐败、暴力、毒品和政治阴谋织就的巨网之中。正是这张网在长达四分之一个世纪里束缚着里约热内卢——巴西人民口中的“奇迹之城”。内姆很熟悉这张庞大的网络，它牵涉到了政治家、毒枭、律师、福音派牧师，还有警察。但仍有一个问题悬而未决：在这张网中，内姆到底是蜘蛛，还是那只被粘住的苍蝇呢？

第一部分

主角登场

第1章

艾杜阿尔达

1999年12月—2000年6月

瓦内萨·多斯桑托斯·贝内维德斯（Vanessa dos Santos Benevides）一夜没睡，她的孩子从未像现在这样疯狂哭闹过。

是因为天气吗？里约热内卢闷热潮湿的暮春时节预示着“飞河”（flying river）又要来了。这是一场坚定的云层朝圣之旅，会带来大量降水。旅程始于亚马孙河和亚马孙雨林，不可估量的水在那儿蒸腾而上，聚集在里约市北部约3200千米之外的高空，而后往南去。在受到西面安第斯山脉的阻隔后，飞河又向东拐了个大弯，压向巴西中南部的内陆及沿海地区。

在里约，它带来的倾盆暴雨可以令能见度在几秒钟内降低至两到三米。年复一年，暴雨导致的洪水和滑坡带来灾难和死亡。新闻和电视报道上常常出现一家人淹没在大量淤泥和落石中的事故：有些人死在私家车上，有些死在自己家里，还有一些死在被冲进山谷的大巴上。而在这场灾祸中，最容易受到伤害的里约人就住在贫民窟——法维拉（favela）——里面。

暴风雨为这些社区带来了最严重的浩劫。这些贫民窟分布在市内众多的小山坡上。在这种地形上发生的滑坡能在几秒钟内埋掉好几十人。原始的排水系统、露天的水渠、像小山丘一样隆起的发霉垃圾堆、以极其业余的技巧搭建的建筑很快会被巨大的水量冲垮。天花板首先裂开一条缝，随即坍塌；盘根错节裸露在外的电线纷纷短路，迸出的火焰随即被洪水浇灭；砌好的石头和台阶也纷纷松脱，被滚滚洪流冲到山下。

云层散去后，空气中仍然充满水分，这时的湿度还尚能忍受。夜里小山坡上的环境让人难以入睡，没有空调，丛林中又满是噪声：刺耳尖叫的猴子、狂吠的狗、通宵放克派对上低沉的震动声、半自动步枪偶尔发出的嗒嗒声，还有互相竭力嘶吼的男人和女人——也许是喝醉了，也许只是对彼此感到厌烦。

正是在这样一个夜晚，瓦内萨，这位年轻的母亲无法入眠。疲劳耗干了她向来宁静的脸上精致的浅棕色皮肤。这是 1999 年圣诞节前夕，她的孩子艾杜阿尔达（Eduarda）的个头看起来比一般九个半月的婴儿更小，还一直不停地哭。瓦内萨抱起孩子，发现她浑身湿漉漉的，远远超过在这种闷热天气中理应出的汗。孩子的脖子僵硬地弯曲成某个角度，倚在她的左肩膀上。到了早上，瓦内萨告诉丈夫安东尼奥，她要带孩子去看医生。

当地的社区保健员同意瓦内萨的判断，认为孩子睡觉时的姿势不对，伤到了脖子。她决定给孩子的脖子加个支架。

一周之后，孩子的脖子依旧无比僵硬，常常被疼痛折磨得尖声哭闹。于是瓦内萨决定带她去当地医院的急诊看看。

安东尼奥出门上班去了，内心充满愧疚。他担心女儿如此痛苦可能要怪自己。和医院一样，他的公司也在加维亚区，那是环绕着罗西尼亚的三个富人区之一，而罗西尼亚是他出生和长大的地方。

过去几年中，安东尼奥凭借自己的努力在这家叫作全球特快（Globus Express）的公司里一路升迁，现在已经是一名小组领导，负责发行市内最主要的一本电视节目单杂志。他主要负责南区，这个区域涵盖了里约市大部分著名地标，比如科尔科瓦杜山上那尊巨大的耶稣雕像，还有科帕卡瓦纳（Copacabana）和伊帕内马（Ipanema）的海滩。

凭借着这份过得去的薪水，安东尼奥和瓦内萨勉强存够了钱，得以从他妈妈那间狭小的公寓里搬出来，住进自己的狭小公寓。虽然他们拥有的不多，但这是一个好的开始。艾杜阿尔达（小名杜达）——这个活泼婴儿的降临更是让小小的家中充满了温暖。夫妻二人都觉得自己蒙受上帝的眷顾，对未来充满希望。

然而，现在孩子已经躺在医院一个月了，情况一天比一天糟糕。医生们提出的各种治疗方案没有一个有效果。他们觉得她可能得了结核性骨髓炎，这是一种罕见的继发性疾病，通常是因为肺结核患者的骨头受到细菌感染而引发的。她的脖子右侧出现了一个肿块，已经长到鸡蛋大小。

听到这个消息后，安东尼奥变得萎靡不振，他觉得是自己把肺结核传给了女儿。这个推测虽然不正确，但也不无道理，肺结核是里约贫民区内最常见的流行病。罗西尼亚入口处贴着一行十分显眼的标语，上面写着：咳嗽超过三个星期？**立即去看医生**。你很可能感染了肺结核。

这种疾病通过空气传播，在人口稠密的地区扩散速度最快，特别是在贫民窟，那儿的人总是同家人和朋友挤在一起。罗西尼亚是整个里约州肺结核发病率最高的地方，有几年甚至位列全国榜首。即使到了现在，每月都有大概 55 名罗西尼亚人感染此病。

杜达出生前几天，安东尼奥的嗓子肿了。他顶着日晒雨淋继续工作，结果病得更严重了。他也没有好好吃饭，想把员工就餐券省下来，好保证母亲和怀孕的妻子能摄取足够的营养——餐券这东西在贫民窟就是第二种货币。尽管高烧和剧烈头痛已经让他出现幻觉，但安东尼奥还是坚持上班，直到倒下为止。就在那一天，他确诊了肺结核。

女儿在他住院期间出生。长达两周的时间里，安东尼奥被禁止接近自己女儿，之后他又被告知不能在家里过夜，以防把肺结核传染给她。

现在杜达也生病了，安东尼奥确信这是自己的错。尽管几个月前医生就告知他他已经没有传染性了。

杜达接受了一个疗程的抗生素治疗，状况却变得更糟了。她失去了食欲，无论正在折磨她的病是什么，她都更加无力抵抗。她的父母第一次意识到，他们幼小的女儿可能就要死了。

绝望之中，瓦内萨决定打出最后一张底牌。多亏了安东尼奥的雇主给他提供的不算多的医疗保险，他们可以在名单上选择一位全科医生。瓦内萨随意选了一个名字，之后她把这个决定称作“上帝的指引”。

瓦内萨紧紧把孩子抱在怀中，沿着罗西尼亚陡峭的主干道加维亚大道曲折下山。就在她的下方，大西洋紧紧环绕着时髦的圣康拉多区（São Conrado）的沙滩。在她身后，一排排房子像醉汉一样东倒西歪，颜色鲜亮的房体从山坡上翠绿的植被中拔地而起，这是贫民窟独有的景观。

在山脚处，加维亚大道和一条向西延展到里约之外的高速公路相交。每天早上，成千上万的人会在这里挤公交到城里的富人区上班，他们的职业大多是女佣、司机、清洁工、园丁、店员、临时工和酒保。瓦内萨挤上一辆满满当当的公交车，车上大多数人都一副麻木不仁的表情。车辆启动了，一路上颠簸碰撞，孩子肿起来的脖子随着车一同上下左右地晃着，脸因为疼痛扭成一团。这对她来说显然太痛苦了。看完医生后，这对父母无法忍受再乘公交车回去，只得花掉本就不多的积蓄中的一大部分改乘出租车。

医生的门诊位于巴拉德蒂茹卡区（Barra de Tijuca）。经过了20世纪八九十年代的迅速发展后，人们常把这片居民区的规模和风格同迈阿密相比较。这里距离贫民区仅需十分钟，两个隧道的车程，但就像是来到了另一个世界。区内铺满整洁宽敞的大道，道路两旁竖起了一座座加了门禁的优雅别墅和美式风格的豪宅。其间点缀着几家霓虹闪烁的购物中心，硕大的广告牌十分醒目。在过去的20年中，也就是巴拉德蒂茹卡区快速扩张期间，里约市周围的暴力事件的发生频率也在飞速上升，这是中产阶级纷纷迁往这个区的原因之一。群山和环礁湖把这个区域和城市的其他地方分隔开来，这似乎让人更有安全感。

尽管巴拉德蒂茹卡区呈现出一种乏味的虚假感，但这里的服务水平确实不错。医生给艾杜阿尔达做了检查，表示她也怀疑孩子感染了肺结核。发烧还有肿块——就像杜达脖子上鸡蛋一样大的疙瘩那样，都有可能是这种病的症状。然而，各种治疗手段都没见效，这名医生决定把孩子转到费尔南多研究所（Instituto Fernando Figueira）去，那里是专业的妇幼医疗中心。

到了研究所后，医生告知安东尼奥和瓦内萨他们的女儿没有得肺结核，两人大吃一惊。“我们想做个活检。”其中一个医生这样说。医生接下来的话把这对年轻的父母吓哭了：“我们认为她可能得了癌症。”

生活从此天翻地覆。瓦内萨夜以继日地陪在孩子的病床旁边，安东尼奥尽量调整自己的工作时间和妻子换班，好让她多休息会儿。两个人都太累了。为了取得化验用的切片，杜达必须进行全身麻醉，这让两名家长更担心了。三天后，医生从她颈部的肿块上提取了一个切片样本。

结果出来了，检测显示阴性：没有任何癌症的迹象。

千禧年到来了，新的问题也随之而来：不是癌症，那她得的到底是什么病呢？孩子仍在承受着巨大的痛楚，就在皮肤下面，病变正在她的头骨和脊椎上扩散。

于是，更多的检查。

这次，他们来到宽阔潟湖边的拉戈阿医院儿科专科病房，地处南区的中心。瓦内萨抱着孩子踏进诊室后，索拉亚·霍什诺（Soraia Rouxinol）医生和玛丽·西莉亚·格拉（Maria Celia Guerra）医生给孩子做了一个简单的检查。等瓦内萨走远后，格拉医生对同事点了点头："组织细胞增多症 X。"

这绝对算得上一次令人惊艳的诊断，事后也被证明是正确的。它的惊艳之处在于这种名叫"组织细胞增多症 X"——学名为朗格汉斯细胞组织细胞增生症（LCH）的病非常少见。

在诊断 LCH 时，医生们大多会面临两个问题。首先，这种病极其罕见，平均每 20 万人中只有 1 人患病。拉戈阿医院的部分员工甚至认为艾杜阿尔达是巴西唯一一例确诊此病的人。此外，医生几乎不可能给出绝对肯定的诊断：不同病人的症状差别巨大，这让问题变得更棘手。

尽管严格意义上来说不是癌症，但 LCH 和癌症某些发病步骤十分相像，比如变异细胞增殖后受到身体免疫系统的无情攻击。据安东尼奥的描述，这种病会令艾杜阿尔达的骨头碎裂。

直到最近几年，医学界才开始研究可能导致此病的基因问题。但在 2000 年初，人们对此一无所知，相关的专业研究也很稀少。

和肺结核一样，比起年龄稍大的病患，2 岁以下的孩子的情况会更凶险。用来治疗的强力药物可以治愈 80% 到 90% 的患者。

如果不加以治疗，这种病有时会非常致命。但也有患者会突然痊愈，就像他们当初突然患病一样。

艾杜阿尔达仍然很虚弱，但还是开始接受一系列磨人的化疗和手术。她的父母倒是终于松了一口气，仿佛从正在穿越的噩梦中看到了一条出路。

瓦内萨被迫停下工作，家庭收入锐减，租金也交不出来。一家人别无选择，只好住回安东尼奥的母亲和他的同母异父兄弟卡洛斯（Carlos）的房子里。

这是一套典型的贫民窟住宅。空间可能是这儿最宝贵的商品。对许多居民来说，能照到自然光是一种奢侈，因为他们的房子里连自然光都没有。就算家庭成员之间关系紧密，过度缺乏隐私也随时会引发矛盾。

要想走到门口，人们必须一个接一个地穿过那条狭长的小巷，随后就被笼罩在一片黑暗之中。在雨季时，这里不仅潮湿，还有股怪味。前门里面是一个用来放鞋的小前厅，然后是公用房间，面积大约是 4.55 平方米，童年时期的安东尼奥和卡洛斯会挤在这个房间里睡觉。除了一些纪念品外，房间里还挂着描绘圣乔治的木质祈祷画。这些画将基督教同非洲泛灵论宗教——康得布雷教（Candomblé）* 和乌班达教（Umbanda）†——的意象混在一起。所有的社交活动都集中在房间中间的小桌子上，后

---

* 巴西的融合宗教，融合了罗马天主教和非洲宗教的诸多要素。——编者注

† 20 世纪初出现在巴西的唯灵论崇拜运动。该教无统一经典，各信徒信奉的神灵和崇拜仪式也不一致。——编者注

面摆着一张小沙发和两个小矮凳。四周的墙被漆成黄色，墙皮已经开始大量剥落，大部分墙角都出现了裂缝。

卫生间还能用的时候，尚能勉强挤进去一个人，现在不仅不能用，还成了卫生隐患。卧室就在起居室后面，安东尼奥的父亲去世前就和妻子睡在这里。里面有一张床和一个抽屉柜，柜子小到让人搞不清它究竟属于玩偶之家还是现实世界。从今以后，安东尼奥、瓦内萨还有他们的孩子会一起住在这里。

在罗西尼亚，一间这样的公寓里通常会住着四到十个人，他们头脚相对地挤着睡在一起。即使在这个贫困之地，贫富差距仍然非常悬殊。最穷的那些人住在木头、水泥或是铝合金板搭起来的棚子里，没有水电燃气，也没有卫生间和洗浴设施。尽管水电设施正在一路爬上山坡，逐渐覆盖贫民窟，但供应时断时续，常常无缘无故长期停断。

在医院里，医生们遇到了一个难题。他们在杜达的胸口和手臂注射药物，但这些针孔成了新的伤口，而这种病阻碍了伤口愈合。更糟的是，只要一有机会，孩子就会抓住身上的管子和针头,想把它们统统扯下来。药物根本无法进到她的身体里去。唯一能够让她接受治疗的方式，这个医生解释道，就是用一种专门的导管直接插入她的身体内部。

杜达治病的账单开始越堆越高，夫妻二人都感到筋疲力尽。这个家庭面临着一系列艰难的选择。他们需要把卫生间处理一下：就算孩子能活着从医院回来，这个卫生间也会要了她的命。启用导管和修缮卫生间的费用加起来比安东尼奥一年的薪水还高，但他一点积蓄都没剩了。与此同时，他还得在白天替瓦内萨守在病床边上，好让妻子稍微休息一下。

安东尼奥去找了自己的老板，他的老板向来是个体面人。两个人心里都明白，假如安东尼奥自己辞职，那他就没办法拿到州政府给被解雇的人发放的每月 90 雷亚尔*、持续六个月的失业补助金。因此他求老板开除自己，但老板很不情愿。人事变动的成本很高，况且安东尼奥又是他在职时间最久、工作能力最强的员工。最终，老板同意开除安东尼奥，但表示如果他能回来，自己随时欢迎。

放弃工作对安东尼奥无疑是个沉重的打击，毕竟他已经适应了主管的职位。“我必须要给团队分工，”他仍然记得，“写下每个人的工作安排，然后决定谁去干什么，当然也要顾自己那部分工作，继续送货……我们大概有 2000 份杂志要发，而负责的片区又没法开车，都得靠走路。”事实证明，这段工作经历是非常有效的后勤培训，也让安东尼奥积累了经验，学会把责任下放给自己的手下。

一切都在往好的方向发展，安东尼奥把微薄的积蓄用来学车，他刚通过驾照考试，现在已经能开送货的小卡车了。他喜欢这份工作，在艾杜阿尔达生病前，他已经有能力脱离困境，并承担起自己最重要的职责：当好家里的顶梁柱，保证妻子和

---

* 雷亚尔（real），巴西流通货币，1993 年起启用。1 雷亚尔约合人民币 1.2 元。——编者注

孩子的生活。“我那时觉得很幸福。”他继续说道，“我们的日子还算过得去，有能力支付账单，也有一点点存款。我没什么可抱怨的。”回忆这段往事时，他看起来并不像在撒谎。他似乎对那段日子充满怀念。

安东尼奥还要凑大概20,000雷亚尔。他不是个擅长赌博的人，也没有准备好去做小偷。还要一年多的时间，银行才会在罗西尼亚开设第一家分行，当然在任何情况下，像他这样一个出生成长于贫民窟，没有工作和任何固定资产的人，也绝无申请到贷款的可能。

他只认识一个有能力借钱给他，并且可能愿意这样做的人。贫民窟还有外面的人都叫他鲁鲁（Lulu）。过去的两年中，他是罗西尼亚毫无争议的首领。他是做毒品交易的，这行和煤气还有电力一样，是贫民窟里最成功的生意。鲁鲁的现金流很充裕，他会发放贷款，通常是给那些想要自己买房的人。这样做有两个目的：一是激活地方经济——国家和那些更加正规的金融机构在这方面不是做得不好，就是毫无作为；二是能回收毒品交易的利润，否则这些钱都将受到法律管辖。

贫民窟最危险的地方就在小山坡的最顶端。那里被称作第一街（Rua Um），也是鲁鲁的办公室的所在地。第一街往上就是拉伯劳区（Laboriaux），那里不仅可以俯瞰里约市最壮美的景观，看起来也比罗西尼亚的其他区更加整洁有序。那儿是贫民窟的梅菲尔商城（Mayfair），也是鲁鲁真正居住的地方。

没有资金，安东尼奥谨慎思考了很长时间下一步该怎么办。

他从未接触过毒品，自己没吸过，也没兴趣吸。他对伴随毒品而来的暴力十分反感，尽管这从来都是他生活环境的一部分。他童年时的好友没有从事这行的，和他一样，他们都是有工作的人：出租车司机、建筑工人，还有服务生。

但他找不到脱离财务困境的方法。他没向任何人提起自己的打算——连瓦内萨都没有说，决定独自去做这件事。

安东尼奥向一个认识鲁鲁的朋友求助，朋友帮他安排了和鲁鲁的会面。距离24岁生日还差两天，安东尼奥战栗着踏上了加维亚大道，开始了漫长的上山之路。他左手边的区叫做卡丘帕（Cachopa），再往前走是罗西尼亚16个区中的捕蝇草区（Dionéia）。过了下一个转弯口是第二街（Rua Dois），再往前走就到第一街了。从这个制高点往下看，你几乎能将整个南区尽收眼底：东面是加维亚区，几乎只有一步之遥；然后是位于整个区域正中心的潟湖，将博塔福古（Botafogo）的山谷同伊帕内马和莱伯伦（Leblon）林立的高楼分隔开来，你甚至能瞥见科帕卡瓦纳；当你转身面朝南方时，假如看得够仔细，你还能发现若干圣康拉多区的豪华别墅，它们就掩盖在大西洋雨林之中。

这里是罗西尼亚的最佳观景点，你可以看见每个进出的人。而罗西尼亚最有权势的男人——贫民窟毒品交易的老板，就把自己的办公室安在这里。

安东尼奥和朋友一起踏上这段人生中最为漫长的道路。他紧张但坚定，在脑海中翻来覆去地想要怎样说出自己的请求，以及能拿什么作为回报。他是追寻魔鬼墨菲斯托的浮士德，但他追求的既不是无穷无尽的知识，也不是尘世间的快乐。他唯一的愿望就是女儿能够活下来、健康地长大。他有预感自己的人生就要出现重大转折，也预感到结局可能不会太妙。但他在脑海中质问着任何一个指责自己的人："假如你是我，你能怎么办？"

加维亚大道的尽头有一处急转弯，就在一个小小的市场旁边，这个险弯标志着第一街的开始。尽管这是条重要的主干道，但只能容纳一人通过，一辆独轮手推车就能造成交通拥堵。安东尼奥沿着这条路往前走，沿途经过酒吧和一间间杂货店，以及左手边的鱼铺和右手边的肉铺，小心闪避着路上的狗屎、腐烂的水果和污水，一路行至第一街的岔路口。

向右转，一条小路紧邻两兄弟山的峭壁向西南方向延展，路的尽头是第一街底部的商业区，一切正常。

向左转，你就来到了毒品交易的传统据点。路边的男男女女和小孩们看起来都在闲聊或打瞌睡，但大多在观察着往鲁鲁办公室方向走的陌生人。来访者的情况被层层上传，很快鲁鲁的警卫就会决定以何种方式迎客：全副武装面带敌意，或者一脸冷漠。假如你不是在第一街尽头工作的话，你最好有一个出现在这里的理由。

安东尼奥向左转了，这些安保人员没有怀疑他，因为他朋友是个熟面孔。走到山顶的时候，他已经有点喘气，依然十分紧张。做出这个决定前他思考了很长时间，现在他下定决心要把这件事做到底。

这是安东尼奥走过的最陡峭的山路，他此刻终于来到了漫长跋涉的终点。目的地到了，他从正门走进去。在 24 年的生命中，他从未想过这次“朝圣之旅”会如此彻底地改变自己的人生。

第2章

贫民窟

1960年—1976年

安东尼奥的母亲，多娜·伊雷妮来自特雷索波利斯（Teresópolis），位于里约州和米纳斯吉拉斯州（Minas Gerais）之间。这个小镇位于里约热内卢东北部约100千米处，是山里面的一个小站点。她的罗西尼亚之路有些不同寻常。身为印第安原住民的母亲在她3岁时去世，她是六个孩子中最小的一个。

父亲没有办法独自应付这一切，于是把她送给了一个意大利家庭。这家人住在里约，偶尔会来特雷索波利斯度假。他们被这个可爱的小女孩迷住了，于是把她带去了乌尔卡（Urca）——当时里约最高端的居住区——并在那里把她养大。她的五个兄弟姐妹则留在了特雷索波利斯，随后失去联络，现在她已经记不清他们的名字了。对于出身贫寒的巴西儿童来说，如此流离的人生开端也许不算很典型，但也不算罕见。

伊雷妮和这个抚养她长大的家庭的关系有点微妙。她从来没有上过学，这家人教给她一些基本技能，希望她能够做他们的家仆。她是个半文盲，但性格任性又顽固，按照她自己的说法，她是个调皮的孩子，个性很阳光。直到今天，她都还保留着那种放肆的笑容，一有机会就会露出来。

正如多数出生在社会底层的巴西孩子那样，多娜·伊雷妮从小就被迫学会了各种求生的本领，他们的生活总是与无家可归、赤贫和各种不幸为邻。她在12岁时生下自己的第一个孩子。孩子的父亲是个偶然认识的男人，20多岁，没有一点对此负责的意思。她别无选择，不得不放弃自己的孩子送给别人领养。一年后，她发现自己怀上了一个年纪更大的男人的孩子，她考虑过自己抚养，但最终还是送给了别人。她把这些经历埋进记忆里，深到足以缓解自己所经受的伤痛，但又浅到能警示自己不要再重蹈覆辙。

快20岁时，伊雷妮在里约过上了充实的青春生活。20世纪60年代，里约热内卢作为享乐主义中心的名声已经响彻世界。伊雷妮的朋友在格洛里亚（Glória）旅馆工作，在当时的里约市内，你几乎找不到比这栋堪称装饰艺术杰作的大楼更具魅力的地方。格洛里亚旅馆紧挨着总统府和金融区，大批电影明星、歌星、舞蹈家、政治家和商人都被吸引过来，聚集在此。

21岁的伊雷妮身材娇小，肤色偏深，非常漂亮。一天，她在格洛里亚旅馆和男朋友大吵一架，然后起身冲回科帕卡瓦纳，当时她正给那里的一户人家当住家保姆。这些偶尔出现的情绪并不能掩盖她风情万种的一面，就在等红灯时，那个英俊大胆的男人向她投来了微笑，她不禁回以微笑。

男人的名字叫作费尔南多（Fernando），30多岁，也可能更老。伊雷妮马上被他吸引住了，或者说被他出众的衣服吸引住了：白皮鞋、白裤子配酒红色的衬衣。他来自西班牙而不是巴西，是马德里到里约航线的飞行员。

他们开始约会，几个月之后，费尔南多死于一场车祸。他的死讯传来，伊雷妮倍觉震惊和打击，不仅因为她失去了一个异域情人，更是因为她正准备告诉对方自己怀上了他的孩子。这个孩子就是安东尼奥的哥哥卡洛斯。* 不像前两个青少年时期生下来的孩子，这次伊雷妮决定自己抚养这个孩子。

卡洛斯继承了父亲的体貌，当然，在巴西，更重要的是他继承了父亲的肤色。他的母亲肤色很深，五官像原住民，但卡洛斯看起来却像个欧洲白人。直到7岁前，在伊帕内马雇用伊雷妮的中产家庭都像对待自己的家庭成员一样对待卡洛斯。他和他们一起上桌吃饭，和这个家庭的孩子们一起上学，甚至还一起去度假。当伊雷妮和卡洛斯一起外出散步时，大家都觉得伊雷妮是他的保姆。实际上，雇主的确希望能够领养卡洛斯，伊雷妮礼貌地拒绝了这份好意。尽管如此，卡洛斯仍然在特权、富裕的物质条件、明确的等级观念和严格的道德规范下成长起来。这是他的世界，他在里面如鱼得水。

---

* 卡洛斯的全名其实是安东尼奥·卡洛斯（Antônio Carlos），但为了避免和安东尼奥·弗朗西斯科（Antônio Francisco）混淆，我简称他为卡洛斯。可能是嫌这还不够乱，他们还有一个叔叔也叫安东尼奥。

当雇主表示希望带伊雷妮一起去法国待三年后，她决定把这个孩子留在巴西。7 岁的卡洛斯被送去卡希亚斯公爵城(Duque de Caxias) 的一户人家，那儿距里约北部 32 千米。那里的生活就没有那么讲究了，更别提他的养父母十分严格。公爵城没有正规的医疗机构，人们还在用土法治疗疾病和外伤，像是往伤口上涂咖啡粉或喝草药茶。

尽管离开了伊帕内马的舒适生活，以及那里的林荫大道和柔软沙滩，卡洛斯仍然认为是这段经历教会了他秩序、整洁和诚实，这些品质一直引导着他之后的生活。但寄宿家庭严苛的抚养方式也让他懂得了什么是恐惧和愤怒。

1973 年的下半年，伊雷妮终于从法国回来了。很快她就回到老地方，和她在格洛里亚旅馆工作的老朋友们混在一起。一天晚上，她们决定去参加一个非常巴西风格的弗罗舞派对 (forró)。

此时，透过若昂 · 吉尔贝托 (João Gilberto) 和史坦 · 盖茨 (Stan Getz) 的烟熏嗓以及桑巴舞四射的汗水和性感，外部世界渐渐发现了巴西这个国家。而在巴西民间，弗罗舞会很快风靡起来：它是一种舞蹈，也是一种音乐，更是一种派对形式。这背后的原因很简单，当时巴西国内的外出务工潮正处顶峰。如果说里约以及巴西南部代表着工业文明发达的美国，那么东北部就更像是墨西哥。过去 30 年里，一条源自东北的人力大河一直在向南美洲强大的工业和农业中心流去，而其中大部分人都会去里约或圣保罗闯荡。

弗罗舞发源于巴西东北部，那里在葡萄牙帝国殖民时期曾是最丰饶的地区。但过去两个世纪以来，这里给人留下的印象只剩落后、贫穷和在半干旱草原及其周边农村的艰辛生活，直到今天都被视为巴西的“狂野西部”（Wild West）。

在巴西总统热图利奥 · 瓦加斯 * 于 1930 年建立起社团主义独裁政权（corporatist dictatorship），整个国家的工业化进程开始加速之后，商业领袖们把目光投向了东北部，以此为南部不断扩张的经济中心提供廉价劳动力。南下打工的“东北佬”（nordestinos）从几万变成几十万，最后高达数百万。这些新来的人和雇主的教育水平差异巨大，许多南方人觉得这些“东北佬”是废物、懒人或有犯罪倾向。其实他们大多只是极度贫困又没受过教育罢了。

尽管这些打工者已经逃离了东北地区灰暗的生活，但却常常怀念被自己丢在身后的故乡和人们。巴西人会争辩说，他们语言中用来表达“思乡之情”的词——“saudade”蕴含着一种其他文化中没有的强烈情结，这当中情感最为炽烈的就是东北人。也许这是因为在过去的一个世纪中，其他巴西人从未像他们那样大规模地离开家乡。

没几个外来务工者能重返家乡，除非是在极其偶尔的节假日。因为旅行的费用太高、太麻烦，何况除了需要履行宗教义务的周日之外，老板绝不会给在其他日子缺席的员工好脸色看。

---

* 热图利奥 · 瓦加斯（Getúlio Vargas，1882—1954），巴西史上在位时间最久的总统（前后共计 18 年），被称为巴西的“穷人之父”。——译者注

比起回家，这些打工者选择待在贫民窟：这里的条件有时候不比大草原强，但他们至少还能有份工作。弗罗舞会是源自东北地方文化的大众活动，又能给人们提供一个邂逅异性的好机会，所以很快就成了移民们社交活动的中心。

格洛里亚旅馆一角的弗罗舞派对上，伊雷妮瞬间就被衣着潇洒、身材瘦弱的热拉尔多（Gerardo）吸引住了，他摇摆屁股的样子充满活力又有型。热拉尔多中等个子，脸庞瘦削，深邃的面部特征让人看不出他其实是个性格随和的人。她从热拉尔多的口音中猜出他大概来自东北部，也许是帕拉伊巴州（Paraíba）。在务工潮初期，帕拉伊巴州向南部输送的工人数量远超其他州，住在里约贫民窟里的人不论来自哪里，都会被称为“帕拉伊巴佬”。后来的打工者往往会去自己老乡在的贫民窟落脚，因此大多数罗西尼亚人的祖上都来自帕拉伊巴州。但热拉尔多·洛佩斯的老家其实是东北的另外一个州——塞阿拉州（Ceará），来自这里的移民数量在罗西尼亚仅次于帕拉伊巴。

发现伊雷妮和热拉尔多的恋情后，雇主郑重地警告了她。他们讲得非常明确，这个热拉尔多住在罗西尼亚，对于里约的中产阶级来说，那里就是撒旦在尘世的老巢。但伊雷妮从来都不是一个会在意别人意见的人，她立刻决定搬去里约扩张速度最快的贫民窟里，和她的爱人一起住。

葡萄牙语中的法维拉（favela），意指贫民区（slum）或非正式定居点，最早于 19 世纪末期在里约衍生出此义。这个词也是从东北地区引进的。1897年，刚在巴伊亚州（Bahia）击败卡努杜斯（Canudos）起义军的士兵们在里约市内的一个小山坡上安营扎寨，抗议政府拖欠工资。那时里约还是巴西的首都。

卡努杜斯农民起义和平定它的那一役是这个年轻共和国的关键转折点（那时君主制刚刚被废除不到十年）。巴西的历史总也离不开叛乱，一些是由分裂主义和地区竞争导致的，另一些则是因为社会不平等。被镇压后五年内，卡努杜斯起义就被欧克利德斯·达库尼亚（Euclides da Cunha）写进了他的小说《腹地叛乱》（*Os Sertões*）中，名传后世。* 在这场战争中，巴西军队同一个身为千禧年信徒的牧师领袖和一群追随他的乌合之众开战，这对那些没经过训练的共和国士兵来说是段艰苦的经历。然而当起义被平定后，政府却忘记了自己对这些在热带草原上拼死战斗的士兵负有的义务。士兵们被遣散了，他们来到里约，在小山坡上定居下来。今天，这座山上是一个名为普罗维登西亚（Providência）的贫民窟。

士兵们把小山命名为法维拉坡（Favela Hill），名字来自卡努杜斯起义军曾经当作战略基地的法维拉山（Mount Favela）。这一命名来源至今仍有争议。一些人认为这个名字实际上源自一种适应能力极强的同名毒草，而法维拉山的名字就是这么来的。他们的说法是这样的：这些被遣散的士兵不屈不挠地讨要

* 随后又被改编进秘鲁小说家马里奥·巴尔加斯·略萨（Mario Vargas Llosa）的小说《世界末日之战》（*The War at the End of the World*）中。

自己的薪水，像极了在东北恶劣环境中顽强生存的法维拉草。士兵们在此扎下了根，此后政府不论怎样努力，都无法将他们赶出这个第二故乡。

第一批定居者来到此地时，法维拉坡不过是一处乡村气息浓厚的土堆，俯瞰着一座英国墓园，同今日没什么差别。这里距当时的政府所在地和总统府也很近。

能够拥有这片居住空间，很大程度上要感谢里约的地理风貌。市内各区被数不清的丘陵和山脉分隔开来，里约人因此非常依恋自己待的地盘和这座城市。19 世纪到 20 世纪之交，市内通了几条隧道，但直到 20 世纪六七十年代，才有隧道穿过最险峻的山脉，将整座城市连接起来。

这种独特的地貌能帮里约人确定方位：假如小山坡在你身后，那海大概就在前面。除去这点作用外，这些小山坡很招人嫌弃。自葡萄牙人最早在里约定居起，没有几个欧洲移民会爬上陡峭的山坡安家落户。他们把家安在沙滩、海湾和港口旁的平地上，然后是开垦过的沼泽地上。击败卡努杜斯起义的士兵们定居山坡数十年后，后来的打工者们也开始有样学样，在这些仅存的空地上支起了窝棚。对于保姆和佣人来说，从周边地区穿过山脉到市里去太过麻烦，因此他们通常住在雇主家附近的小山坡上。

法维拉，这个贫民窟的通用称呼就这样叫开了。全国上下都用起了这个词。但在里约，人们又发明了一种更平淡的叫法，并且最终胜过了“法维拉”：o morro，意思是小山。在巴西其他地区，规模较大的贫民窟通常位于城市边缘，远离那些绿荫如盖、生活水准不亚于纽约或伦敦的中产阶级住宅区。但里约的贫民区十分独特，它遍布在市区的山坡上。

贫民窟在小山坡上成片出现，这带来了两个后果：首先，在南区，这些贫民窟紧挨着邻近的富人区——伊帕内马、莱伯伦、圣康拉多和加维亚。贫民窟的脏乱同周边的极度奢华混杂在一起，有时两者相隔甚至不到九米。“沥青区”，人们这样称呼铺着沥青路的中产阶级聚居区，同贫民窟那布满车辙的泥巴路堪称天壤之别。总而言之，里约人要么住在沥青路旁，要么住在小山坡上；要么在富人区，要么在贫民窟。

许多里约的中产之所以能过好自己的生活，是因为他们把贫民窟从意识中清了出去，这一心理机制只有在承认女佣和杂工也是活生生的人时才会被打破（这些人几乎百分之百住在贫民窟）。但也存在着一个很有影响力的游说团体，他们背靠房地产开发商的支持，希望把贫民窟从整个南区抹去。在他们眼中，铲除这些难看的贫民窟不仅能促进旅游业发展，还能让中产阶级社区变得更安全——两种愿景都是一厢情愿。

其次，里约各个山上的贫民窟就像被中产区分隔开来的小岛。这里的贫民窟居民对社区的认同感要比其他城市更强烈，特别是同圣保罗相比。就像小说家和歌手希科·布阿尔克（Chico Buarque）所说的那样，在里约，“每一条沟壑都自成一国”。* 市

* 出自歌曲《德瑞得站》（“Estação Derradeira”）。

内的每个贫民窟都有强大且清晰的自我认同，而这将影响毒品贸易的社会经济发展进程，也能从根本上解释为何同圣保罗相比，里约市区暴力事件的数量更多、性质更特殊。

最早从东北部来的打工者们往往把房子建在山的底部。20世纪20年代，一些小农户开始在圣康拉多区旁的一小块土地上饲养牲畜，然后把农产品卖给当地人。到了40年代，随着罗西尼亚——这个词的字面意义是“小农场”——开始雇用越来越多的帮工，整个社区开始慢慢往山上扩展。没多久，他们就可以通过两兄弟山后的山口，把产品运往隔壁加维亚的富人区。

20世纪70年代初期，当热拉尔多——伊雷妮在弗罗舞会上钓来的男朋友——在罗西尼亚正式安家时，这片贫民窟的规模不到如今的三分之一。不久后，政府开凿了两兄弟山隧道（Two Brothers Tunnel）*，于是罗西尼亚和圣康拉多区第一次同里约市的其他区相连，山坡上的房子也越建越高。交通情况改善后，从这里前往莱伯伦、伊帕内马、加维亚和里约热内卢植物园（Jardim Botânico）变得方便不少，这些都是就业机会充裕的富人区。

热拉尔多的“房子”是个用木板和瓦楞铁皮搭建成的简陋窝棚，那一小块地是他从一户人家手中买来的。屋子十分狭小，

* 随后为了纪念美籍巴西裔时尚设计师祖祖·安热尔（Zuzu Angel，1921—1976），原名祖莱卡·安热尔·若内斯（Zuleika Angel Jones），该隧道被重命名为“祖祖·安热尔隧道”，其子在独裁期间被谋杀。因为她曾在美国高调曝光独裁政权所作之恶，很多人认为1976年造成她丧生的车祸也并非巧合。

卫生间和厨房之间只隔着一块简易的木质隔断。从房子步行两分钟就能到茂密的大西洋热带雨林，树上挂满了充满热带风情的芒果、番石榴、桑葚和菠萝蜜，任人采摘。

今天，这间屋子就在罗西尼亚的半山腰上，藏匿在将贫民窟上下一分为二的主干道旁的小巷里。20世纪八九十年代，极速扩张的社区蚕食掉了所有剩余的雨林，然后笔直向上延伸，房子一间接一间地建起来。道路像静脉和毛细血管一样错综复杂，支撑起这个密集社区的庞大身躯，假如没有向导带路，你根本不可能在今天找到热拉尔多和伊雷妮的房子。生活区里的大多数房子早已被剥夺了享有窗户和新鲜空气的权利。

尽管居住条件恶劣，伊雷妮还是迅速适应了罗西尼亚的生活。她很快交到了朋友：在这种逼仄的环境里居住，你除了和邻居们搞好关系外别无选择。

有稳定电力供应的房屋几乎不存在，一些住户会冒险从主电缆上抽走电流。这种危险的做法会令电压下降，引发致命的触电事故和严重火灾。负责管理电缆的是一个名叫"照明委员会"的临时组织的中间人，但他们做的无非是从住户那里敲诈那几美分的电费，点亮忽明忽灭的微弱灯光。小店主和酒吧老板别无选择，只能交钱让冰箱里的啤酒保持冰凉。绝大多数居民会在太阳下山时点起蜡烛或煤油灯。

卫生间基本上就是木桶或地上的一个坑。屋里没有自来水，住在这儿的三万多人只能去为数不多的公共水管取水。一位居民记得每次到了夏天"就会一片混乱。人们拿着20升的罐子、塑料桶和洗衣盆,队伍足足排到好几千米之外"。* 一旦场面失控,当地的"警长",也就是附近的彪悍妇女们会收拾掉所有的麻烦,这意味着她们偶尔会把不听话的人丢进沿着山坡往下延伸的臭水沟里。

学校的出勤率也不怎么好看,大多数孩子小学毕业后就会直接工作,这还是在有学可上的情况下。在 20 世纪六七十年代的罗西尼亚长大的人都承认这里物质匮乏,但比起许多人,他们的童年回忆要美好很多。他们过着野性不羁的户外生活,在房子后面的热带丛林里玩游戏和找食物。

然而,其中一些人却对童年生活充满怨气。"相信我,"拉克尔·奥利韦拉(Raquel Oliveira)如此回忆道,"当女人可不是什么有趣的事。"拉克尔出生在一个赤贫家庭,即使这样,她也觉得自己比身边大多数人幸运。"在妓院里,十三四岁的女孩们都已经有自己的孩子了,还有两个 9 岁和一个 10 岁的女孩也怀孕了。这些都是常态。情况最糟的还要数那些被迫在科帕卡瓦纳工作的女孩。在那儿工作,你随时会被捅死。我肯定地告诉你,这儿就是地狱。"

那一代孩子们还没见过枪,但偷窃和警察的恐吓已经是个问题了。这类伤害大多发生在贫民窟之外,非正式的"种族隔离"政策让居民们在冒险从小山坡前往沥青区时很容易受到攻击。

1976 年 5 月 24 日,安东尼奥·弗朗西斯科·邦芬·洛佩斯

* Carlos Costa, *Rocinha Em Off* (São Paulo: Nelpa, 2012), 17.

出生在父母位于罗西尼亚的家中。他小时候是个爱哭鬼，长大之后成了一个好奇心旺盛又友善的男孩，顶着一头厚重的卷发，还拥有一对漆黑无比的眼睛。

他是最后一代儿时记忆中没有暴力的罗西尼亚人。回忆起童年，他记得和朋友们在贫民窟里毫无阻拦地跑来跑去，玩个没完。“但当时那里很穷，”他回忆道，“我的父母都要工作，在我还小的时候他们会把我交给看护人，然后付钱给她——当然是在还有余钱的时候。”

那时的加维亚大道上还只有几辆机动车。只要安东尼奥和小伙伴们不走出贫民窟，也不会遇到另外一种潜在危险——军事警察。“当时罗西尼亚有能装下两个人的小警亭，”安东尼奥说，“他们并没有做什么，只是突出一下存在感。我从来没遇到过一个好警察，我知道你可能会说有些警察没那么坏。或许吧。但当时我们还是小孩，这些警察就开始追着我们跑，如果不小心被抓到的话，他们就会狠狠打你的头。”

对于中产阶级来说，贫民窟是藏着恶龙和魔鬼的未知之地。贫民窟的孩子们也是这样看外面的——父母会警告孩子们不要捣乱，否则一个叫“卢西奥”(Lucinho)的本地妖怪就会现身，趁睡觉的时候把他们抓走。安东尼奥相信这个“卢西奥”一定会在沥青区四处扫荡，而在另一些家庭里，“卢西奥”显然穿着一身臭名远扬的军警制服，凶神恶煞地走在贫民窟里。对罗西尼亚的小男孩们来说，安全起见，最好避开小山坡外的一切。

和大多数同龄人一样，安东尼奥打小就过着集体生活。大人们出去工作的时候，妈妈们会把孩子们交给其他妇女，有时会付钱，有时会给点实物报酬。父亲通常会像个鬼影似的徘徊在较近的过去中，但往往早在孩子记事前就离开了。

安东尼奥很是开心，因为他家的情况并非如此：父亲陪他的时间要比母亲多。多娜·伊雷妮每周有六天都在科帕卡瓦纳的一户人家打杂。她通常只能在星期六回家，然后在周日晚上离开去做下一周的工作。热拉尔多也上班，先是在伊帕内马，后是在科帕卡瓦纳当酒吧招待。尽管他只能在第二天清晨回家，但至少安东尼奥醒来时能见到他。这个小男孩崇拜自己的父亲，他记忆中的父亲非常亲切，脾气也很好。

卡洛斯对继父的印象则完全不同。正是热拉尔多把他拉进了这个令人厌恶的黑洞之中，然后又把矛头对准了他最珍贵的东西。“当时我还在青春期，”卡洛斯解释道，“热拉尔多会关掉我的唱片机，把我的黑胶唱片扔出房间。有的时候他会给他自己和安东尼奥做饭，一点都不留给我，还叫我自己照顾自己。”

安东尼奥无法忘记酒精在这个家里点燃的冲突，而这些冲突往往会演变成暴力。“我妈妈是个酒鬼，”他坦率地承认道，“好吧，其实他们两个人都喝酒。但她回来后会找爸爸吵架。我讨厌这样。这曾经让我非常沮丧。”他暗示母亲是那个挑起争端的人。他似乎把她和卡洛斯划成家庭的一边，而自己和爸爸站在另一边。

这对父母吵得很凶。安东尼奥观察到伊雷妮每星期六都会大醉着回到家，然后找碴儿打架。她会把他爸爸叫醒，一下又一下地殴打他，热拉尔多在喝多的时候会还手。生活在这样一个狭小的空间里，这些闹剧就在卡洛斯和安东尼奥的眼前上演。

卡洛斯得过小儿麻痹症，但体格很健壮。他常常会出手保护自己的母亲。安东尼奥那时还太小，只能惊恐地看着同母异父的哥哥扑向自己的父亲。卡洛斯承认自己有次下手过重，把热拉尔多揍进了医院。“我差不多把他整口牙都从嘴巴里揍出来了。”卡洛斯不安地说。安东尼奥则痛苦地强调：“他把我爸爸的脸都揍变形了。”家人们打起来时，年幼的安东尼奥只能恐惧地缩起来，弱小的他对此束手无策，却又暗中盼望能出面保护父亲。

还有一些人和卡洛斯一样反感热拉尔多。一名家庭好友提到除了酗酒之外，热拉尔多还是个暴力的小偷，他挑起的争端和他妻子的一样多。如此看来，似乎很难得到对热拉尔多品性的客观评价了。毫无疑问，年幼的安东尼奥见证了家庭生活中大量的肮脏面。长期目睹母亲遭受丈夫或伴侣的虐待是决定男孩在长大后是否会变得暴力好斗的关键因素。但安东尼奥的情况有点特殊，因为在他眼中，遭受虐待的是他的父亲而非母亲。

“吃的东西基本上就是豆子和米饭，或者米饭和豆子。”安东尼奥回忆道。偶尔某个周末，食物中会突然出现一块鸡肉，但在最困难的时期，“我们只能吃混着肺的玉米粥”。* 安东尼奥

* 这道菜的名字是 Angu com bofe。

想起这道巴伊亚州的特色菜就起了一身鸡皮疙瘩。通常这些内脏只会用来喂狗。雨林里的水果为他们提供了宝贵的维生素，然而在 20 世纪 70 年代末 80 年代初，这种来源就消耗殆尽了。毫无规划的房屋像潮水一样淹没了整个山坡，渗到了罗西尼亚的每一个角落，植物被赶尽杀绝。尽管安东尼奥对童年时光存有一些愉快回忆，但那毕竟是一段持续了很久的赤贫时光。他就是个“小可怜”，一个家庭好友如此回忆道：“他那时候太瘦弱了。我当时总是看到他在路边等公交，整个人像要被那件破 T 恤吞掉了。”

7 岁时，母亲第一次带安东尼奥去了自己上班的地方。当时她在科帕卡瓦纳区的一户人家做帮佣，宏伟的公寓楼坐落在林荫大道上，足有好几层高。但最让安东尼奥惊讶的不是建筑、不是宽敞的房屋，而是食物——各式各样、色彩鲜艳的食物，精心地摆在盘子和碗里。这是个他做梦也想象不到的世界。

从小开始，安东尼奥就把罗西尼亚当作全世界。他觉得自己是生活在其中的一个公民。尽管贫民窟充斥着混乱、贫穷和暴力，但他一直坚定地认为这就是地球上最棒的地方，能在这里长大是一种福气而不是噩运。卡洛斯正好相反，他觉得这里糟透了。他被人从舒适的中产生活中拖出来，扔进了这个粪坑里。他和弟弟显然分别站在希科 · 布阿尔克歌中那条沟壑的两岸。

从母亲工作的地方出来，安东尼奥会被带到三个街区外父亲工作的酒吧。他在那里第一次见到流落街头的同龄孩子。他目瞪口呆地看着父亲和孩子们亲切交谈——他们有些穿得破破烂烂，有些缺胳膊少腿。“我永远都不会忘记那个叫‘海盗’的孩子。”他说。“海盗”只有一只眼睛，没戴眼镜，也没戴眼罩，眼眶里空无一物。“那样子就好像有人刚在他头上打了个洞。”在酒吧里，父亲给了安东尼奥一些硬币，让他上街发给像“海盗”那样的孩子们。他向安东尼奥解释，这些孩子的生活比他们的艰难得多：他们既没有父母也没有监护人，除了偷窃或乞讨外别无选择；他们时刻活在无端暴力乃至死亡的恐惧之中，而这都拜四处劫掠的警察巡逻队所赐。但凡手中剩下什么东西，父亲都会拿给街上的孩子们，并且提醒安东尼奥，给予是一种善行。安东尼奥崇拜他的父亲，不仅仅把他当成自己的道德楷模。他坚持认为热拉尔多既是他的父亲，又是他的母亲。

第3章

可卡因

1979年—1989年

20世纪70年代末，在巴西西部最偏远的地带，来自全国的冒险家和淘金者们都聚集在两条河流的沿岸。短短几年内，位于亚马孙河流域的朗多尼亚州（Rondônia）边缘的马德里亚河（Madeira）和马莫雷河（Mamoré）附近就涌现了几个临时城镇。鼎盛时期，这些定居点居住着大约20,000人（几乎都是男性），几乎同一个世纪前在铁轨旁成长起来的美国西部城镇一模一样。

嘈杂、混乱、喧闹、尘土飞扬，城镇里面挤满了各种小商贩，贩卖着一切男人们需要的东西：啤酒和烈酒，干货和湿货，食物和衣服。但此地最繁忙的设施只有一个用途：买卖金子。

这些库鲁特拉（currutelas）在当时属于法外之地，里面挤着简易的银行设施和流动妓院。妓女和男妓会看哪里的生意好，从一个小镇搬去另一个。斗殴、枪战、盗窃和花样繁多的诈骗每日都会上演，好像在河流和堤岸上长时间的工作还不够艰苦似的。而这些衣服上浸满泥浆的硬汉会花多少钱，完全取决于他们在拖网、挖泥、潜水了一周后能找到多少金子。

很长一段时间里，西部这片土地都是巴西史上最大的金矿产地之一。* 自从17世纪90年代，自内陆的开拓者们（bandeirantes）在后来被命名为米纳斯吉拉斯州（Minas Gerais，意为“都是金矿”[General Mines]）的地方找到黄金以来，这些露天矿或冲积矿就成了巴西的传统。随着探险家们进一步深入，发掘出更多令人赞叹的矿藏，穷人、绝望的人、狡猾的人和机会主义者——这些相信自己会获得巨额财富的人都聚集在一起，他们被叫作“掘金人”（garimpeiros）。其中一些收获甚丰，但更多人冒着死亡和伤残的风险却一无所获。

从米纳斯吉拉斯州的矿场到里约热内卢和圣保罗只需几天。几个世纪以来，亚马孙的财富都位于荒凉的偏僻地带，距离沿海的中心城市要几周的路程，对掘金人来说遥不可及。但在1966年，巴西的军事统治者宣布要开发这个国家最后一个边远地区，项目名称叫作“亚马孙行动”（Operação Amazônia）。怀抱着15世纪西班牙人寻找黄金国时的热情，将军们启动了一项野心勃勃的道路建设计划。短短十年间，数千千米的柏油碎石

---

* 当时最著名的露天金矿赛拉佩拉达（Serra Pelada）就位于毗邻亚马孙丛林的帕拉邦内，于20世纪80年代启动开采。塞巴斯蒂昂·萨尔加多（Sebastião Salgado）的摄影作品反映出该金矿但丁式的地狱氛围，随后导演埃托尔·达利亚（Heitor Dhalia）于2013年拍摄的同名电影《掘金之旅》（*Serra Pelada*）将这一氛围栩栩如生地复现。该电影完美地重现了淘金热期间的库鲁特拉。

路面在亚马孙丛林纵横交错。他们想借此让亚马孙进入密集的经济发展期，释放雨林中储量惊人的自然资源。将军们还希望此举能将“没有土地的人带到没有人的土地上”，好解决或至少缓解东北部和南部人民无家可归的情况。

修好的道路让人力、机器和建筑原材料得以进入一段长约400千米的河道，这条河道是马德里亚河和马莫雷河河系的一部分。马莫雷河就在此汇入马德里亚河。在这个交汇点之后的任何一个国家，巨大的马德里亚河都是河流之王。但在巴西，它不过是一条支流，汇入雄伟的亚马孙河。

马德里亚河和马莫雷河的源头位于玻利维亚安第斯山脉的山顶。它们裹挟着丰富的矿藏，奔流而下进入巴西境内。每年的11月到次年3月，也就是夏季，安第斯山脉上融化的雪水连同热带降雨会让河水上涨。洪水冲毁堤坝，淹没两岸长达几千米的丛林。河岸上的居民只能离开，直到冬天到来，河水退去。几千年来，这种自然过程令大量黄金沉积在河床上。长达几个世纪的时间里，它们就躺在那里，无人留意也无人触碰。

19世纪70年代初，人们意识到河床上沉积着金子，于是淘金热渐渐发展起来。起初这项事业进展缓慢，但到了19世纪七八十年代之交，河岸旁已经驻扎了好几千人。这份工作非常危险，特别是对那些负责在河床上寻找沉积物的潜水员来说。

每当工头发现一处丰富的矿藏，他们就会将一条巨大的软管伸向那里。软管像来自反乌托邦世界里的巨型蠕虫，另一端连着抽水机，放在名为巴萨（balsas）的大木筏上。软管会吸走河床上的一切，吸上来的东西被送到岸上，另外一组淘金者会仔细筛出里面的贵金属。

在 20 世纪 80 年代末，也就是淘金潮的全盛时期，大概有 6000 条巴萨漂浮在河面上。但人们付出的代价也很惨痛，事故常常发生。“有段时间，我每天能看到三具尸体顺着河水漂过波多韦柳(Porto Velho)。”一位当年的工人回忆道。* 河水很深，许多潜水员因过快浮上水面患上了减压病，更别提还要应对周边生物的袭击——小到飞虫，大到在水里徘徊的巨型鳄鱼。

不过，能带来一丝解脱的东西近在眼前。两条河流中的一段划定了巴西和玻利维亚的边界。在一天的辛勤劳动后，掘金者们很快就会联系对岸的商人们。而玻利维亚人会向他们出售古柯叶。几个世纪以来，当地的农民都会用古柯叶泡茶或直接咀嚼，它会带来一种麻醉感，让人在艰苦工作时不再感到疲惫。除此之外，河畔商人开始出售经过加工的古柯叶，一种是半提纯的古柯膏，一种是粉末状的可卡因。不久之后，不少掘金者就发现它们不仅能驱逐一天的疲劳，还可以靠贩卖可卡因多赚点钱。

负责将掘金者从波多韦柳港运往掘金地的司机们装着满满一车古柯膏回家了。很快他们就发现，那些在朗多尼亚州不停

---

* 引自 Christian Geffray, “Social, Economic and Political Impacts of Drug Trafficking in the State of Rondônia, in the Brazilian Amazon,” in *Globalisation, Drugs and Criminalisation*, ed. Christian Geffray, Guilhem Fabre and Michel Schiray (Paris, 2003), 34。

砍伐亚马孙雨林的伐木工也很需要这种东西。

“亚马孙行动”为伐木工创造了大量的机会。伐木工有着双重经济功能：一方面他们可以出售木材，其中包括红木等珍贵硬木；另一方面，他们为农民进驻这片区域铺好了路，这些农民主要从事畜牧业或种植大豆。其中一些伐木活动是合法的，也经过了州政府的批准，虽然不一定对地球有益。但也有很多是非法的，这些伐木工们很擅长这些工作：利用武装团伙摆平发出抗议的原住民或环保主义者；洗钱；长距离运输来源可疑的货物。

20 世纪 80 年代初，这些新进入毒品市场的人已经同当时哥伦比亚三大可卡因出口商中的两个建立起了直接联系。而多年来其中最重要的就是哥伦比亚革命武装力量（The Revolutionary Armed Forces of Colombia，简称 FARC）。他们控制着瑞士面积大小的亚马孙雨林，并在上面建了众多的“厨房”，能够覆盖将古柯叶加工成可卡因的全流程。另一个出口商并非声名远扬的大毒枭巴勃罗 · 埃斯科瓦尔（Pablo Escobar）的麦德林集团（Medellin Cartel），而是它那更为狡猾的对手——位于哥伦比亚南部的卡利集团（Cali Cartel）。他们在邻国秘鲁和玻利维亚买下了大片的土地，用于种植和提纯可卡因。

因此，巴西的可卡因贸易出现了两种截然不同的形式。一种是大宗交易，供货商每年会用飞机和卡车在全国集中运送提纯过的可卡因，目的地有两个：一是巴西最大的港口桑托斯（Santos），主要销往圣保罗和东南部；另外一个是帕拉马里博市

（Paramaribo），邻国苏里南共和国（Suriname）的首都。这个国家曾是荷兰殖民地，独立后的军政府是世界上最腐败的政府之一。就在这两个地方，可卡因被装上船，驶向西班牙的大西洋沿岸或鹿特丹。20 世纪 90 年代，爱尔兰沿海、巴尔干半岛和西非也成了始发枢纽，可卡因将经此抵达终点站——利润丰厚且仍在不断扩张的欧盟市场，特别是英国、德国、法国、意大利和西班牙。

但有一点不同*，巴西的可卡因批发业务主要由商人主导，他们看起来并不像贫民窟里拿着枪的黑帮。恰恰相反，这些人把走私活动和合法生意结合了起来，后者通常和农业相关，尤其是在非法盗伐活动后发展起来的畜牧业。他们的利润比起那些供应巴西国内市场的毒贩要大得多，但被逮捕的风险却更小。

巴西成了满足欧洲迅速增长的可卡因瘾君子的需求中转国，但这并不意味着巴西国内市场的活力就被削弱了。这些批发商在里约、圣保罗和其他大城市贫民窟的可卡因供应链中发挥了不小的作用。但这对小本生意人来说也是个机会：他们在背包里装上大量古柯膏或可卡因，只需坐公共汽车到里约，就能保证获得丰厚的利润。这些自由贩毒者被称作“马图托”（matutos），是罗西尼亚毒品供应链上至关重要的一环。† 许多马图托都曾在马德里亚河、马莫雷河流域当过掘金客，结果发现古柯膏的买

* 见第 10 章。
† 同上。

卖比淘金赚钱多了。

于是，另一支“亚马孙瀑布”也加入了“飞河”，一并涌入并淹没了里约市。然而这条河流并不行经天上，而是穿越陆地。它一点一滴地坚持了下来。到了 1984 年，一位观察者留意到“里约热内卢一年四季都在‘飘雪’”——要知道这可是一个热带城市。

彼时安东尼奥还是个不满 9 岁的小男孩。但一些强大的势力已经蠢蠢欲动。贫困、毒品和枪支交易、政治动荡、城市暴力和全球化，这一系列事物正以特定方式排列组合起来，并在 15 年后改变了他的人生轨迹。

1984 年，当可卡因像雪一样降落在里约时，罗西尼亚最流行的毒品仍然是大麻。直到那时可卡因都还很少见，是那些最富有的人的专属品——特别是有钱开飞机到处跑的富豪。20 世纪 70 年代的黑市上，可卡因被叫作“白粉”，而大麻则被叫作“黑粉”。这种称呼不仅反映出毒品自身颜色的差异，也反映出各自消费者在种族和阶级上的差异。

大麻，葡萄牙语叫作“maconha”，多年来一直是贫民窟生活的一部分，但从未引起过什么争议。除非自己时不时会买点大麻来吸，否则当地居民几乎不会注意到这门生意。在控制着利润丰厚的非法博彩行业“动物彩票”罗西尼亚分部的两个人眼里，大麻生意不过是一项副业。这两人一个住在贫民窟的顶端，一个住在底端。这种上下间的敌对状态会在罗西尼亚一直延续下去。

随着可卡因日渐流行，一个极具创业动力的人在罗西尼亚开了家店：德尼尔·莱安德罗·达席尔瓦（Denir Leandro da Silva），人称“罗西尼亚的德尼尔”。德尼尔住在他的烟草店和第二街之间。这位贫民窟首任毒王的事业开端不算大，但野心满满，他预测可卡因很快就会改变每个人的生活。

当可卡因粉末（pó）开始从亚马孙涌入罗西尼亚，德尼尔的生意也随之发展起来。随着生意蒸蒸日上，他在和罗西尼亚其余居民打交道时发展出了一种战略性的高尚。他会“四处派发食物和药品，为最贫困的家庭承担丧葬等费用，在节假日分发糖果”。* 不久之后，他就和越来越多的经销商建立起联系，他们会把毒品从邻国运往巴西。在罗西尼亚，他建立起了一套沿用至今的管理结构和文化。他做生意的核心是金钱，而不是暴力。

小时候去上柔道课时，安东尼奥总是很期待见到住在附近的德尼尔，说不定哪天就能赶上他给当地的孩子们发糖果。这种博施济众的举动对像安东尼奥和他的朋友们那样赤贫的年轻人产生了巨大的影响。当时人们在贫民窟看见罗西尼亚的德尼尔时，就像看到总理或总统一样。

德尼尔当时是红色司令部（Comando Vermelho）的成员，这是当时里约最大、最有影响力的犯罪集团。20 世纪 80 年代初，红色司令部并不总是同大麻交易联系在一起。人们还会用这个

---

* João Trajano Sento-Sé, Ignácio Cano and Andreia Marinho, *Efeitos humanitários dos conflitos entre facções do tráfico de drogas numa comunidade do Rio de Janeiro* (Rio de Janeiro: UEGJ/LAY, 2006), 5–6.

组织早期的名字来称呼它：红色长枪党（Red Falange），里面最有声望的成员都是些武装抢劫犯和绑架犯。

红色司令部的成立可以追溯到十年前，那是一小段发生在冷战高潮时期的奇怪插曲。这个神话般的犯罪组织如今正向整个里约显摆它库存的可卡因和半自动步枪，但它的前身实际上是巴西军事独裁政权在 1964 年 4 月 1 日夺权后的意外“成果”。

1969 年，巴西境内最大胆的两支游击队——来自里约的 MR-8 和以圣保罗为大本营的 ALN*——来到了格兰德岛（Ilha Grande）。那是巴西风光最秀丽的地区之一。这个天堂般的岛屿位于里约以南约 100 千米处，只需乘一小时慢船就能到达曾经的皇家度假地安格拉杜斯雷斯†。碧绿色的南大西洋海水反复拍打着小海湾，海湾上的美丽海滩正是地下战士们此行的目的地。

这些人不是来娱乐的，也不是在革命之余来休息片刻的。沙滩后有一栋楼，看起来就像纳粹战俘营科尔迪茨城堡（Castle Colditz）‡发育不良的孩子。自坎迪杜门迪斯（Cândido Mendes）监狱在 20 世纪初投入使用以来，历届巴西政府都想方设法让它看起来不要那么迷人。如今这里已经成了巴西最恶名远扬的监狱，用这样一句口号来警示关押在此的囚犯：O preso foge, o

---

* MR-8（Revolutionary Movement 8th October）和 ALN（The National Liberation Action）都是为了对抗 1964—1985 年间巴西军事独裁政府而成立的游击队伍。——译者注

† 安格拉杜斯雷斯（Angra dos Reis），意为“国王之湾”。——译者注

‡ 文艺复兴时期建造于今德国萨克森州界内的城堡式建筑，“二战”期间纳粹将此地用作关押“战犯”的俘虏营。——译者注

Tubarão come（囚犯逃走一个，鲨鱼吃掉一个）。

第一次踏进这栋令人生畏的建筑时，作家威廉·达席尔瓦·利马（William da Silva Lima）这样写道："长久以来，这个美丽的地方注定要与人类的苦难联系在一起。"他是这个监狱在 20 世纪 70 年代最著名的囚犯之一。奴隶、霍乱患者、叛兵和反法西斯战士都曾被丢进去，在里面等着发烂。"当时的监狱里充斥着恐惧和怀疑，他们害怕的不仅是来自狱警的暴力"，里面的囚犯团伙常常抢劫、性侵和杀害同伴。*

MR-8 和 ALN 这两个革命组织因合作绑架了美国驻巴西大使而名声大振。他们靠抢银行获取大量资金，并用这些钱来武装对抗军政府，因此在地下组织中也很受欢迎，甚至受到了全世界左翼活动家的赞扬。

尽管将军们想把这些游击队员当成普通罪犯，坎迪杜门迪斯监狱的狱长还是在 B 区单独划出一块地方来安置这些政治犯。他们的新邻居包括当时里约市内最强悍的一伙武装抢劫犯，其中就有威廉·达席尔瓦·利马。他出身贫民窟，却非常热爱看书，因此被称作"教授"。他在狱中写下了一本精彩的回忆录，详细记录了 MR-8 和 ALN 两支队伍背后的年轻知识分子怎么给抢劫犯们传授组织经验。

这些游击队在抢银行时通常会计划得万无一失。实施抢劫的小分队会得到后援的强力支持，后者会乔装打扮埋伏在银

---

* William da Silva Lima, *Quatrocentos contra Um* (São Paulo: Vozes, 1991), 39.

行周围。执法部门现身之时，就已经掉进了一个全副武装的陷阱，里面抢现金的劫犯则可以借机顺利脱身。他们每次都确保乘坐几小时前刚偷来的车逃跑，这样车主根本来不及报失。他们还会事先准备好安全屋和随队携带一个医生（通常是医科学生），前者用来协助逃跑和储存大量现金，后者负责为在突击行动中受伤的队员做手术。

一开始，来自贫民窟的劫犯们对这群热衷强调政治地位的狱友很是怀疑，但渐渐地，他们开始对游击队员的奉献精神、特别是组织能力心生敬佩。

身为一个以抢劫为生的人，“教授”的政治意识异常的强烈。连他这样的知名悍匪都不禁对游击队的组织水平拍手叫好。不久后，革命者开始给这群小偷和武装抢劫犯传阅切·格瓦拉（Che Guevara）和法国年轻马克思主义者雷吉斯·德布雷（Régis Debray）的著作。1971 年，囚犯中有八人成立了“联盟集团”（Union Group），随后改名为“红色长枪党”，最后定名为“红色司令部”，人们常常用首字母缩写来指代它：CV。*

这些囚犯重返街头后，不仅有了新的意识形态动机——他们现在是以社会正义的名义行窃，还拥有了新的等级结构。权威大小通常取决于监狱经验的多少：一个人的刑期越久，成功越狱的次数越多，在组织内就越有影响力。

* 在贫民窟内的街头涂鸦中，它有时被写为 CV-RL，RL 指的是 CV 的创始人罗热里奥·伦格鲁贝（Rogério Lemgruber）。

20 世纪 70 年代早期，坎迪杜门迪斯监狱内还有一伙人，他们拒绝承认“红色司令部”初始领导的权威，这些被称为“鳄鱼”的人成立了一个新组织：“第三司令部”（O Terceiro Comando）。到了 20 世纪 90 年代，这个组织将在一系列骇人的三方残杀中同“红色司令部”争夺权力。今天，当你在贫民窟墙上看到一条全副武装的鳄鱼涂鸦时，你就已经来到了“第三司令部”的地盘。

这些帮派的成立预示着贫民窟的生活将发生重大变化。传统的权力和等级结构将随风而去，而消灭它们的正是巴西有史以来最强大的社会力量之一——毒贩。

第4章

尸体

1980年—1987年

安东尼奥还小的时候，不少贫民窟内都弥漫着乐观的氛围。1964年起掌权的军事独裁政权已经无力回天，贫民窟正通过振兴居民协会来争取民主。他们团结起来要求居民的财产权获得承认，然后很快开始提出更大胆的要求：他们希望军事警察不要再骚扰穷人，还希望能终结“光明委员会”的电力供应敲诈行为。这些都是将贫民窟内公共设施正规化的呼声的一部分，其他的还有自来水供应和封闭式污水处理系统。考虑到那些流淌在狭窄小巷中臭烘烘的露天下水道中的污水，后者的呼声尤其高。

很快，贫民窟内的骚动不再像一伙讨人厌的人凑在一起，而更像是一场政治运动的开端。里约的激进主义者开始走向成熟，他们成了中产阶级居民协会的先锋，更重要的是，成了有志于取代现有军政府进行执政的先锋。这恰好同圣保罗地区越发积极的工会运动相呼应。这场运动受到了一群颇具魅力的年轻领导者的推动，其中就有日后的总统路易斯·伊纳西奥·卢拉·达席尔瓦（Luiz Inácio Lula da Silva），巴西人民口中的卢拉。在各方压力之下，军政府被不断削弱，将军们似乎对自己的使命不再那么确定了，巨大变革的前景令整个国家都兴奋不已。

1982 年，军队同意各州和城市在全国性投票前先举行选举，进一步表达了放弃政府统治权的意愿。

里约热内卢基层政治运动的兴起是一个重要进步，预示着里约市甚至全巴西都进入了一个非常乐观的时期。要求民主回归的呼声日渐高涨，涵盖了不同的选区和阶层。在许多里约人的记忆中，那是这座城市的“美好年代”，每个人都心怀希望。

当里约市和里约州为民主的回归做准备时，政治家们第一次意识到人口众多的贫民窟是个大票仓，甚至比零散的中产阶级选区更有价值。无论是市长还是州长候选人，如果能对贫民窟的居民协会施加影响，就能拿到厚厚一沓选票。政治家们开始意识到，若他们能保证在选举中获胜，协会领导就会拿选票来换物质利益。

贫民窟内的经济也在蓬勃发展。罗西尼亚山脚东北处的市场已经成了里约最大的露天集市之一。每天都有新鲜农产品坐超过 24 小时的大巴舟车劳顿抵达这里。公交站旁开了不少商店和饭馆，人们在那里通勤前往莱伯伦区和巴拉区（Barra）。罗西尼亚每年都要新增 2000 人左右，这表明里约的服务业正迅速发展。安东尼奥的父母一直都有工作，但由于新移民不断涌入，他们的薪资被压得非常低。

罗西尼亚出现了两个居民协会，都宣称自己代表了当地人的心声。两位主席都很出众，但却非常不同。“奶酪乔”（Zé do Queijo，英文为 Joe Cheese）也许是罗西尼亚居民中最具领袖气质的人。他是来自帕拉伊巴州的东北人，于 20 世纪 60 年代到达罗西尼亚，在迅速扩张的七八十年代垄断了卡丘帕区中心地带建筑地块的分配。奶酪乔留着一头拖把似的黑色卷发，戴着一副黑框眼镜，腰间插着两把手枪，在贫民窟内大摇大摆地走着。直到今天，他都被称为罗西尼亚的“兰比昂”*——巴西东北的“罗宾汉”。

“兰比昂”是个恶名远播的盗牛贼、抢劫犯和勒索者。20 世纪的前 30 年，他藏身于北里奥格兰德州（Rio Grande do Norte）和塞阿拉州半干旱丛林的农村之中，对周边发动袭击。历届政府都把他和他的追随者“坎伽塞罗人”（the cangaceiros）视为犯罪隐患，但不少东北人至今依然欣赏他对政府不屑一顾的态度。

奶酪乔有意识地同每年从东北来到罗西尼亚的数千名打工者搞好关系，以扩大自己的影响力。他为这些人提供低息贷款，帮他们寻找住处和工作。茫然的新人因此对他十分忠诚。奶酪乔一口熟悉的乡音让人倍感慰藉，于是这些人遵循“上校主义”

---

* 兰比昂（Lampião，意为灯笼）原名为维尔古利诺·费雷拉·达席尔瓦（Virgulino Ferreira da Silva），著名的强盗首领，20 世纪 20 至 30 年代期间活跃于巴西东北部，被当地人视为“民间英雄”。——译者注

(coronelismo) * 传统，准备从今往后都跟着这位“强者”混——这一传统在巴西东北部格外有影响力。在一名同时爱上奶酪乔和罗西尼亚的人类学家的鼓励下，奶酪乔决定把这种非正式的关系网变成正式的居民协会。他长得既高大又骇人，对政治权威的追求是有实质内容的，只不过这些内容既不民主，也不怎么靠得住。

他的对手同样出众。活力四射的玛丽亚·海伦娜·佩雷拉(Maria Helena Pereira) 是一位年仅 25 岁的教学助手，通过选举成了原本居民协会的首领。巴西本质上仍是一个保守的国家，身为女人，你必须异常努力才能让自己的声音被大众听见。当国内的军事政权开始走下坡路时，贫民窟的女性是第一批站出来主事的人，她们组织起来提出自己的诉求。除去抚养孩子，这些女人通常也是每个家庭中主要甚至唯一的顶梁柱。没有托儿所也没有小学，她们就做出复杂的日常安排，确保总有一个人看着附近社区的孩子。时至今日，母亲们仍然会交替照顾贫民窟的孩子们。就在不久前，她们还要在没有自来水的情况下洗衣、做饭和打扫卫生，她们做了一张勤务轮值表，轮流去公共取水点提水。这个世界上的大多数女性都比男性更善于组织和安排事情，是顶尖的多任务处理者。

---

* 19 世纪 20 年代，巴西获取独立之际，葡萄牙皇室政府任命了一批由少数人选举出来的治安官作为该地主要的政治仲裁者。其中许多人很快利用自身权势在辖区内建立起腐败的统治。直到 19 世纪末，许多地方强人被允许购买军衔，最高可达上校级别。

在竞选居民协会主席时，玛丽亚·海伦娜受到了当时在贫民窟刚兴起的女权组织的赞助，成了首位从男性主导的本地政治结构中突围而出的女性。和奶酪乔一样，她热衷于给尽可能多的居民分发生活必需品。当时里约州州长曾命令在市区贫民窟内分发牛奶，而这项工作被指派给了军事警察。于是玛丽亚协同附近警察局的朋友在山顶用一辆大型罐车发牛奶。奶酪乔牢牢控制住了罗西尼亚的中部地区，而玛丽亚·海伦娜的后盾则在第一街附近的山顶区域和下方的商业区。

据她的朋友说，玛丽亚一直生活在对奶酪乔的恐惧之中。双方支持者的矛盾不时演变成暴力事件。到 1983 年，两人间的冲突达到白热化，甚至惊动了当时里约的新任民选州长利昂内尔·布利佐拉（Leonel Brizola）。布利佐拉是 1964 年军事政变前最有影响力的旧左翼政治家之一，有着反对军事独裁政府的光荣履历，受到里约穷人的尊重。因此，当他呼吁两位主席把争端从罗西尼亚的小巷转移到投票箱时，两边都同意了。

1983 年的选举是罗西尼亚第一次试水民主，人们对此非常兴奋。当时里约州的司法部部长亲自监督唱票，各个区的小代表团庄重地从投票站步行前往巴塞卢斯（Barcelos）的大厅等待结果。玛丽亚拿到了约 10,000 张选票，以微弱的优势胜出。双方都声称对方地盘的选区票数受到了操纵。各方面看来，这是事实，但双方也都明白彼此耍的花招正负相抵。罗西尼亚一时被誉为贫民窟乃至其他地区的典范。

虽然输掉了选举，奶酪乔并没有就这样消失。卡丘帕区仍然是他的地盘，玛丽亚·海伦娜治下的居民协会在那里没有多少影响力。但这两名对手将要面对一个更加危险的敌人。奶酪乔把怒气都撒在了毒品贸易上，这不免让他和当地的毒王德尼尔产生了摩擦。

五年时间过去后，变革的迹象越来越明显。1984 年，德尼尔下令杀死在牛仔长街（Cowboy Street）经营烟草店的竞争对手，露出了他冷酷无情的一面。德尼尔并不是一个嗜杀的人，但大家都知道他穿上那条白色短裤后会去干什么。“假如你看到他穿着那条白色短裤从家里走出来，那就意味着今天有人要丢命了，”贫民窟的一位居民对此记忆犹新，“这种情况不是很常见，但一旦出现，大家都会躲着他走。他效率很高，一般只要半个小时左右就能搞定。”*解决掉目标之后，德尼尔会慢悠悠地走回家里，换下那条白色短裤，好向他的邻居们宣告：“危险已经过去，生活照常。”

作为首任“山坡上的毒王”（Dono do Morro），德尼尔（或许是无意识地）预见到了许多里约热内卢的毒王将会遵循的范例——通过再分配毒品贸易的部分利润来培养本地人的支持，并向对手和敌人发出明确信号：任何异议都将招致坚决的武力回击。“毒品生意在当时是一种必要之恶，”回顾德尼尔时期的罗西尼亚，安东尼奥如此辩解道，“相信我，假如当时没有这些毒贩们，贫民窟里的每个人都会去偷、去杀人，我们所有人

---

* 采访卡洛斯·科斯塔，2014 年 4 月 14 日。

都活不到今天。毒品生意填补了国家留下的真空，如果没有它，这些地方就是法外之地。”

随后，毒王们搭建起了第三根支柱来支撑权力的大厦：收买警察。首领们对每个支柱的重视程度不一，因此不同贫民窟的环境差异巨大。安东尼奥认为毒贩为贫民窟提供了某种表面上的稳定，这一观察是正确的，但前提是首领们不能过分依赖武器，否则贫民窟很快又会变得无法无天，后果可能会非常残酷。

随着奶酪乔和德尼尔之间的对抗升级，乔的对手玛丽亚·海伦娜同路易斯·科斯塔·巴蒂斯塔（Luiz Costa Batista）——罗西尼亚的“动物彩票之王”的关系也不断恶化（奶酪乔和巴蒂斯塔厌恶海伦娜，是因为他们知道她无可救药地爱上了德尼尔，而她绝不是唯一陷入爱河的人）。19 世纪末，里约动物园的创始人设计并推出了“动物彩票”，这场无害的营销活动本意是想为萧索的动物园招揽一些游客。想法大获成功，几周内里约政府就以扰乱公共秩序为由取缔了这种游戏。动物园大概没能从中获利，但彩票却像灌木丛中的火苗一样蔓延开来。虽然非法，这项风俗还是展现了充满魅力的巴西文化中最为显眼的特质。

上百万巴西人都参与了赌博，尽管控制这门生意的是黑手党，它在今天甚至比百年前更受欢迎。这也是少数没有任何阶级门槛的活动，不过同其他国家的博彩业一样，它主要是从穷人手里赚钱。直到可卡因进入贫民窟之前，“动物彩票”的主管就是地下世界的主人。

“毒品之王”德尼尔和“动物彩票之王”巴蒂斯塔深知居民

协会是头反复无常的野兽,需要先驯服再关进笼子里。玛丽亚·海伦娜和奶酪乔二人间(多少还算是民主)的竞争演化成了可卡因交易和“动物彩票”两方代理人间的控制权之战。德尼尔对此一点都不含糊——他是一个有政治抱负的人，承继了“红色长枪队”创始成员在格兰德岛监狱中传达的社会主义理想。

直到1987年以前，“动物彩票”和毒品交易的两伙人都会定期合作举办活动：每年9月27日的“圣科斯马斯和圣达米安日”*,巴西各地都会在这天给穷人的孩子们发放玩具和糖果。在罗西尼亚，两个地下组织会赞助一辆拖着六轮车厢的巨大货车。这辆车沿着加维亚大道慢慢开往罗西尼亚山脚，沿途降下糖果和玩具雨。但这一年，卡车上只挂了“动物彩票”之王一个人的宣传画——德尼尔的贡献被抹杀了。玛丽亚·海伦娜对心爱之人遭受的背叛怒不可遏，并且向整个贫民窟表达了自己的愤怒。德尼尔的副手们也很屈辱，这足以掀起一场战争。紧张局势很快覆盖了整个罗西尼亚。

1987年10月某个潮湿闷热的早上，玛丽亚·海伦娜打开了前门。敲门的人显然知道自己在做什么，因为玛丽亚只有在听到正确信号时才会开门：一阵有节奏的敲击声再加上接头暗号。她的脸和胸口中了三枪，当场殒命。

没有人公开指责巴蒂斯塔应为玛丽亚的死负责，部分原因

---

* 圣科斯马斯和圣达米安(Saints Cosmas and Damian)是一对著名的双胞胎殉教者。传说他们医学技术高超，但却拒绝收取服务费用，被人视为医生和药剂师的守护神。——译者注

是大家的确不知道他是否该对此事负责任。凶手也可能是她的政治对手奶酪乔。甚至有传言称下令枪杀她的是德尼尔：这似乎不太可信，大家都觉得德尼尔的梦想是和玛丽亚移民美国，然后在那儿生孩子 。

另一些人则推测是政府派人杀了她，因为前段时间她刚和社会事务国务秘书大吵一架。杀害玛丽亚的凶手及其动机从此成为谜团，但她的死确实表明参与贫民窟政治的风险极高。玛丽亚被掩埋在地下和高层腐败政治的嶙峋山石之下，而她既不是第一个，也不是最后一个。

玛丽亚死后，贫民窟陷入一片死寂。三个月后历史重演，这次被干掉的是奶酪乔。大多数人私下都认为下令的是德尼尔，但就算有人手中握有确切证据，也不会主动拿出来。

尽管出现了这些风波，安东尼奥同大多数人一样，依然觉得德尼尔掌权时的罗西尼亚相对安宁。这之后，罗西尼亚就同其他贫民窟一起跨入了血腥混乱的20世纪90年代。和接下来十年发生的事相比，德尼尔算得上宽厚。社会急剧转型期少不了小偷小摸。“但当时大家都指望他来解决问题。”安东尼奥说，“比如说德尼尔警告小偷们不许偷东西，他们就不再偷东西了。如果有人总是因为在派对上起争执就开枪杀人，他们也会明白自己不能这么为所欲为了。”因为德尼尔绝对不会允许这样的行为发生。

当时贫民窟内没有正常运作的警察部队，德尼尔和毒品交易扮演起了这一角色。他们当然没法把犯事的人关进监狱，但德尼尔的刑事司法体系设有一系列惩戒措施，从口头警告到私下处决。

出于私人原因，安东尼奥觉得德尼尔的管制应该来得更早一些。“谁知道呢？假如他们早就把这套贯彻到底，也许我哥哥就不会这么对我爸爸了。也许他就会对我爸爸更尊重些。”

尽管带来了稳定，但在罗西尼亚的民主之花刚要绽放之时，一手摧毁掉脆弱花朵的人也是德尼尔。贩毒集团和“动物彩票”帮派的敌对仍将继续，这成了一盘复杂的棋局。像路易斯·巴蒂斯塔这样站稳脚跟的人物开始对政界和警界施加影响，其中一些人巴不得马上介入贫民窟事务，好拿到承诺给自己的那份钱。与此同时，日渐壮大的贩毒队伍赚的钱越来越多，这些现金随后就会变成大量武器，流淌进贫民窟。

安东尼奥渐渐从一个小婴儿长成一个小男孩，他结交了一群好朋友，这群朋友都住在他位于第四街的家附近。

贫民窟发展和扩张的速度太过迅猛，甚至在内部迅速划分出不同的区。每个区都有一个小帮派。控制卡丘帕区的是一群来自帕拉伊巴州的凶悍移民。瓦莱奥区（Valão）的帮派名字来源于那条贯穿区内主干道的臭水沟。脏衣区（Roupa Suja），字面意思就是“脏衣服”，大概是贫民窟内最破烂的地方，但各帮派对这里的所有权的竞争也相当激烈。这里也有帮派，不过是一伙小孩。

其中一些孩子后来成了“海滩飞鼠”，相当于《雾都孤儿》

中费根手下的里约本地版。他们会在精心策划后突袭圣康拉多的海滩和酒店，顺走别人的财物，然后逃往罗西尼亚的圣母教堂附近的集合点：整个团队会在那里分赃。他们最重要的同伙包括一只德国牧羊犬，这只狗参与了一个“巧妙的行动计划：团伙成员会吹着口哨走在前面，然后往受害者的财物上面撒一堆沙子。这是个信号，狗会飞奔过去一口咬住财宝，然后叼回来”。*

这其中最不能惹的是来自第一街的帮派。第一街是东北移民来罗西尼亚后的主要落脚点，而人们只要一有机会就会搬出去。那里人口流动的速度相当快，因为居民们都在往山脚搬。他们越往下走，就越能获得众人的尊重。绝望弥漫在这个区域，人们也滋生出一种略显粗野的做派。那里的年轻人看起来格外的浮夸和好斗。

安东尼奥在加维亚区上初中。从 11 岁起，他每天都会搭乘一辆上山的公交车，沿途会穿过第一街——实际上是个山口。那时他就发现第一街已经成了罗西尼亚的毒品交易中心，最好离那儿远点。地处罗西尼亚顶端、贫民窟制高点下方，第一街其实是个方便的瞭望台：站在小山坡的顶上，你可以监视所有进出加维亚区的人，又能在另一侧俯瞰贫民窟的全景。

时间很快从 20 世纪 80 年代迈入 90 年代，罗西尼亚的氛围也起了变化。随着安东尼奥一天天长大，他发现身边死去的人

* Costa, *Rocinha Em Off*, 30.

越来越多。“那时你一觉醒来，就会发现昨天晚上有人被杀掉了。”就在上初中前的几年间，罗西尼亚开始出现一具具尸体。没过多久，他就会听到关于新尸体的传言——有的时候是陌生人，有的时候是不太熟的人——或多或少，每天都有。

还不到10岁时，安东尼奥有一次偶然碰到了一个气喘吁吁的朋友，对方拽住他的T恤，要他跟自己走。“有具尸体，”他悄悄地说，“你一定要去看看。”他们一起走进一栋废弃的水泥建筑，光线从没有装玻璃的窗户透进来，地上躺着一具包裹在白色裹尸布里的尸体。朋友小心翼翼地拉开裹尸布，露出来的不是一张人脸，而是一摊人肉和骨架。安东尼奥吓得半死，他撑起眼睛，发现受害者半边脑袋都被射开了花，脑浆喷溅到墙壁上。两个小男孩丢下裹尸布就往外跑，这个画面令他永生难忘。

1987年，热拉尔多开始在玻利瓦尔街（Bolívar Street）上的一家小破酒吧工作。那里离科帕卡瓦纳海滩不远，同罗克西电影院——另一处里约市内装饰艺术时期的迷人遗迹——只隔了几扇门。

1988年春天的一个下午，热拉尔多正在值班，一个男人走进酒吧点了一杯啤酒。男人在那里扎眼地坐了一个多小时后，走进了卫生间，出来时手里挥着一把枪。他把枪口对准店主，要他把当天的营业额全部交出来。为了救老板的命，勇敢的热拉尔多不顾一切地咬住劫匪的手臂。这个年轻男人发出惨叫，把枪放低，朝着热拉尔多的膝盖开了一枪。倒在地上时，他嘴里还咬着劫匪手臂上的一点肉。之后热拉尔多告诉妻子，那一刻他还以为自己再也见不到儿子了。

酒吧老板趁乱逃离现场，径直跑向一辆刚好停在罗克西电影院门口的警车。枪响后几秒内，警察们就冲进酒吧把劫匪按在地上，随后逮捕了他。

当晚 12 点半，12 岁的安东尼奥从洲际酒店回到家，这家酒店离富人区圣康拉多只需步行十分钟。他当时已经辍学开始工作，其中一份工作就是在洲际酒店的专属球场当球童。每晚 6 点起，他会追着前来消遣的运动员们击出的飞向四面八方的球跑，一跑就是六小时。捡了又跑，跑了又捡。在他工作的 18 个月里，圣康拉多的网球精英们除了让他再捡一个球外，没和这个小男孩说过一句话。“我觉得自己和那些自动发球机差不多。”安东尼奥说，随后他又表示没什么大不了的，好像这理所当然。他服务的网球运动员来自里约的中产上层阶级，但在安东尼奥眼中，他们几乎算是来自另一个星球。

安东尼奥的父亲通常在次日清晨才下班回家，母亲待在科帕卡瓦纳的雇主家。家里没有电话，直到第二天早晨一个护理人员送他爸爸回来——腿上打着石膏，他才知道昨天发生了什么。就算按照巴西不堪重负的公共卫生服务标准，对于一个膝盖骨刚被打得粉碎的人来说，他被“遣返”的速度也过于仓促了些。

丈夫负伤后无法工作，多娜·伊雷妮在巴拉区的建筑工地找了份新工作。对于一个 40 多岁的小个子女人来说，这份体力活干起来十分吃力，但工资比当住家保姆要高一些。安东尼奥靠在洲际酒店做兼职赚零花钱，卡洛斯还没有找到工作。家中有一个不挣钱的，又少了热拉尔多那份工资，生活水准立刻降到贫困线以下，他们有时只能去捡屠夫扔给狗吃的动物尸体，将其剥皮之后拿来吃。

不能移动，也不能工作，向来坚强勤奋的热拉尔多渐渐陷入抑郁和绝望。他一直是个爱热闹的人，现在却变得越发寡言，每次开口都带着一丝事不关己的冷漠。当热拉尔多变得越来越虚弱时，他的小儿子承担起了护士的职责。他膝盖上的伤口从未痊愈，皮肤下细小的金属碎片引发了化脓，时刻威胁着心血管系统，因为长时间受结核病菌的侵害，他的肺也已经虚弱不堪。中枪后不到一年，热拉尔多在不到 40 岁时经历了一次严重中风。一周后，一场严重的心脏病及随之而来的肺衰竭夺走了他的生命。上帝给了他再一次见到儿子的机会，却让他的儿子眼睁睁地看着父亲不断枯萎，直至死亡。

热拉尔多在他眼中亦父亦母，安东尼奥悲伤到甚至无法去参加葬礼。从此之后他发誓，不会再踏入任何一场葬礼，自己的除外。刚满 12 岁的他失去了至亲，感到孤身一人。他很少见到自己的母亲，也不指望哥哥能安慰他：不仅因为两人的过去和个性间存在巨大的鸿沟，还因为卡洛斯和亡父热拉尔多间存在种种龃龉。父亲走了，安东尼奥该找谁指引他人生的方向呢？

第5章

道德崩坏

1989年—1999年

弗洛里亚诺波利斯（Florianópolis），一个传说中盛产帅哥美女的巴西南部城市。1987年，正在海滩上享受生活、同美女玩乐的罗尼西亚毒王德尼尔突然遭到逮捕。消息传到罗西尼亚后，贫民窟开始武力冲击附近的中产区，他们展开了“一系列暴力行为，媒体耸人听闻地管这个叫‘内战’”，一名目击者这样说道。她描述了罗西尼亚人如何占领街道，堵住祖祖·安热尔隧道的入口，导致里约南区出现大范围交通拥堵。警察像往常一样采取强硬手段，用催泪弹和橡胶子弹驱散隧道里的人群。但他们无法阻拦罗西尼亚人向过往车辆投掷大大小小的石块。直到德尼尔在狱中示意停战，抗议才平息下来。

贫民窟如此声援德尼尔，表明过去五年间这位毒品集团的首脑已经成了这个日渐失意的社区名义上的领袖。德尼尔诚然是个杀人犯，但他至少施行了一套独断的司法体系，而且不需要动用大口径机关枪就能保证对社区的控制。

德尼尔遭到逮捕后，恐惧在罗西尼亚迅速蔓延。在第一街当保安的卡洛斯·桑托斯（Carlos Santos）听到消息后摇了摇头，他担心罗西尼亚“马上就会一片混乱。各个团伙很快就会产生摩擦，夹在中间的永远都是我们这些平民百姓”。*

尽管身陷里约臭名昭著的班古监狱（Bangu jail），德尼尔继续在牢房内运营着毒品生意。他在罗西尼亚的权威仍然不容撼动，接下来几年内都不会有人趁他缺席展开权力斗争。

但他的副手们都很心急，毕竟他们还年轻。布拉西莱西奥（Brasileirinho）是接手毒品交易的四人中年纪最小的，当时才11岁。德尼尔入狱几个月后，他参与了一场简单却很有象征性的公开活动，完美地预示了黑暗如何在20世纪90年代后期笼罩里约热内卢。

警察开枪打死了德尼尔的四名代理商之一。葬礼过后，德尼尔的手下身着白衣登上了罗西尼亚的房顶，年幼的布拉西莱西奥也在其中。他们举起手中的半自动步枪，鸣枪向死去的同伴致敬，让人不禁联想到世界通行的军事仪式。在整个巴西即将迈入一场严重危机之时，这是对警察和政府权威明目张胆的挑战。

1989年，巴西人民正准备参加五年之后举行的第一次总统普选。这一瞬间的重要性和自豪感不言而喻。矛盾的是，正当

* *O Globo*, 19 July 1987, 26.

民主的太阳升起时，一片阴影却渐渐覆盖整个国家。与毒品相关的暴力事件急剧增加，而作为军事统治和民主政权之间的过渡政府，若泽·萨尔内（José Sarney）总统及其团队的经济计划遭遇失败，恶性通货膨胀卷土重来。

当时两个最有望当选总统的人都是左翼。其中一位是利昂内尔·布利佐拉，如今已经是一名资深的反对派中坚，曾在1982年当选为里约州州长；另外一位是路易斯·伊纳西奥·卢拉·达席尔瓦，一名来自圣保罗冶金工人工会、精力旺盛的社会活动家。卢拉当时40多岁，因为动员工会成员反对独裁统治而闻名。他和布利佐拉一样令巴西的右翼感到恐惧。与这两人相比，右翼候选人显得平淡无奇：他们年岁已高，还有着曾经同军事政权往来的污点。

整个巴西越发仇恨上层阶级，恶性通货膨胀令普通人连日常生活都难以为继。飞涨的物价让人陷入贫困，愤怒的人民不时在里约和圣保罗爆发骚乱，而这次经济危机似乎对富人们毫无影响。

自殖民时期以来，巴西就是世界上最不平等的国家之一，这一情况直到20世纪也没有改善多少。最顶端5%的人口享有了大量的财富，这些钱在各州和联邦政府间游走，成了他们掌控政客的手段。同制度化腐败共存的是从联邦到州一级高度分散的政治权力。平民和军事独裁留下了一个满是软弱政党的政治体系，这些政党成了个人攀升和致富的工具，它们不再做出明确的意识形态许诺。

卢拉的个人魅力和政治主张恰好突破了这些困境。支持他的不仅有贫民窟的穷人，还包括一大批对政府无力阻止经济衰退感到厌烦的中产阶级。物价以小时为单位攀升，商店囤积货物再高价售卖，银行和企业家们似乎依然操控着大势，靠货币投机赚到了更多的钱。

巴西商界、金融界和大多数富人对卢拉和布利佐拉两人都厌恶至极。卢拉可能会在10月的大选中获胜，这在他们看来是个严重的威胁，因为卢拉的计划包括将关键产业重新国有化。美国也表达了自己的担忧：华盛顿才刚推动了东欧剧变，现在最不想看到的就是他们眼中“社会主义的火种”般的男人在南半球最大的国家掌权。

在这种情况下，既得利益者们赶忙寻找能在领导力和魅力上和卢拉相抗衡的候选人。他们选中了当时巴西东北部阿拉戈斯州（Alagoas）的州长费尔南多·阿丰索·科洛尔·德梅略（Fernando Affonso Collor de Mello）。在巴西最大的媒体集团碰巧发现此人之前，科洛尔在总统竞选中的支持率只有2%。除了阿拉戈斯州人和少数呆板的政治评论家，很少有人知道他。

东欧正在展开革命。手握改革的接力棒，巴西也准备好拥抱外面的世界了。比起和卢拉这样的左翼分子冒险展开实验——人们越发觉得他的政策同布拉格、柏林和布加勒斯特的体系是一路的，中产阶级最终被说服选择那个承诺让他们梦想成真的候选者。大企业深信自己找到了一个能在联邦政府内争取利益的人，数千万乃至数亿美元的资金涌入科洛尔的竞选团队。无须说服，大多数媒体也站在了这位帅气且善辩的年轻政治家背后。在同卢拉的决胜选举中，科洛尔拿到了略超半数的选票，成为这个国家 30 年来第一任民选总统。

美梦没过多久就成了噩梦。到了科洛尔在 20 世纪 90 年代初就职时，物价正在以每月 100% 的速度上涨。科洛尔和他经验不足的团队入驻了总统府，随后宣布冻结包括个人和商业在内的所有储蓄。这造成了几近毁灭性的后果：全国各地的企业纷纷倒闭，个体被迫申请破产，一些人再也没有从这次打击中恢复过来。

科洛尔还一举取消了关税管制，导致巴西众多企业在面对外国商品时毫无竞争力。他主要通过签署总统令来推行这些举措，以此绕开没那么激进的国会——这成功地将国会变成了一个棘手的敌人。通货膨胀彻底失控，很快到达了一个令人欲哭无泪的数字：2708%。* 巴西不仅没能迎来新的开始，有时反而像是倒退回了最糟糕的专制时期。

到了 1992 年，外部世界清楚看到巴西政府的中枢发生了彻底的道德崩坏，暴力浪潮在城市中蔓延开来。伴随着大规模的政治和财务丑闻，科洛尔因遭到弹劾而辞职。

巴西刚重建的民主制度本就极其脆弱，可卡因又在此时淹没了整个国家。毒品行业正在渗入社会生活的各个层面，跨国

---

* Michael Reid, *Brazil: The Troubled Rise of a Global Power* (London: Yale University Press, 2014), 118.

贩毒组织对贸易的影响越来越大。

科洛尔的赃款大多是在迈阿密洗干净的——他的兄弟在回忆录中揭露了这点，这成了钉在总统的棺材板上的最后一颗钉子。迈阿密是流入巴西境内那些越发强大的武器的主要源头，这些武器通常是经邻国巴拉圭运进来的。里约反毒品工作组的协调员弗朗西斯科·卡洛斯·加里斯托（Francisco Carlos Garisto）对这种非法的军火交易发出了愤怒的抱怨："美国会把军火卖给任何人，他们才不管这些枪是被运往爱尔兰还是巴西。"* 他甚至表示，从里约帮派分子手里缴获的武器 99% 来自佛罗里达州。

不过这种说法不太准确。20 世纪八九十年代期间，从里约帮派分子那里缴获的普通手枪和左轮手枪实际上有三分之二产自巴西。多年来，巴西一直是最重要的轻武器制造国。但那些用来保护毒品交易的半自动步枪的确是进口货——它们的火力起初和警方持平，后来甚至超过了警方。

科洛尔总统上任后第一年，里约警方第一次在街上遇到了半自动武器：一把产自美国康涅狄格州的鲁格-556 突击步枪（Ruger SR-556），持枪的帮派分子来自北区的阿莱芒区（Complexo do Alemão）。这是一个转折点：鲁格这样的枪显然比警方配枪要高级得多。毒贩们现在成了一支自主的军事部队，他们使用暴力的能力最终转化成了政治权力。

---

* Eliza Ackerman, 'Guns R Us', *The Miami New Times*, 7 September 1995.

鲁格枪、柯尔特 AR-15 自动步枪（Colt AR-15s）、AK-47 突击步枪以及随后出现的乌兹冲锋枪（Uzi），这些武器令贫民窟帮派在对阵里约警方时占据了明显优势，后者配备的通常是巴西制造的劣质武器（为了支持国内工业，也为了省钱）。贫穷的警察和极易腐化的军队成员本身也是黑帮重要的军火供应商。

在美国，买一把毒贩们中意的 AR-15 自动步枪大概要花 2000 美金。在里约，它的成交价在 4000 到 5000 美金。当巴西毒贩靠向美国和欧洲出售可卡因获得丰厚利润时，美国的军火商也赚回了一大笔钱。华盛顿和大多数欧洲国家仍然坚定拥护"毒品战争"政策，而正是这种思路创造了一个谋杀和暴行的恶性循环——将美国的军火制造商、南美洲的毒贩和从柏林到洛杉矶的中产阶级瘾君子连在了一起。

20 世纪八九十年代，巴西及其邻国陆续向民主制过渡，促成了第一家"拉美跨国公司的诞生"，一位敏锐的观察者如此形容道，"也是首个真正的经济一体化案例：可卡因的生产、加工和分销"。*

1982 年，在非法可卡因交易彻底改变整个城市的社会经济环境前，里约热内卢的谋杀率与纽约市持平：平均每 10 万居民中有 23 人死于凶杀。7 年后，也就是在 1989 年，纽约市的数据稳步下降，而里约的数据则几乎高了 2 倍：平均每 10 万居民中

* 出自对雷吉内 · 舍嫩贝格（Regine Schönenberg）的采访。

有 63 人死于凶杀。*

这些数据充分说明了巴西的情况。在可卡因泛滥之前，人们至少不会被成群杀死，当地的文化内核并不比北美的更加暴力。里约自 80 年代末开始不断衰落，首先是“毒品战争”这一持续数十年的失败政策造成的后果。先是哥伦比亚，然后是加勒比海地区和巴西，最后是墨西哥，数十万人都为禁毒行动付出了生命的代价——不论男人、女人还是孩子。要是在私营部门，这类适得其反的战略早在几十年前就被废止了。

这些情况在巴西引发了复杂的市区冲突，并在 20 世纪 90 年代严重影响了里约热内卢，特别是罗西尼亚和其他贫民窟。巴西的其他城市都没有出现这种情况。虽然就死亡总数而言这类冲突的规模都很小，但贫民窟内的凶杀率已经能和战争中的国家相提并论了。†

这场斗争起初让毒贩和警察走向对立，然后引发了一种里约独有的现象：毒贩之间爆发了残暴的战争。正是这场战争，把罗西尼亚这个藏匿在大西洋雨林中的平静社区变成了死亡和赤贫的旋涡。

---

* Alba Zaluar, “Crime, medo e política,” in *Um século de Favela*, ed. Alba Zaluar and Marcos Alvito (Rio de Janeiro: FGV, 1998), 213. 里约市的数据和弗卢米嫩塞低地相比要振奋人心得多，后者在 1990 年时有着高达每 10 万居民中有 100 人死于凶杀的比例。

† Patrick S. Rivero, “O Mercado Ilegal de Armas de Fogo na Cidade do Rio de Janeiro,” in *Brasil: As Armas e as vítimas*, ed. Rubem César Fernandes (Rio: 7 Letras, 2005), 202.

外部世界同样在发生巨变。美国和英国引爆了金融“大爆炸”：两国放松了对金融市场的管制，而这将会改变全球资本结构，引发人们对贫富悬殊问题的关注。东欧剧变之后，从南斯拉夫以东到中国以西成了巨大的法外之地，涌现出各式各样寻求全新商机的帮派组织。大量被释放出来的现金刺激了经济发展，世界繁荣昌盛，可卡因和世界一起繁荣昌盛。

1980 年，哥伦比亚的贩毒集团向美国出口了 100 吨左右的可卡因。十年过后，这个数字也翻了十倍。在渗透进美国白领阶层的脑细胞大约五年后，可卡因席卷了欧洲。1989—1990 年，在东欧和苏联发生政治变动后，那里新兴起的黑手党和意大利的有组织犯罪集团建立起了联系，又借此同哥伦比亚的贩毒集团搭上了线，越来越多的可卡因进口到了欧洲。

面对新的市场需求，这些与时俱进的哥伦比亚企业家决定开辟两条提纯可卡因的批发路线。两条路线都穿过巴西：第一条往北走，进入曾是荷兰殖民地的苏里南共和国，然后横跨大西洋；第二条则往南去往桑托斯的港口。

通常来说，一个国家如果成了毒枭们的重要中转站，那离染上毒瘾也不会太远了。巴西正是如此。巴西同哥伦比亚、秘鲁、玻利维亚和巴拉圭的边境长度不到 9500 千米，而这些国家境内都有毒贩在生产毒品。那里大多覆盖着茂密的亚马孙雨林，正方便毒贩们开辟出小块土地，建造起不可或缺的飞机跑道，然后从四个国家进口成吨半加工和成品可卡因以及被压成一块的大麻。到了 20 世纪 80 年代末，这里已经建起了数百个简易机场。

毒品贸易的负责人会从经过国界的毒品中截留一小部分，然后把剩下的送往欧洲。在巴西国内，这种近来热销的商品最大的市场是圣保罗和里约热内卢——两个派对之城。

地处圣康拉多、加维亚和莱伯伦之间，罗西尼亚成了向这三个中上阶层居住区的年轻人销售可卡因的主要分销商。尽管一些贫民窟的年轻人也尝到了可卡因的味道，但和世界上的其他地方一样，从过去到现在，这终究是富孩子们的毒品。巴西国内贫富差距巨大，不缺乐意为这些粉末出大价钱的富家子弟。

这对罗西尼亚的影响巨大。虽然它的邻居——位于圣康拉多区另一头的维德加尔（Vidigal）贫民窟因为距莱伯伦区更近抢占了先机，但罗西尼亚要大得多。更关键的是，富裕的年轻人觉得罗西尼亚没那么危险，他们不仅想拿到可卡因，还想离开安全的沥青区，在“小山坡”上享受纵酒狂欢的刺激。

接下来的十年，枪击、私刑和暴力成了贫民窟的日常，而罗西尼亚的大部分居民也学会了如何适应新的权力结构：低头做人，既是字面意义上的，也是引申意义上的。不久后，里约市 60% 的可卡因货源都通过罗西尼亚贩运。罗西尼亚的小山坡上此时堆满了现金，越来越多的人想要染指这片地方。

第6章

上山去

2000年6月

毒王的全名叫卢西亚诺·巴尔博萨·达席尔瓦（Luciano Barbosa da Silva），大家都叫他鲁鲁。他在罗西尼亚人人敬仰，但见过他的人寥寥无几。事实上，好多为他工作的人都没见过他。一个看上去比安东尼奥小10岁的男孩胸口挎着一把半自动步枪，向安东尼奥指了指鲁鲁办公室的位置。

大约过了20分钟后，在三个持枪"士兵"的保护下，鲁鲁空着手走进了房间，满脸微笑。他身型瘦长，骨感的脸上顶着一头黑发和一撮小胡子。与其说这个罗西尼亚毒王是意大利的教父科利昂，不如说他更像《绿野仙踪》里的巫师奥兹。毒王当时只有22岁，比安东尼奥还小3岁。

鲁鲁热情招呼到访的朋友，问对方为何要来见他。安东尼奥平静地讲述了女儿艾杜阿尔达的故事，以及自己已经无力承担治疗费用和家人的日常开销。"如果我什么都不做的话，我女儿就会死。”他这样解释道。

安东尼奥说话时鲁鲁一言未发。等他说完后，鲁鲁倒显得十分爽快。

“你需要多少钱？”

“付完医药和治疗费用，把卫生间修好，然后还能保证我们一家人吃上饭——我大概需要两万雷亚尔。”

鲁鲁爽快地说：“这点钱我们可以搞定。”他向其中一个手下挥挥手，对方随即消失在三居室公寓的深处。

但怎么还债呢？这个问题像大西洋升腾而起的浓厚海雾一样在屋内飘荡。就在鲁鲁打算开门见山的时候，安东尼奥先开了口：“我过来给你打工，这大概是我唯一能还清债务的方式了。”鲁鲁看上去有点吃惊，但他什么都没说。手下回来了，点出一沓现金。安东尼奥接过钱，握了握鲁鲁的手。

“好吧，”毒王慢悠悠地开口了，“假如你真的想好了，那就过来做安保，从第一街开始做起。”

安东尼奥冒险提出了一个请求，他不知道这会被看成合理要求还是无礼之举，毕竟这是两人第一次见面，而他才向这个人借了一大笔钱。“如果可以的话，我想在罗西尼亚山脚工作，这样离家近一点。”鲁鲁又爽快地答应了。“当然可以。去找巴塞卢斯的经理吧，他会告诉你该从哪里开始。”巴塞卢斯是罗西尼亚最活跃的商业区之一，即便如此，这对安东尼奥来说也是个很低的起点——他之后会被告知自己的工作内容就是站在小巷子里望风，在看到警察时喊出预先说好的暗号。

从鲁鲁那儿出来后，他沿着加维亚大道往下走到第四街。上山的时候他还是安东尼奥，下山时他已经成了一个全新的人。从此之后，他正式成为大家口中的内姆（o Nem），意思是大宝贝。那个叫作安东尼奥的男人和他的事业心已被丢进冷柜里。瓦内萨正不知所措地等他回家。她的女儿刚得到一线生机，但她也意识到，从此这个家的生活将天翻地覆。毕竟他们刚刚告别90年代。而80年代流进贫民窟的那条注满可卡因的涓涓细流，如今已成为一条湍急的血色大川。

第二部分

妄自尊大

20世纪90年代初，一年内连续发生的两起重大事件预示着里约热内卢正面临社会和政治崩溃。第一件事发生在一个叫作维加里奥热拉尔（Vigário Geral）的贫民窟，表明国家已经失去了对本该维护法律和秩序的警察部门的控制。里约的警察，尤其是军事警察，变得和那些贩毒帮派一样危险。第二件事，一个实力雄厚的毒贩遭到谋害，他的死令整个贫民窟自相残杀。

罗西尼亚已经站在了战争的边缘。

第 7 章

大屠杀

1993年

毒品贩卖的问题只能用血来解决，因为这是毒贩们唯一能听懂的语言。

——马里奥·阿塞维多（Mário Azevedo），

第 21 分局警官

里约热内卢，1995 年[*]

那是在 1993 年 8 月 28 日星期六晚 11 点前，艾尔顿·贝内迪托·费雷拉·桑托斯（Ailton Benedito Ferreira Santos）警官接到了一通电话，然后带着三名下属进了巡逻车[†]。这名小队长没

* 引自“Violência x Violência: Violações aos Direitos Humanos e Criminalidade no Rio de Janeiro,” Washington/Rio: Human Rights Watch Americas, 1996, 1。见网址：http://www. dhnet. org. br/dados/relatorios/dh/br/hrw/hrwrio. htm。

† 那是一辆大众高尔（Gol），巴西制造的大众牌汽车，外形介于大众高尔夫（Golf）和波罗（Polo）之间，但没那么多装饰。

有告知上级自己要出外勤，他看样子是去调查距警局不到1000米的卡托莱多罗查（Catolé do Rocha）广场，有人称附近有武装分子逗留。

他没告知当地指挥官并非出于疏忽，而是另有所图。艾尔顿是当地有名的敲诈团体头目，同伙全是军警。和许多警察一样，这伙人靠敲诈和收取毒贩的贿赂来补贴过于微薄的薪水。他们主要的狩猎地是北区的两个贫民窟：维加里奥热拉尔和临近的帕拉达德卢卡斯（Parada de Lucas）。艾尔顿在当地颇具权势，但也有个危险的死对头。几年前的一次行动中，他企图勒索弗拉维奥·内格朗（Flavio Negrão）的兄弟及其怀孕的妻子，然后把两人都杀了。而现在，内格朗成了维加里奥热拉尔的毒王。

卡托莱多罗查广场位于加利昂国际机场对面的平地上，距维加里奥热拉尔仅500米左右。没人知道那天晚上艾尔顿队长要去干什么。内格朗事后声称自己当时在等一批从圣保罗来的货：67千克的可卡因，而这位队长和他的同事们想从中分一杯羹。警方和媒体的说法则完全不同。他们表示艾尔顿没那么大的野心，他那天不过是去找内格朗的手下收取例行的贿赂金。在不少贫民窟，可卡因交易的部分利润都会流入地方警察手中，好让他们离毒贩子远点。

不管当时艾尔顿警官冲着什么去的，他都想错了。那67千克可卡因并未出现。这是个陷阱。

巡逻车停在广场上后，立刻被一辆面包车、一辆甲壳虫和一辆灰色菲亚特围住。车上的十个男人对着巡逻车猛烈开火。

警察们完全不是袭击者的对手，他们掏出了不靠谱的国产手枪，而对方手上的是 AR-15 自动步枪和大口径手枪。艾尔顿的两名同事当场身亡，他和一名幸存警员找到一辆停泊在此的车做掩护。副驾上坐着一个 15 岁的小女孩，那晚她碰巧在场，结果成了毒品战争中又一位无辜受到伤害的旁观者。看到呼啸而过的子弹，她先是受到惊吓，随后感到剧痛：其中一颗子弹射穿了她的腿。

艾尔顿和那名同事就没这么走运了，15 分钟的交火过后，两人都死了。袭击者们把四具尸体扔进巡逻车后备箱，开了约 500 米后把车丢在路边。车的油箱在枪战时被击中，油早已漏干净。广场上，女孩幸存下来，另外约 50 名冲突爆发时碰巧在场的旁观者也都活着。

弗拉维奥 · 内格朗随后声称杀死警察的不是他的人，而是一队也想染指那 67 千克可卡因的便衣警探。他承认自己故意放出风声，说这批货那天夜里会在广场出现，以此掩护毒品进入维加里奥热拉尔的真正路线。毒王斩钉截铁地否认自己与这宗谋杀案有关，警方和媒体则坚称四名警察死在了内格朗帮派手里。

四名同事于周日下午以最高荣誉下葬，这令里约的军警们陷入消沉。基层警员越发感到不安和躁动。不少人认为布利佐拉总统和他的公共安全部部长，还有里约州的军事警察局局长削减了资源，让他们的日子变得更难熬了。警察不仅工资极低，还得冒着被毒贩杀掉的风险。布利佐拉这个旧左翼似乎更在乎贫民窟毒贩和其他罪犯的人权，而不是警察。杀害警察的人总能逃脱制裁。

军警们很懊恼，他们觉得自己缺少政治支持，对过低的薪水和落后的装备感到不满，更别提每天都身处险境。20 世纪 80 年代以来，警官们渐渐开始自己做主，可卡因毒贩的崛起和科洛尔时期的无序状态加重了他们的孤立和偏执。他们私下进行的活动不仅得到了高层默许，也获得了自认受到贫民窟威胁而胆战心惊的中产们的支持。

这些警官成了法外治安会初期的核心成员，随后将狱警、消防员和退役士兵也纳入队伍之中。治安会在日后变成了民兵组织，成功地将贩毒集团从不少贫民窟中驱逐了出去，尤其是在远离南区可卡因交易中心的里约北部。在此期间，他们慢慢转变成了意大利黑手党那样有组织的勒索团伙。没过多久，贫民窟的各项基础服务就被他们牢牢攥在了手里：自来水、邮政、能源、交通运输和通讯。这些服务带来了巨大的收益，政府发放的武器则成了组织的保障。

艾尔顿警官和他的同事被谋杀一案成了这一切的转折点。

卡托莱多罗查事件发生后约整 24 小时，就在四个警察被枪杀的地方略微往南，一个四五十人组成的团体涌进了科西嘉（Corsica）广场。这群人头戴毛线面罩，身穿军事风的红黑条衬衫，拿着比艾尔顿警官和他的同事们更先进的装备。他们没有发出任何警告，直接开枪打死了一个在饮料摊旁喝啤酒的 18 岁男孩，就此定下了这一夜的基调。从那里，他们走过同事被枪杀的广场，穿过一座横跨里约火车轨道的天桥，进入维加里奥热拉尔，然后扯掉了贫民窟内电话亭的线路。

就在离铁轨几米远的一家破旧酒吧，一群工人正热火朝天地看着世界杯预选赛，巴西在这场比赛中以六比零大胜玻利维亚。突然，几个戴着头套的人闯进门来，他们自称是警察，要求查看在场所有人的身份证。顾客们还没来得及掏出证件，一名军警成员就往中间扔了个手榴弹，另外几人也开了火。7 人当场丧命。

马路对面，房内的人听到酒吧传来的骚动声，啪的一声关上了窗。袭击者们跑到前门，闯进一间屋子，屋内一家 13 口人正准备一起享用晚餐。杀手们在一片尖叫和混乱之中讨论是否要放过五个孩子。就在这个当口，10 岁的大姐带着四个弟弟妹妹夺门而逃，其中最小的还不到 1 岁。剩下的家庭成员全部被枪杀，他们都是神召会的虔诚信徒，56 岁的母亲断气时，胸口处还紧紧攥着一本《圣经》。

当晚还有五名维加里奥热拉尔居民惨遭屠戮，死亡人数共计 21 人。在里约过去十年的流血事件中，从未有过如此残忍的大屠杀。这个城市尚未从一个月前的坎德拉里亚 (Candelária) 教堂事件中恢复过来，当时六个孩子和两个青少年在这个里约最著名的宗教地标附近露宿，另一伙冷血的警察“敢死队”将他们全部残忍杀害。维加里奥热拉尔事件再次显示出国家对警察失控到了何种程度，或者说政府是何等地默许这些病态的警方活动——如果这还有必要重申的话。

20 世纪 90 年代初，里约警察迅速进化成一支自治作战部队，他们的利益有时同国家利益相一致，有时则不一致。不论真相如何，警察部门已经不再履行一个执法部门应该履行的职责了。“回顾这段时期时，你必须打破警察是刑法执行者的幻觉。”一个里约州公共安全局局长的前任顾问如此解释道，“警察只不过是众多争夺贫民窟和毒品交易财政权的参战者之一。”

维加里奥热拉尔事件令商人、居民协会、学界和大型媒体集团短暂地站到了一起。大家展示出动人的凝聚力，一起组织了沉默哀悼日。五分钟内，整个城市的居民都停下手中的事，纪念那些死去的人们。

里约的战后史就是一部“双区记”：一边生活在贫民窟里，一边生活在贫民窟外且从未踏入其中一步。对后者来说，贫民窟是一个骇人的陌生世界，潜藏着无尽的黑暗。半路抢劫、砸车盗窃和时常上演的半自动步枪大合唱，种种不祥之兆都表明这里的文化正在突破小山坡的禁锢，侵入整个“奇迹之城”。

下一任州长候选人们顺水推舟，纷纷要求为警察提供更多的支持，并采取更果决的行动打击毒贩和窝藏他们的贫民窟。在巨大的社会压力下，时任自由派总统布利佐拉宣布了一项新计划：“里约行动”（Operação Rio）。在联邦政府的配合之下，里约州政府决定出动军队。

不管怎样，维加里奥热拉尔大屠杀不会被人遗忘。当初合作推出“沉默哀悼日”的人们还创立了里约市内几个最出色的无政府组织，他们至今仍在摸索减少城市暴力的方法。*

同所有的贫民窟居民一样，安东尼奥对这场大屠杀感到震惊。他是一个守法公民，刚找到一份为“全球特快”分发杂志的正经工作，事业正值起步期。这次事件印证了大部分贫民窟居民在过去 20 年来的可怕推测：这里的警察不是传统意义上的警察，而是另一个在贫民窟内交战的帮派。在他看来，警察和帮派的区别在于后者好歹还会关心里面的居民，对他们负责。安东尼奥之后会记住这个教训：无论如何都不要和警察起冲突，这样只会让你的人生变得更加艰难。

维加里奥热拉尔是红色司令部的地盘。相邻的帕拉达德卢卡斯则归第三司令部管辖。两个区都是对方的禁地，不小心误入的话会卷进巨大的麻烦中，哪怕是和毒品交易完全没关系的普通居民。如果越界的是毒贩手下的士兵，则完全有可能引发一场小型战争。人们将隔开两个区的山谷戏称为“越南”。

大屠杀发生后，维加里奥热拉尔的居民协会向对面的协会求助。出于对贫民窟同胞的同情，第三司令部的领导层迅速同意结束与红色司令部在维加里奥热拉尔的敌对状态。这种同仇敌忾的团结，是只有在特殊情况下才会发生的例外。

---

* 祖尼尔·文图拉（Zuenir Ventura）在他的巨著《破碎之城》（*Cidade Partida* [São Paulo: Companhia das Letras, 1994]）中讲述了维加里奥热拉尔地区和其后续故事的一些惊人细节。里约万岁（Viva Rio）是维加里奥热拉尔事件后涌现的最重要的无政府组织，目前该组织不仅在里约积极展开工作，也覆盖了世界其他地区。

第8章

奥兰多·乔加多

1994年

当德梅特里奥·马丁斯（Demétrio Martins）被人从自己跌落的泥沟中拽出来扔在路边时，他感到身上落了一层薄霜，随后是锥心的疼痛，最终一阵强风刮来，仿佛要先吹走双腿，再吹走五脏。他的魂魄似乎已经升空，可以向下俯瞰到自己的尸体。就在那一刻，他听到上帝对自己说："我对你自有安排。"

他的魂魄沉回身体，却感觉不到自己的双腿和臂膀。他拼尽全力，发现头也动不了了。还能回应大脑乞求的身体部位只剩双眼，此刻正疯狂地转动。他的头像是被一双强有力的手翻扭过来。他看到那位牧师的脸，对方在两年前曾经预言，自己有朝一日会坐在轮椅上传播主的话语。昏迷之前，他听到了牧师的声音："你不会死的。"

信仰在巴西的吸引力和影响力显然不容低估，这一现象并非贫民窟独有，而是横跨了不同的地区、阶级、种族和宗教。

这些跨越地理和社会区隔的信仰毫无连贯性可言，这种现象被称作融合主义（syncretism），即将一种宗教的仪式和意象改造并纳入另一种宗教中。这种做法衍生出了不少“混血宗教”，以至于个人和家庭甚至可以定制属于自己的宗教仪式。

巴西仍然是世界上天主教信徒最多的国家，但罗马的信众们正在迅速转向新教教会，尤其是那些有号召力的福音派教会，后者几乎占据了巴西信众的四分之一。其中几所大型福音派教会，比如天国普世教会，已经将福音传播到世界各地，并在这个过程中赚得盆满钵满。还有成千上万自封为福音派牧师的人，他们在自家的客厅或临时搭建的讲台上吸引会众。若你沿着罗西尼亚的加维亚大道往前走，每三间店铺或住宅里就有一家简易教堂。

福音派成功的背后有很多原因。比如在消费社会里，天主教秉持的宿命论所承诺的来世奖赏已经失去了吸引力。福音派则在保证天堂里的属灵回报的同时，也能帮助人们在现世社会取得物质成功。

福音派在贫民窟崛起时正值可卡因产业高速发展。这类宗教活动为普通人提供了一个避难所，让他们免受毒贩和警察的暴力管制。贩毒集团在收买、推翻甚至摧毁各种教会机构时也会三思而后行（不像居民协会，通常都会服从贩毒集团的掌控）。尽管五花八门的自封教派中混杂着大量的骗子，但巴西各贫民窟内一些牧师和教会做的工作着实令人敬佩。*

德梅特里奥·马丁斯第一次见到那名牧师是在他中枪的两年前。他当时20岁出头，是个风头正劲的毒贩，正站在人生巅峰。他在红色司令部最大的行动组中担任高级经理，负责一个涵盖超过12个贫民窟的联合体：阿莱芒区。

这是一份责任重大且艰巨的工作，德梅特里奥要在早上8点夜班结束之前整理好众多烟草店的进账。

管这些店铺叫烟草店，是因为它们尽管也卖其他毒品，早期却是靠大麻发家的。现在这些时髦小店的主要商品是可卡因。这类店铺大小差异很大，一个双肩包里装着一袋可卡因的年轻小伙就是一家移动店铺。但在大型贫民窟或是像阿莱芒区这样的贫民窟联合体中，因为警察很少露面，毒贩们通常都有固定的店面，生意很是兴隆。

德梅特里奥必须确保每家店都有充足的库存。这意味着大量的现金经他之手变成了大量的可卡因和其他毒品。但他热爱这份工作。他爱钱，更爱炫耀的感觉。他爱靠着钱在社区里赢得的尊重。

他的上司奥兰多·乔加多（Orlando Jogador）† 教会了他尊

---

* 其中最著名的例子之一就是容尼（Jonny）牧师，导演乔恩·布莱尔（Jon Blair）2009年推出的纪录片《与魔鬼共舞》（*Dancing with the Devil*）讲述了他的故事，这部以毒品交易为主题的纪录片聚焦了当时一个由纯第三司令部管辖的贫民窟（关于该组织详见本章后半部分）。

† 又称“足球运动员奥兰多”（Orlando the Footballer），其真名是奥兰多·达孔塞桑（Orlando da Conceição）。

重的重要性。乔加多是阿莱芒区的毒王，控制着当时里约市内最大的可卡因零售业务。在外人眼中，阿莱芒区形形色色的贫民窟已经凝为一体，有时一直延伸至地平线的尽头。这里住着约 20 万到 30 万人口，其中有几处地势起伏很大，如同巨大的波浪在瞬间静止。在它的东面，唯一一座没有被甲壳虫一样的小棚屋覆盖的小山坡上，矗立着一座庄严的岩石天主教堂。

乔加多给予这片土地上的贫民窟居民的尊重为他带来了可观的营业额。在政府缺席的情况下，他既提供社区福利，又维护了社会正义。无论过去还是现在，他总能明智而审慎地处理好各种关系。谈起乔加多时，人们总是怀揣一丝超越神圣的敬畏之情。

德梅特里奥为有这样一个老板倍感骄傲。尽管他摆出大人物的姿态，坐拥珠宝、枪支和女人，但他明白自己必须负起责任来。奥兰多 · 乔加多已经把这一点灌输给他：三思而后行，人们对你的尊重不应该仅仅来源于你开枪或是发现金的能力。当然，这并不意味着在清晨巡逻贫民窟时，他和 30 个挥着机关枪的手下们不是在有意震慑别人。

乔加多是第一个在贫民窟内引进所谓福利体系的毒贩。“他有自己的规矩。”阿德里亚诺（Adriano）解释道，他曾为乔加多工作过，但已经退休很久了。“他有管理我们的规矩，也有管理这个社区的规矩。”对待手下的士兵们，他也是第一个引入“离职”系统的毒王——倘若有人想要离开组织另寻生路，完全不必担心遭到报复。其他毒王都将此举视为不可容忍的背叛，必须处以死刑。乔加多和他们不一样，他鼓励任何能在外面找到正经工作的人离开。当然，这样的人并不多，因为外面的经济回报在可卡因生意面前不值一提。

在贫民窟内，他会为居民提供医疗补助金，满足基本的食物需求并支付丧葬费。考虑到阿莱芒区的规模，这也反映出可卡因生意的利润之高。“毒品产业带来了大量的现金。”德梅特里奥也肯定了这种说法。

他还带来了正义。和那时的大部分毒贩不同，乔加多设置了一个非正式法庭来进行审判。比如说，他会判断一个男人是否如受害者（或受害者的母亲）所控诉的那样犯下了强奸罪。如果对方能说服乔加多强奸的确发生了，那么加害者将遭到处决。一些贫民窟掌权者在接下来十年间采取了更残酷的刑罚，但这在当时还没有成为常态。惩治罪犯的最佳方式仍是一颗穿过脑袋的子弹。

如此，乔加多伸张了正义——某种程度上的正义。他仍然是一个独裁者：他垄断了暴力，无人对他的统治问责。值得庆幸的是，对于阿莱芒区的居民而言，他是一个开明的独裁者。高大、瘦削，还有那双让人无法忘记的明亮绿眼睛和恬静的气质，都成了关于他的圣人神话的一部分。

在国家压根没有履行义务的情况下，这些民生举措无疑展现了乔加多的个人信仰和道德品格。但这同样是商业策略的一部分。那时他仍是里约市内最大的可卡因零售商，通过照看这些普通居民，他确保自己做生意的地方风平浪静。没过多久，他就为红色司令部贡献了占比最高的一部分利润。这令人尊重，也令人妒忌。

有一天，德梅特里奥正和全副武装的随从们待在一起，一个陌生人突然靠近。这个男人径直走到他面前，把一本《圣经》抵在德梅特里奥的枪上，说："你手中这支枪只能带走上帝想带走的人。就算你反驳，我也要告诉你，假如你不尽快放弃眼前这种生活，你会以一种痛苦的方式见到主。你会尖叫，你会坐在轮椅上传播主的话语。主如是说。"德梅特里奥摇摇头，喊住自己的手下，让他们不要骚扰这位牧师。他继续往前走，把这件事忘在了脑后。

德梅特里奥在几年后的一个清晨回想起了这番话。当时他刚从几家烟草店收完现金往家里走。他解散了随从，然后朝贫民窟和雨林的交界处走去。就在这时，他听到了枪声，在转身的瞬间看见了警察，然后他开始奔跑。第二发子弹击中了他的背部，他应声倒下。那些警察把他拖到路边，打算之后再过来"处理"这具尸体。

就在那时，他感到自己灵魂出窍，开始听到上帝的声音。当得知自己此生再也无法站起来后，德梅特里奥·马丁斯变成了德梅特里奥牧师，在自己曾经卖过可卡因的小巷里传了20多年的教。

德梅特里奥受伤几周后，乔加多答应与周边贫民区的一个毒王面谈。此人名叫乌厄（Ue）*，是一个极具智慧、经验和野心，

* 真名是埃纳尔多·平托·德梅代罗斯（Ernaldo Pinto de Medeiros）。

同时也非常暴力的男人。他控制着周边的三个贫民窟，大本营设在毗邻阿莱芒的阿德尤斯区（Adeus）。这些年来两人的关系一直十分紧张，坊间有传言说乔加多谋杀了乌厄的兄弟。

乔加多希望双方的关系能恢复正常，因此当乌厄提议会面时，他欣然应允。乌厄打着购买枪支弹药的名义，带着一队武装后援力量登上山顶。身为里约最大的毒贩，乔加多能拿到大量枪支和弹药。

会面的氛围活跃友好，两人喝着酒分享奇闻逸事。1994 年 6 月 14 日凌晨时分，乌厄的手下突然掏出枪将 12 名阿莱芒区的人当场打死。乔加多身中十弹，大部分自臭名昭著的 AR-15 步枪中射出。

乌厄的手下展开了疯狂的庆祝，他们朝天鸣枪，拖着乔加多和他手下的尸体在阿莱芒中心进行了一场惨烈的"胜利"游行，随后把尸体丢弃在市内不同的区。一半尸体被丢在玛丽亚 · 达格拉萨地铁站（Maria da Graça Station）——其中就有乔加多。这样做是为了确保居民们搞清一件事：阿莱芒区已经改朝换代了。但这场暗杀带来了更加深远的影响。里约的贩毒集团自此展开了无休止的帮派斗争，整座城市几近崩坏，这个问题延续至今。

乌厄的无端暴行揭示了里约市当时的失控程度。一名历尽艰辛才逮捕乌厄的警员认为他尽管聪明过人，但却是个彻头彻尾的魔鬼。例如，她认为是乌厄发明了一种名叫"微波炉"的酷刑，受刑者会“穿”上旧轮胎，在浑身浇满汽油后被点燃。[*]这种酷刑表明部分毒贩已经失去了最后一丝人性。

阿莱芒区的居民向我形容了乌厄掌权后的变化，让人不禁联想到极权主义政变。乌厄从里约各个社区招募人手进驻新领地。很多乔加多的部下都逃走了，留下来的支持者们一直遭到乌厄禁卫队的追捕，不是惨遭处决，就是被逐出贫民窟。普通居民被迫宣誓效忠乌厄，虽然形式比较随意。即使在黄金时期，贫民窟居民也不愿意谈论毒品生意，尤其在面对外人时。随着乌厄的地位日渐巩固，他们连和自己人讨论都不敢了。

在向媒体介绍情况时，警方说乌厄接管阿莱芒区是红色司令部高层的命令，这也许纯粹是出于无知，也许是故意想把这摊浑水搅得再浑点。他们声称，身处监狱的红色司令部领导人“马西尼奥副总裁”（Marcinho VP）认为乔加多妄自尊大，而领导层（葡萄牙语中的“穹顶”［cupola］）希望能够在生意中获取更多的利润。

而事实正好相反。乌厄不仅没有把阿莱芒区交还红色司令部，反而加强了自己和其他隶属第三司令部的毒王的友谊，那是红色司令部的最大的对手。第三司令部同意与乌厄结盟——后者和朋友建立了里约第三个贩毒帮派：兄弟会（Amigos dos

---

* 出自 2014 年 11 月对玛丽娜 · 马热西（Marina Magessi）的采访。《精英部队》（*Tropa de Elite*）这部优秀电影中的一幕描绘了“微波炉”酷刑。

Amigos），人们常使用它的简称 ADA。

兄弟会从建立之初就反对红色司令部对里约毒品市场的主导。自此开始，里约的贫民窟大多成了三者争权的实际或潜在战场。

许多亲历者对帮派斗争的描述让我想起了小说《一九八四》中的情节：大洋国、欧亚国和东亚国三个地缘政治实体通过不断循环结盟，展开了一场“永恒战争”。一些规模较大的贫民窟联合体，比如马雷区（Complexo da Mare），会同时成为三个贩毒集团的聚居地，导致那里暴力事件发生的频率异常地高。2002年后，奥威尔描写的情节距离现实又近了一步：第三司令部的大部分成员另组了纯第三司令部（the Pure Third Command），随即打破了与兄弟会的同盟关系。

里约热内卢的毒品战争正往一个独特的方向发展。这座城市的地貌很有特色，陡峭的山坡、峡谷和成片的亚马孙雨林令帮派在诞生之初就极易走向割据。植被、水域和高地划定了一道道自然边界，令罗西尼亚和维德加尔那样的贫民窟在地理上与世隔绝。在里约，个体的领地意识和高度本土化的爱国主义要比其他地方强烈得多。

帮派战争成了家常便饭，警察们立马发现自己可以渔翁得利。三大帮派把大部分精力和火力都用在自相残杀上，这令贩毒集团最重要的资源——青壮年劳动力——迅速流失。被冲突削弱实力的贫民窟更有可能遭到警察勒索，如今里约市的各个警察部队都开始这样做了。截至 1995 年，这座城市的凶杀率高到惊人：每10万人中有70.6人死于谋杀，几近于麦德林和卡利贩毒集团均处鼎盛时期的哥伦比亚。[*]超过90%的受害者来自贫民窟，其中90%是14到26岁之间的男性。

那时的里约是巴西最暴力的城市。在这样一个辽阔的国家里，里约热内卢和圣保罗算是比邻而居，但两者却截然不同。圣保罗是巨型的大都市，其同名州一路延伸至巴西南部的内陆。这里是巴西的经济引擎，早在20世纪90年代初人口数就达到了1000万。如今圣保罗的人口约占全国的五分之一，经济产值占近三分之一。巴西最大的港口桑托斯就在圣保罗附近，那里是将可卡因运往西非和欧洲的出口中心。

圣保罗的文化传统也和里约很不一样。在里约，殖民留下的遗产非常显眼。1808年，为了躲避拿破仑的入侵军队，葡萄牙摄政王若昂六世和他的母亲玛丽亚一世携约15,000名随从连夜逃往里约热内卢，某种程度上，里约的生活风格至今仍然带着皇族的慵懒气息。贵族式的慷慨赠予（通常要靠借钱）成了里约的标志，而来自德国、意大利以及更后来的日本移民则打造了圣保罗勤劳和重物质收获的风气。这些“保利斯塔”（Paulistas，圣保罗的居民）高度认同班德兰人[†]的传统：后者怀揣勇气冒险深入巴西内陆，不仅大幅扩张了殖民地面积，还发现了丰富的矿产资源（虽然大部分都被葡萄牙皇室挥霍掉了）。

---

* Julio Jacobo Waiselfisz, *Mapa da Violência 2012: Os novos padrões da violência homicida no Brasil* (São Paulo: Insituto Sangari, 2011), 183.

† Bandeirantes，意为“护旗手”。巴西早期殖民时期的探险家。

建立在开拓的传统之上，圣保罗同样拥有顽固而独立的政治身份认同。上个世纪，它曾尝试通过武力切断和巴西余下各州的联系。这种分离主义在今天已经淡化许多，但在面对巴西其他地区时，保利斯塔们还是难以压抑自己明显的优越感。它同里约的文化竞争更是激烈。

1960 年，巴西利亚成为新首都，里约失去了原有的地位，此后再没能真正恢复元气。除了首都享有的各种特权外，它还失去了上万个能消化新移民的公职。20 世纪八九十年代，里约又大出血把整块产业部门都割给了圣保罗，其中最重要的是银行业。转移原因之一是人们认为“克里奥卡”（Cariocas，里约热内卢的居民）懒惰，而保利斯塔勤于劳作；另一个原因是里约南部和市中心的暴力几乎到了令人难以忍受的程度。

可卡因进入圣保罗后，当地的暴力事件也开始激增。鉴于两座城市不同的地理风貌，富有的保利斯塔同穷邻居克里奥卡相比享有一个优势：圣保罗不像里约那样山峦起伏。因此，当来自东北部的打工者自 20 世纪 50 年代起大量涌进圣保罗时，他们并没有像在里约那样聚居在市中心的空地上。相反，他们的社区成了这个平坦城市向外扩张的一部分，远离市中心以及核心住宅区和商业区。

在里约，大部分毒品交易导致的暴力事件都发生在贫民窟内。但圣保罗的贫民窟大多位于城市边缘，那里的中上阶层无须每天直面流血和枪战。

作为巴西的经济引擎，圣保罗的毒品帮派堪称有组织犯罪团伙中的后起之秀。军事独裁期间，里约的犯罪团体在格兰德岛监狱受政治犯影响成立了黑帮组织，但这段特殊的发展史在圣保罗完全不适用。*1992 年 10 月，圣保罗的军警和特别行动部队在监狱内发动了一场大屠杀，111 名囚犯像屠宰场的牲口一样死去。作为回应，一群囚犯成立了一个名叫“首都第一指挥部”（Primeiro Comando da Capital，以下简称“第一指挥部”）的组织。该组织的成立宣言引用了一些人权运动常用的口号，宣称自己是为了捍卫囚犯和贫民窟人民的权利。随后，红色司令部表示自己在第一指挥部的起步阶段对其领导层进行了指导。不可否认的是，第一指挥部的宣言的确与红色司令部的早期战略遥相呼应，两者都试图在贫民区树立起社会解放者的形象。

第一指挥部建立起一套严格的规章制度，要求其成员每月定期缴纳会费，否则会遭到惩罚甚至处决。与里约黑帮漫不经心的态度相反，它严格传承了圣保罗的保利斯塔传统，详细记录了帮派的开支用度和收入。检察官一旦拿到这些存在电脑里的文件，很容易就能再构出帮派的财务活动和组织架构。

当里约身陷帮派斗争和暴力事件之时，第一指挥部在圣保罗的犯罪世界内却鲜有对手。没过多久，它就迅速蔓延到巴西的其他州，甚至还在巴拉圭、玻利维亚和哥伦比亚分别建立了联络处。它正逐渐成为南美洲（包括墨西哥）规模最大、组织最精密、利润最高的犯罪集团。

---

* 见第 15 章。

然而第一指挥部没有试图渗透里约热内卢。“我的感觉是第一指挥部看了一眼当时里约市内混战的帮派后对自己说：‘谢谢，但还是算了吧——我觉得我们没必要去蹚那摊浑水。’”一个里约警方的情报官如此说道。*

第一指挥部同红色司令部建立了友好关系。随着业务在全国范围内扩张，它对巴西整体批发市场的影响力也在不断上升。

红色司令部仍然主导着里约的毒品交易，但新成立的兄弟会和它在第三司令部的盟友给红色司令部带来了严峻的挑战。在红色司令部管辖的贫民窟内，地方负责人也正试着争取更多自主权，摩擦时有发生。罗西尼亚正是其中之一。

---

* 出自 2014 年 6 月 1 日对其本人进行的采访。

第9章

鲁鲁的法律

1999年—2004年

1999年伊始,罗西尼亚的生活明显平静了许多。卢西亚诺·巴尔博萨·达席尔瓦，即大家口中的“罗西尼亚的鲁鲁”或者“瘦子”（o Magro）最终控制了整个贫民窟，从山顶到山脚。自1987年德尼尔被捕后，出现了一系列代表红色司令部统治这里的头目。这些人在登上权力顶峰后平均寿命大概是十个月。他们的职业生涯有时以被逮捕告终，大多数情况下则是遭人谋杀。在此期间，罗西尼亚通常被两到三名首领瓜分，这些人都是德尼尔在监狱里亲手选出来的。

德尼尔采取分而治之的策略，而这在控制顶部和底部的年轻人间引发了严重摩擦。他们的权势建立在用毒品交易的利润储备的武器上。这些人大多是17到28岁的青年男子，其中一些还算通情达理，另一些则近乎精神病态，沉浸在杀人的乐趣之中。然而，当德尼尔在1998年选中鲁鲁后，罗西尼亚的氛围发生了惊人的改善。

鲁鲁实际上是德尼尔的堂弟，但和大多数毒贩都不一样。他出生于巴西东北部的帕拉伊巴州，父母是虔诚的福音派信徒，罗西尼亚居民大多来自这里。身为毒王，鲁鲁不同寻常的地方在于他的隐蔽性。尽管罗西尼亚的人对他敬若神明，但很少有人看见他，和他说过话的更是少之又少。

他住在罗西尼亚最顶端的拉伯劳区，那里同贫民窟其他地区都有点距离。从加维亚大道顶端走向拉伯劳区，脚下的道路陡然升起。你的右手边是加维亚富丽堂皇的豪宅，有着精心修剪过的花园、户外游泳池、私人网球场和足球场，都建在茂密的雨林中。豪宅区的后面是拉戈阿潟湖，莱伯伦、伊帕内马、科帕卡瓦纳和博塔福古这几个高级住宅区环湖围成一圈。转过身，你会看到罗西尼亚贫民窟沿着山坡一路往下铺开，尽头直指圣康拉多和大西洋。

继续沿着小山坡往拉伯劳区走，气氛逐渐变得如田园般恬静。虽然看起来仍像贫民窟，但拉伯劳区更加干净整洁。走到马路尽头，你将被热带雨林包围。这儿大概是里约所有贫民窟中最美丽的地方。

鲁鲁把家建在了拉伯劳区和热带雨林的交界，远离了喧嚣的烟草店、枪战、摩的和繁荣的商业区，但又地处贫民窟之内。今时今日，热带雨林正逐步夺回自己的领地，房子的地基和墙面已经被植物覆盖。但在鲁鲁当权时，这里曾是一个陈设讲究、外形迷人的中产阶级住所，坐拥着秀丽的风光。

他的第二套房子靠近第一街。那里是毒品交易的办公室和总部，离主要的武器储藏点不远。

很少有毒贩比鲁鲁更清楚自己应该扮演的角色。大约五年前，正是对阿莱芒区的感情和羁绊激励了奥兰多·乔加多。鲁鲁和他一样，明白自己身为毒王，必须要打造出一个良性循环链条。这意味着要确保贫民窟对自己的支持，将部分利润回馈给社区，创造一个利于经济增长的环境。这是一项明确的商业战略。“我是个生意人，”他喜欢这样说，“我不喜欢战争，战争会影响生意。”

整个20世纪90年代，罗西尼亚不得不适应眼前的毒枭时代。多年以来，这里的暴力程度远低于其他地方。它的位置离毒品贸易的竞争区——阿莱芒区、马雷区和北区其他地区很远，因此避开了大部分帮派斗争。“罗西尼亚与众不同，”卡洛斯·科斯塔（Carlos Costa）解释道，“它很少发生冲突。这里最大的问题是毒品交易的商业化。”不过一旦毒王们外出谈生意或找乐子（频率相当高），问题就会出现。鲁鲁常常会一连消失好几天，有时是好几周乃至好几个月，每当他离开时，年轻的副手们就会开始内斗，警察的贿赂金会被拖欠，甚至会发生武装冲突。

鲁鲁设立了一个委员会来调节经理和士兵以及毒贩和社区领袖间的争端，力求让双方做出让步。家长们投诉说毒贩把毒品卖给自己孩子，鲁鲁就不时限制向贫民窟的居民出售毒品。这是一种有意识的自律，虽然营业额变少了，但对整个社区都有益处。就像乔加多一样，他鼓励想要离开的手下去找份合法的工作，也愿意帮他们一把。

我和许多罗西尼亚居民谈起过鲁鲁。每个和我交谈过的人都把鲁鲁统治罗西尼亚的时光称为“黄金时代”。“他无与伦比，直到今天我都喜欢和崇拜他。”前任居民协会主席“罗西尼亚的威廉”（William da Rocinha）这样说道，“他帮助了这么多罗西尼亚人，在外面的世界又有这么多朋友：名人、足球明星、商人。我从来没有遇到过像他这样的毒贩。”

虽然鲁鲁不常现身，但每当罗西尼亚的普通居民找到他时，他总会听他们讲话并做出回应。西蒙娜 · 达席尔瓦（Simone da Silva）当时正在回罗西尼亚的路上，她和男朋友难得去了一趟里约最高档的购物区莱伯伦区。西蒙娜每周工作六天，在一家超市推销强生公司的产品，薪水很微薄。事发当天，男朋友正戴着西蒙娜送的手表，那是她攒了好几个月钱买的生日礼物。当公交车穿过那条将莱伯伦区一分为二的肮脏运河时，一个年轻男人盯上了它。这人宽大的橙色外套下藏着一把刀，他逼迫西蒙娜的男朋友交出手表，然后跳车跑了。西蒙娜追了一阵，没能抓住他。但她认出了这个男人：他也住罗西尼亚。根据鲁鲁的法律，当地小偷不能偷贫民窟居民的东西。

回到家后，西蒙娜和一个她觉得能帮上忙的朋友见了面。“我需要和毒王谈谈，”她说，“你能帮我联系一下吗？”

根据指示，她在午夜 11 点 30 分左右冒险走到了瓦莱奥区尽头，这名字来自一条横跨该区的露天下水道。看来她来对了地方：一群全副武装的年轻男子和一两个女人正站在室外，在昏暗的灯光下说笑。人们来了又走，大多是来上交烟草店当日的营业款。午夜正是交接早晚班的时候。

西蒙娜一直努力避免跟毒贩子打交道：“到了之后，我鼓足勇气跟他们说我要见鲁鲁。”

“谁要见鲁鲁？为了什么事情？”人群当中传来一个粗哑的声音。

西蒙娜的声音小到几乎听不见：“我只能单独跟他说。”

对方让她等着，最终人群分开，一个纤弱的小胡子男人出现在她眼前。他坐在一把塑料椅子上，脸隐没在阴影之中，脚上穿着一双人字拖，脖子上戴着一条金链子，链子中间有一个刻着字母 L 的白金小圆盘。像往常一样，他没有佩带武器。

“你要见我？”他不带什么情绪地说道。

西蒙娜描述了案发经过和罪犯的长相。鲁鲁仔细听完后回应道：“你来得正是时候，那些小偷马上要来向我汇报了。”在贫民窟外抢劫的人必须把抢到的东西呈给鲁鲁，并说清楚是哪儿来的。而鲁鲁会从中抽取一些“贡品”。

西蒙娜向后退出鲁鲁的视线。几分钟后，小偷出现了。她上前一步，一拳打在对方胸口，并要求他归还手表——表此时就戴在他手上。“你已经告诉鲁鲁了吗？”他紧张地问道。“是的，”她说，“但我还不知道你的名字。”他当下还回手表，但声称如果她再找鲁鲁追究此事，自己一定找她算账。这无疑是在威胁。

拿回心爱的手表后，西蒙娜非常激动，不久就把这件事抛诸脑后。一周后，她听说这个小偷被人杀了。她至今不知小偷的死是否和自己那通抱怨有关。

除了主持公道外，鲁鲁业余时还会兼任房屋贷款中介，他会借钱给大家付房租和押金。这是桩一石二鸟的生意：既能把贩毒的钱通过合法经济活动洗干净，又能得到社区居民的认同。

他取得成功的至关重要的一环是大规模收买警方，尤其是那些驻扎在贫民窟周围的警察们。拿钱之后，他们就成了一线情报人员，专门负责报告周围的风吹草动——无论是敌对毒贩还是警察局。

收买警察还有其他的好处。警察对居民的敲诈减少，平静繁荣的氛围令整体经济环境受益。在鲁鲁的治理下，银行在贫民窟开设了第一家分行；鲍伯家（Bob's，里约本地版的麦当劳）也觉得这里足够安全，在加维亚大道正中央开了分店；商店卖起了电视机，其他高档产品也纷纷涌现；一些雄心勃勃的生意人甚至在贫民窟开了第一家情趣用品店。最重要的是，这期间有三大服务业蓬勃发展：莱特（Light）电力公司，像迷失方向的蜜蜂一样在小巷里嗡嗡作响的摩的，还有煤气罐经销商，当时大家都用这个做饭。

环境改善令罗西尼亚的暴力程度大幅下降。到2002年，鲁鲁统治罗西尼亚的第三个年头，当地每10万人中只有21人非正常死亡，比里约市的平均水平低了三分之一以上。虽然不能和维也纳或米兰相提并论，但罗西尼亚已经成了巴西各城市中最安全的地方之一。

鲁鲁治下的罗西尼亚自此成了众人口中的“中产阶级贫民窟”。当人们经过那里繁华的商业区时，也会觉得此言不虚。但这并非是个关于繁荣和成功的故事。尽管有了银行、美甲店和美发沙龙，极度的贫困仍然为罗西尼亚带来了严重的社会问题。就在贫民窟的东南角，从脏衣区到第一街的尽头，满是有毒的空气、破碎的砖石和营养不良的婴儿。这些都标志着社会的败落和痛苦，和世界上其他落后地区一样令人触目惊心。2004 年，一家知名智库表示罗西尼亚大多数发展指标的得分非常低，尤其是教育，五分之一的人口仍然生活在贫困线以下。* 这里的基础公共卫生设施十分匮乏，疾病如同贪得无厌的猛兽，在大多数贫民窟内徘徊。但只要鲁鲁能帮得上忙，他一定会出手相助。

虽说罗西尼亚当时堪称全里约最安全的贫民窟，但就像奥兰多 · 乔加多治下的阿莱芒一样，它毕竟只是一个开明的独裁政权，有一个不容置疑的首领，手下是一群未经专业训练的年轻人，还拿着极具杀伤力的枪支。

毒王当然对下属间潜在的忌妒、背叛和冲突心知肚明，却并没有像他本该做的那样快刀斩乱麻地处理这些问题。在平静的表象下，怨恨日积月累，在他手下约 25 人的高级经理团队和保安间蔓延开来。

---

* *Istoé,* 21 April 2004. 该智库名为热图利奥 · 瓦尔加斯基金会（Getúlio Vargas Foundation）。

内姆加入团队这两年来，鲁鲁越来越依赖他，不过不是把他当继任者的那种依赖。贫民窟并没有建立起一套完善的机制，能在现任毒王死亡或失踪时选出继任者。退位的毒王很少留下明确指示，这种模棱两可会引发许多问题。

鲁鲁从未公开表过态，但大多数人默认的候选人有两位：其中一位是控制罗西尼亚底部的贝姆特维（Bem-te-vi），一个名副其实的派对动物，鲁鲁视他为胞弟。他的名字来自一种明黄色的鸟：大食蝇霸鹟（the great kiskadee），正贴合他活泼的个性。鲁鲁告诉内姆，贝姆特维会是下任领导人之一。“但我能预见，”他大笑着说，“他会把这个地方搞得一团糟！”当贝姆特维真正开始掌权后，大多数人都笑不出来了。

领导罗西尼亚顶部的是头脑更加清醒的扎鲁尔（Zarur）。据知情者称，过去几年来，扎鲁尔一直压制着自己原本更为残暴的性格。此外还有许多在旁觊觎的人：年轻气盛的利昂（Lion）和班德（Band），后者的父亲是红色司令部的创始人之一，因此在贫民窟内广受尊重。未来的不确定性同个体野心混合在了一起，罗西尼亚的平静面临着严重的威胁。

没人觉得内姆是当毒王的料。他不是职业杀手，也不显眼。他会利落地处理好分配下来的任务，没有半点怨言。他比其他人都年长，因为在加入帮派前曾经做过好几年正经工作，也比大多数人更有责任心。

向鲁鲁借钱帮女儿治病的两年来，内姆一直兢兢业业地工作还债，直到2004年，他终于把这笔钱还清了。这期间他在帮派内一路高升。2003年上半年某晚7点，鲁鲁打电话给内姆，让他立刻来参加会议。“我觉得有点奇怪，”内姆回忆道，“因为那时他通常不会在傍晚召集我这样的小喽啰去开会。”鲁鲁解释说帮派中的某个成员死在了韦尔迪镇（Vila Verde），就在罗西尼亚入口附近。“我们毫无头绪，”他承认，“所以现在起我要你接管卡丘帕区的安保工作。”不久前，一个在当地广播台工作的平民刚刚被人杀死，原因未知。“我们绝不能让这种情况继续下去，这已经影响到居民的生活了，”鲁鲁告诉内姆，“你的任务就是把这件事处理好”。

这是一次升职。内姆现在的职位相当于黑手党核心成员。此后，他将管理三个烟草店经理和大约25名全副武装的下属。卡丘帕区的首脑负责管理罗西尼亚的一大片区域——从脏衣区一直到捕蝇草区。这片地区的毒品交易营业额仅次于巴塞卢斯和瓦莱奥的中心商业区。

随着责任变重、地位上升，内姆也开始发生变化。他渐渐把在黑帮职业中习得的言行和准则带到了私人生活中。

2002年，曾经被偷窃过一只手表的西蒙娜·达席尔瓦成了一个带着3岁女孩的单亲妈妈。“我试着靠自己活下来，”她说，“但钱实在太紧张了，我甚至不能保证女儿的一日三餐。”母亲在罗西尼亚生下和养大西蒙娜，然后回到了位于帕拉伊巴州的老家，人人都觉得西蒙娜也该带着女儿泰伊娜（Thayná）回东北去。

西蒙娜身材苗条、魅力十足，她五官精致、鼻子高挺，眼神中透露着机警。那天她正沿着二号路步行上班，一个陌生的年轻女人拿着手机跟她搭话。“有人找你。”她这样说，然后把手机递给西蒙娜。电话里传来一个高兴的声音：“你是那个穿着我喜欢的衣服的女孩吗？”她总是穿着里约弗拉门戈足球队的红黑条纹衫，非常显眼。“我看到你了，”那个声音继续说道，“我每天早上都看着你去上班。能找个时间互相认识一下吗？”西蒙娜礼貌地请他滚一边去。但这些神秘来电从未间断，大约一周后，其中一个传电话的女孩对她说：“他现在在瓦莱奥等你。”“他是混黑帮的吗？”西蒙娜问道，对方回答说不是。她可不希望自己和毒贩搅在一起。

她走进一家咖啡厅，内姆正独自坐着。他表现得非常礼貌，简短寒暄后，西蒙娜同意礼拜天和他共进午餐。“第一次午餐简直棒呆了，”她回忆道，“他没有一上来就很强硬，我们甚至都没接吻，在那儿一直待到快凌晨。之后他说有工作要收尾，必须得走了。”

西蒙娜完全没意识到内姆是做毒品生意的。实际上，他把自己过去在杂志分销公司的旧员工卡拿给她看，好让她相信自己是社区里的体面人。“他还告诉我自己跟妻子分居了。当然，那时我没意识到这都是谎言。”

他总在清晨时分下班后来找她，然后一直待到正午。他会用温暖的语气提到女儿艾杜阿尔达，但又坚持说自己和妻子之间情分已尽。他声称妻子住在他妈妈的公寓里，而他一直住在楼下一层。

没过多久，西蒙娜开始听到一些流言。“那些女人会说‘别找西蒙娜的茬，她现在跟一个混混搞在一起’。所有人都知道他是谁，也知道他是干什么的，只有我一个人蒙在鼓里。我平时很少在街上混。”有一天她要求内姆坦白，他同意了。西蒙娜保证只要内姆告诉她真相，她就不会离开。

几天后，她接到一个电话。

“西蒙娜，你知道我是谁吗？”

“我不知道。”

“我是内姆的妻子。”

“但他跟我说你们分居了。”

“没分。我每天晚上都跟他睡在一起。”

西蒙娜知道这不完全是真的，因为她才是每晚和内姆睡在一起的人。瓦内萨的语气满是挑衅，几分钟后，她坐在了西蒙娜的公寓里，两人迫不及待地聊了下彼此的故事。“我还以为他对你和其他人一样，不过是一时迷恋罢了，”瓦内萨说道，“但我觉得有必要和你聊聊，因为他好像对你是认真的。”她们决定让西蒙娜立刻打电话叫内姆过来。当内姆走进公寓看到瓦内萨时，吓得一下子逃跑了。

内姆很快就从稳重的顾家男人变成了花花公子，这并不稀奇。在贫民窟，人们普遍觉得有权有势的男人就该公开展现阳刚之气和个人魅力。旺盛的性欲被视为常态，像这样的男人睡过不少女人，没人会大惊小怪。他们要是没有展示出对异性的掌控和压制，反而会让人觉得不正常。只有当女人们统一战线，就像瓦内萨和西蒙娜那样时，男人们才有可能感到不知所措。

拿内姆来说，他直接消失了好几个礼拜，而这在之后引发了非常暴力和恐怖的冲突。鲁鲁算是个小小的例外，他在这里一共有过三段关系，但当事人都相处融洽。他偶尔也会和贫民窟外的人传绯闻，其中一些还是名人。

不过鲁鲁对这些并不在乎，只要手下能把活做好就行，而内姆的表现确实可圈可点。

鲁鲁策略的核心很清晰：只要维持社会稳定，商业必会繁荣。随着内姆在组织中不断攀升，他也开始学习如何更细致地管理这门生意，特别是其中最重要的部分：记账。

和追踪钱的动向相比，注意警方的线人这种安全问题和向烟草店定期供给可卡因根本不值一提。鲁鲁十分擅长处理账目，他会教内姆一些小窍门，而内姆在杂志分销公司当经理时的经验也派上了用场。精准记账意味着能清楚显示出双方的债务是多少。随着记账方式越发纯熟，他们甚至会为现金流出问题的忠诚客户留下周转余地。遇到这种情况时，大家总能协商分期付款。

但从某些方面来说，新工作也令人失望。卡丘帕区无聊透顶，和商业区根本没法比：没有酒吧，商店只有一两家，每晚6点开始就一片死寂。没过多久内姆就开始感到沮丧，想要参与到罗西尼亚山脚的行动中去。“鲁鲁不让我和贝姆特维这样的人接触。”他说道，“他们是一群不负责任的小鬼，他会这么跟我说，他不希望我和他们混在一起。‘我很喜欢贝姆特维，’他说，‘但我不希望你被他这个派对狂人给带坏了。’”所以内姆不得不对他交代自己的行踪。有一次他被邀请参加扎鲁尔的生日派对。“你可以去祝他生日快乐，”鲁鲁说，“但我要你说完后马上回到自己的工作岗位上去。”

实际看来，鲁鲁的统治最大的问题就是他本人并不乐在其中。虽然广受欢迎，但他希望能从运营贫民窟的责任和压力中解脱出来。只要一有机会，他就会消失好几周甚至好几个月，把生意留给不那么称职的副手们处理。这自然会影响到罗西尼亚的稳定程度：只要他一离开，情况就会崩盘。

阿莉塞·阿维泽多（Alice Avezedo）* 记得有次鲁鲁不在时，她 15 岁的侄子开始和一个姑娘约会，但她侄子不知道这个姑娘同时在和毒贩约会。毒贩很快听到风声，这个男孩随后被鲁鲁的一群手下劫走。“他们把他带到第一街，”阿莉塞说，“然后就开始折磨他。”

一周后，鲁鲁回来了。此时阿莉塞依然没有收到侄子的消息，她和她的阿姨还有几个孩子一起去拉伯劳区找鲁鲁告状。他在自家屋顶上接见了阿莉塞一行人，静静听完事情的起因经过，然后立刻把涉事手下叫来。这群人带着不省人事的男孩现身，他身上只穿着一条内裤，全身被打得又青又紫，还被足足饿了一个礼拜。鲁鲁要求他们立刻放人并向男孩的母亲道歉，这群人道了歉。尽管如此，男孩还是心有余悸，一存够钱就搬出了罗西尼亚。毒贩们把那个女孩剃成光头，逐出了贫民窟。

---

* 应本人要求，此处为化名。

这不过是鲁鲁缺位时发生的众多事件中的一起，但足以说明这里的社会秩序是多么脆弱，多么仰仗于个体的执行。

第10章

破裂

2001年—2004年

鉴于鲁鲁在罗西尼亚的声望，当内姆在谈话中开始质疑鲁鲁的管理能力时，我大吃一惊。内姆心里和贫民窟的其他居民一样爱戴他。但在鲁鲁拒绝讲清他长期缺席时谁来掌权这件事上，内姆的批判也毫不留情。实际上，他是我见到的唯一一个会抱怨鲁鲁的罗西尼亚人。“每当他出门旅行，其他人就会暗自较劲，试探彼此的实力，炫耀自己。”内姆还记得有一次利昂骂扎鲁尔是个“蠢货”：

> 利昂当时正和手下拿着武器四处晃悠，迎面撞上了扎鲁尔和他的人。我当时觉得自己应该闪人，所以拐弯去一个小巷子里撒尿。然后我听到扎鲁尔对利昂说：“听说你觉得我是个‘蠢货？’”我想：“操，我该怎么办？这条巷子他妈的是个死胡同，他们马上就要打起来了，我都没地

方可以跑。”然后我听到利昂说：“巴宝（Babão），放下你的枪！”巴宝是扎鲁尔的一个手下。“给我举着。”扎鲁尔说。最后，巴宝把事情揽到自己身上，说：“好吧，我把枪放下然后走人。”对峙这才结束。我等他们都离开后才出来，然后低着头快速溜了。

每次鲁鲁一走，这种破事就会发生。他从来不留清晰的指令。我跟他说，下次要是他再去旅行，我就会先离开这里，等他回来之后再说。“我是欠你的钱，”我跟他说，“不是他们的——你记住我的话，他们早晚要自相残杀。”

鲁鲁总是找借口离开的另一个原因可能是他从 2001 年起就知道自己会和红色司令部的管理层产生冲突。那年 1 月，“罗西尼亚的德尼尔”，这个 20 年前开创了一切的男人在自己的牢房内被人谋杀。更令人震惊的是，下令的正是红色司令部的领导层。要知道在过去 20 年德尼尔一直对他们很忠诚。

对罪犯来说，监狱是个相当不安全的地方，工作环境恶劣、薪水却少得可怜的狱警们什么都能放进去。在里约最臭名昭著的班古监狱，有钱有势的犯人可以花钱买到任何东西：单人牢房，热乎乎的熟食，电子游戏机，各种各样的毒品、酒精和武器。但最重要的商品还是手机，只要有手机，全里约的毒贩，甚至圣保罗第一指挥部的人都能在舒适的牢房里远程操控他们的毒品帝国。

红色司令部决定除掉德尼尔，这意味着面对竞争对手第三司令部和兄弟会的威胁，他们决心加强对手下贫民窟的控制。这两个自命不凡的新对头正在不断壮大。红色司令部的两位领军人物——“马西尼奥副总裁”和费尔南迪尼奥·贝拉-马尔（Fernandinho Beira-Mar）象征着充满活力和决心的新一代领导人。他们注意到了罗西尼亚不断上涨的营业额和利润，想要从中抽取更高的比例。而德尼尔绝不允许自己的领地和权威被如此蚕食。一位特别警察作战营（Batalhão de Operações Policiais Especiais，以下简称 BOPE）的情报官这样评价道：德尼尔被谋杀一案是罗西尼亚接下来发生的一系列骇人事件的导火索。

特别是贝拉-马尔，他是巴西毒品经济中最有权势的人，名声也越来越响。他是唯一一个摆脱了贫民窟毒贩的帮派式社会环境，转向批发业务的人。而他成功的关键在于同哥伦比亚的 FARC 建立起了紧密联系。在此之前，大多数可卡因都是通过马图托流进里约的，这些人靠肉身一点点地把可卡因从巴拉圭和玻利维亚运到大西洋沿岸的里约市。*

这些马图托有自己的风险要面对。首先，他们必须和玻利维亚、巴拉圭或哥伦比亚的供货商商量出合适的价格；随后，他们要想方设法避开警察、军队和投机倒把的小偷，带着货物穿越整个巴西；最后，他们还要和贫民窟的分销商再磋商出一个合理的成交价。21 世纪早期，大量马图托被杀害，就像出现了专杀毒贩的连环杀手。媒体从来没有报道过此类事件——他

---

* 见第 15 章。

们只不过是一个名字，一些不相干的人，其中一些是玻利维亚人或巴拉圭人，另一些是巴西人。里约贫民窟中做毒品生意的人都怀疑这背后另有隐情。鲁鲁认为红色司令部中有人欠了这些业余毒贩们一大笔钱，与其还钱，不如杀人灭口。

这一系列“意外”刚好发生在贝拉-马尔的批发生意在里约蒸蒸日上的时期。虽然没有证据能证明贝拉-马尔和马图托的死有关，但他的确从中受益，借此进一步加强了对批发和送货业务的控制。

到了这种时候，“马西尼奥副总裁”和贝拉-马尔开始思考怎样做才能巩固自己在罗西尼亚的影响力。最终，他们派了一个叫杜杜（Dudu）的人回贫民窟，杜杜在罗西尼亚出生和长大，足以担当红色司令部的地方代理人。

2001 年德尼尔被杀后，罗西尼亚面临的压力越来越大。鲁鲁被要求上交大部分利润给红色司令部，他拒绝了。2004 年年初，局势变得十分紧张。据警方情报显示，贝拉-马尔私下一直和鲁鲁团队的成员保持联系，特别是同贝姆特维（毒王接班人的可能人选之一）的竞争对手们。

局势不断恶化，鲁鲁十分不安，他早就制定了周密的计划，想从贫民窟和毒品生意中脱身。2003 年年初，他派人去见路易斯 · 爱德华多 · 苏亚雷斯 *，此人是里约政府的前安全顾问，

---

* 路易斯 · 爱德华多 · 苏亚雷斯（Luiz Eduardo Soares），巴西知名的人类学家，哲学家和政治科学家。2003 年 1 月到 10 月间任巴西的公共安全部部长，同时也是一名大学教授。——译者注

当时在巴西利亚的公共安全部从事同样的工作，不过是联邦级别的。鲁鲁问苏亚雷斯可否面谈。他解释说自己希望获得解脱，更准确地说，他希望能够逃离目前的职业，早日“退休”。作为一名出色的人类学学者、作家兼政治顾问，苏亚雷斯表示他本人也诚挚希望鲁鲁能顺利退休，但不幸的是，他同时还是个国家公务员。假如鲁鲁想和他见面，他将不得不把鲁鲁逮捕归案。苏亚雷斯强调他但愿鲁鲁一切安好，如有需要可以随时联系他。

十个月后，苏亚雷斯前往巴伊亚州首府萨尔瓦多（Salvador）参加一个康得布雷教活动，与会者中还有世界著名歌手吉尔伯托·吉尔*的妻子芙洛·吉尔（Flora Gil），她是鲁鲁的密友。作为主办者，她安排过包括自己丈夫和伊维特·桑加洛†在内的大受欢迎的明星们在罗西尼亚演出。芙洛还筹款超过50万雷亚尔，想在罗西尼亚建造一个文化中心。能够和如此重量级的人物建立友情，足以证明鲁鲁极具个人魅力。

当苏亚雷斯坐在那儿欣赏康得布雷教迷人的宗教仪式时，他感觉有人拍了一下自己的肩膀。那是鲁鲁。“教授，”他面带微笑地说，“我成功了！我不干了！”苏亚雷斯也很高兴。“好消息是，”他回答道，“我也不当公务员了，抓你这件事不在我的职务范围了。我现在只想恭喜你！”当鲁鲁离开时，苏亚雷斯的妻子警告他，事情不会这么简单就结束的。

---

* 吉尔伯托·吉尔（Gilberto Gil），巴西著名歌手，2003年至2008年任巴西的文化部部长。——译者注

† 伊维特·桑加洛（Ivete Sangalo），巴西历史上最畅销的女歌手之一。——译者注

几个月后的一个下午，当苏亚雷斯在巴西最南部的南里奥格兰德州（Rio Grande do Sul）的首府阿雷格里港（Porto Alegre）休假时，他的手机响了。来电显示是鲁鲁。

“我必须回罗西尼亚了。他们绑架了我。”

“谁？红色司令部？”

“不，是民事警察。”

就在鲁鲁回帕拉伊巴州探望母亲时，四个戴着面罩的里约民事警察闯进屋子，把他绑起来塞进车里。为了完成这项任务，这些警察开车开了足足2400千米，早已超出他们的辖区。但这只是小事一桩。鲁鲁对里约环环相扣的腐败链条来说过于重要，绝不能就这样轻易退休。警察们逼着他重返工作岗位继续当毒王。

“我还以为他们铁定会杀了我，”鲁鲁向苏亚雷斯教授解释道，“结果正好相反。他们说假如我不回罗西尼亚，他们才会杀了我。我走之后罗西尼亚一团糟，暴力事件也蔓延到了周围。我必须回去把这些处理好。”虽然试图逃离，但鲁鲁还是和罗西尼亚以及毒品交易绑在了一起，绑住他的有警察也有客户，有下属也有贫民窟的普通居民。

2004年伊始，鲁鲁回归罗西尼亚。他随即发现自己需要处理狂欢节期间发生的棘手状况，这是近些年来里约规模最大的庆典之一。这座城市的旅游业正在复苏。包括“玛丽王后号”（*The Queen Mary*）在内的八艘邮轮横跨大西洋停靠里约，前来参加自2月22日起长达一周的桑巴狂欢和庆祝活动。这些非凡的演出被当之无愧地誉为现代世界的文化奇迹。那一年，在里约参加狂欢的不仅有8万名海外游客，还有38万名国内游客，参与人数创下了纪录。市内旅馆爆满，成千上万人手握桑巴大道（Sambódromo）的门票——巴西的桑巴舞学校在经过一年的精心准备之后，会在这里进行舞蹈比赛。

警察和毒贩们通常会在这时默契地休战。庆典少不了规模巨大的街头狂欢，需要警察维持秩序。对于毒贩们来说，这大概是一年中零售额的巅峰时段。大规模的暴力事件对两边都没好处。

那年的罗西尼亚弥漫着一股激动人心的氛围，因为当地的桑巴学校有很大概率从A组被提名到特别组*，后者代表着桑巴界的顶尖水准。然而伴随期望而来的，还有新的焦虑和不安。

狂欢节开始前一个月，急于重回统治地位的前任毒王杜杜获允在周末出狱探望母亲，而此前他已经被认定为高风险罪犯。探访结束后，他果然没回监狱，而是逃往阿莱芒区深处藏了起来，警察根本找不到他。如苏亚雷斯所言，整件事“骇人听闻，有着杀人和强奸前科的毒贩在周末休假后竟然没回监狱”。

红色司令部的领导层支持杜杜重新夺回对罗西尼亚的控制权。他们甚至写信要求鲁鲁允许杜杜回到贫民窟，和他一同管理毒品贸易。

杜杜——真名叫做爱德诺·欧斯塔奇奥·德阿劳若（Eduíno

* 只有特别组有资格在狂欢节的桑巴舞比赛上进行游行演出。——编者注

Eustáquio de Araújo）——是个复杂的年轻人。教过他的一位老师形容他是个“大孩子”，会和所有人开玩笑。* 从各方面来看，他都是个阳光又有魅力的青少年，却和第一街的一伙小偷混到了一起。他在 20 来岁时曾被捕入狱，在那儿遇到了红色司令部的毒贩。等到再回来时，人们发现他变成了一个更加危险和肆意妄为的年轻人。他开始骑着摩托车在加维亚大道蹿上蹿下，腰间别着两把不离身的大手枪。

早期，杜杜会用一种轻快的方式践行自己的暴力审判。假使有人在竞选中反对他喜欢的候选人，或是拖欠毒资，或是和他看中的姑娘约会，这个变态就会微笑着走到对方面前，说：“我要杀了你！”他总是一脸笑容，似乎在表示自己只是在开玩笑——但也可能是在说他是认真的。

在 1994 年成为罗西尼亚的头目之一后，杜杜开玩笑的次数少了很多。他变得疑神疑鬼，发出的威胁却越来越真。他对让自己起疑的“背叛者”越发冷酷。“有个住在亚壁区（Via Apia）的男人，杜杜认为他的长相不讨喜，”一个熟知罗西尼亚编年史的居民回忆道，“他就笑着走到那个男人面前，砰地往他脸上开了一枪。”

一提到杜杜的名字，内姆的五官就因为厌恶扭到一起。“除了杀人和那些破事之外，他还是个强奸犯，这在我们社区里是绝对不被容忍的。”他说道。

---

* 出自 2014 年 5 月对卡洛斯 · 科斯塔的采访。

在罗西尼亚人的记忆之中，杜杜的统治短暂而残酷。内姆更是记得清清楚楚，杜杜是个臭名远扬的强奸犯。和其他毒贩一样，他的统治是不负责的，但贫民窟居民期望毒王至少能将一条法律延续下去：对强奸保持零容忍。实际上，红色司令部也明令禁止强奸。杜杜对男人和女人任性肆意地犯下罪行，这很快招致了许多罗西尼亚人的反抗。当然，他们不敢对任何人说。回忆往事时，大家一致觉得这是罗西尼亚自 20 世纪 80 年代以来最黑暗的时光。

杜杜住在靠近罗西尼亚地理中心的第二街。他花钱请工人在自己家墙上挖了一个洞，每逢警察搜查，他就会神秘消失。洞后面是条秘密通道，尽头通向街上的另一间房子。凭着这个，他总能在突袭中全身而退，令困惑的警察们空手而归。

但有人向缉毒小组告发了这条秘密通道。因此当 1995 年警方再次出动时，杜杜刚鬼鬼祟祟地从安全屋出来，就被埋伏在旁的警察逮捕了。他被判处长期监禁。还是据德尼尔在牢房里的决定，罗西尼亚的领导权被交到了一个包括鲁鲁在内的三人团体手中。

因此，当红色司令部要求鲁鲁接受杜杜回到贫民窟，并任命他管理罗西尼亚山脚时，鲁鲁断然拒绝了。这是里约最大的犯罪集团中前所未有的叛变，所有人都觉得他一定会遭到惩罚。

当杜杜越狱的消息传来时，罗西尼亚居民已经做好了迎战的准备。几十名男性居民志愿报名参加鲁鲁的保安队，并要求向那些忠诚的居民发放枪支，以保护贫民窟免受攻击。

在组织的架构和运营上，鲁鲁越发依赖内姆的判断。事实证明，他的副手是个冷静的顾问，希望更加谨慎地分配和使用枪支。不过，如果我们用审慎和精明来形容内姆的职业生活，那他的私人生活只剩空前的混乱。

2004 年年初，西蒙娜已经有了七个月身孕，肚子里是内姆的女儿费尔南达（Fernanda）。大女儿泰伊娜从帕拉伊巴州的祖母那里回到罗西尼亚，因为内姆大方地表示愿意承担她在贫民窟的生活费。他甚至收养了泰伊娜，这个孩子现在已经称他为“爸爸”。

某日下午，西蒙娜正在亚壁区附近找医生做产前检查。当她走进候诊室时，一眼就看到了同样怀着孩子的瓦内萨。

“西蒙娜？这是谁的孩子”瓦内萨惊叫道。

“呃……内姆的。”

“噢，不会的——这不可能。**这个**才是内姆的孩子。”

好吧，两个女人当场做出决断，事到如今已经够了。她们前往内姆母亲的房子，刚在卡丘帕区的烟草店附近辛苦工作了一夜的内姆正呼呼大睡。

“你猜我在医生那儿遇见谁了？”瓦内萨冲着他大叫道。

“该死的！瓦内萨，我昨天很晚才回来。先等等，我们一会儿再讨论。”

“你知道吗？西蒙娜！她也怀孕了。你猜爸爸是谁？”

“你……你说什么呢，西蒙娜？我不知道她怀孕了。那是谁的孩子？”

此时西蒙娜走进这个狭窄的房间里，脸上浮现出一丝讽刺：“你不知道是谁把我的肚子搞大了，内姆？”

内姆砰地关上门，又生气又尴尬：“别在这儿瞎说了，不然我一枪崩了你们俩！”

“我怀着你的孩子，你要崩了我——我不相信。”西蒙娜尖叫着说。

与此同时，瓦内萨正用力往外推门，而内姆则一遍又一遍地把门关上，活像一出卧室闹剧。“我知道他有非常易怒的一面，”西蒙娜随后回忆道，“有那么一瞬间，我真的害怕他会杀了我。”

最后付诸暴力的人是出离愤怒的西蒙娜，她用手砸破房子里的一扇玻璃窗，之后不得不鲜血淋漓地回到医院缝针。

再次面对愤怒的女人们时，内姆打包行李消失了一阵子。“是的，”正如他回忆起这件事时所说的，“我消失了大概几周，不仅想逃离警察，也想逃离这两个女人！”当两个孩子——费尔南达（Fernanda）和恩佐（Enzo）——在两个月内先后出生时，他表示自己一直以来都希望有一对双胞胎，如果不成，能有两个同时出生的孩子也不赖。这无疑是他阳刚之气的绝佳证明，假如这件事还需要证明的话。

内姆和女人的关系越发错综复杂，但他仍是那个坚定的父亲。艾杜阿尔达现在已经是个活蹦乱跳的4岁小女孩，聪慧可人、人见人爱。面对自己的养女泰伊娜，内姆同样尽职尽责。“他从来没有让孩子失望过，”西蒙娜说道，“他会买东西给他们，和他们一起玩，讲故事给他们听。他一直都是个模范父亲。”

虽然因为父亲的悲惨命运，内姆对母亲仍然感情复杂，但他由衷感谢母亲对家庭和工作的付出，两人变得异常亲近。当他加入鲁鲁的组织时，母亲问他为何要走到这一步。他当时没有回答，但很想解释自己只是在帮一个熟人的忙，还有就是为了女儿。然而随着时间流逝，这很明显不再是临时变动，多娜·伊雷妮变得越来越焦虑，尤其是在夜里。每次听到枪响，她都害怕第二天早上儿子就不会再回来了。

2 月 22 日，狂欢节大游行前夜，罗西尼亚的威廉和妻子在山脚闲逛时，他的手机突然响了。六天前，33 岁的威廉刚刚接任居民协会主席。他的从政之路比较曲折：从赤贫和毒瘾的低谷一跃登上了播音员和 DJ 的事业顶峰。戒掉可卡因之后，威廉越来越多地参与到社区政治之中，他和鲁鲁一直保持着建设性的关系，后者会出钱赞助他的放克派对。

作为一个地道的罗西尼亚人，他非常清楚杜杜从监狱逃脱后，自己的选民会面临何等困难，但和其他人一样，他也觉得事情不太可能会在狂欢节爆发。2 月 22 日晚的那通电话改变了一切。军事警察特种部队的一个小队枪杀了三名青少年，后者刚从罗西尼亚的放克派对出来。

身为新当选的协会主席，威廉迅速赶到现场。已经有约 500 人聚集在这里，警察不断支援，以免当地居民爆发骚乱。

第二天，所有媒体都报道着同一个故事：三个被击毙的年轻人涉嫌毒品交易。尽管这一说法没有任何根据，但报纸还是这样报道着。几天之内，威廉和他的同事就整理出了一份证据档案，足以证明这三个无辜的孩子只是出来玩乐的。*更讽刺的是，这个放克派对早就经过了警方的批准。

现在，罗西尼亚的毒贩、杜杜和他的雇佣兵部队、军事警察，这三股敌对势力已经准备好一战。一切都在引爆边缘。

---

* 事情过去很久之后，包括州政府在内的责任方才为自己将无辜的男孩们称为毒贩而道歉。

第 11 章

罗西尼亚受难记*

2004年4月

受难日前夜，基督默默站在那里，以示反抗。大祭司该亚法发出不可置信的怒吼："你什么都不回答吗？"

他对耶稣的审问还没出结果，挤在大祭司和先知身边的80多人中走出来一队罗马兵丁，其中一些脚上还穿着人字拖。他们已经准备好鞭打和羞辱这个无礼的异教徒。人群变得越来越激动。

门徒彼得开始抽泣，他刚刚印证了耶稣"三次不认主"的预言。他站在犹太公会法庭那侧，而后者正在决定基督的命运。整场审判就在夜间停放市公交车的车库旁举行。

正当大祭司对耶稣的审判达到高潮的瞬间，在场所有人都

---

* The Passion of Rocinha，此处借用了耶稣受难记（the Passion of Christ）的说法。——译者注

被突如其来的恐惧攫住。祭司、罗马兵丁、村民、门徒，甚至连耶稣本人都被迫弓下身来，他们先是听见一阵自动步枪的枪声，然后看见一片强光。曳光弹将天空照得如地狱般通红。奥雷利奥 · 梅斯基塔（Aurelio Mesquita）后来觉得，那场景仿佛撒旦突然派出最强部队，前来干扰耶稣受难。

每个人都知道游戏规则：在不引发恐慌和踩踏的前提下尽快找到掩体。奥雷利奥反应最快，他是《神圣之路》（*Via Sacra*）这部剧的发起人和导演。罗西尼亚每年都会上演这场戏剧，再现基督被钉上十字架的全过程。奥雷利奥瘦小却精力旺盛，他示意所有演员跟着他前往自己的小公寓，就在100米外。这个小公寓通常只能装下4个人，那天挤了30个人，其中包括几个孩子。

剧团周围的战斗声越发激烈。如无意外，他们只能放弃《神圣之路》的带妆彩排了。贫民窟入口处，罗西尼亚保卫战已经打响。大约60名来自周边维德加尔贫民窟的年轻人赶来支援杜杜，这些人全副武装，一身黑衣，瞄准了罗西尼亚的控制权和可卡因的特许经营权——这是全里约最有利可图的东西。将有12人在本周内死去，罗西尼亚从此陷入长达一年半的混乱之中。

就在教堂敲钟宣告圣星期五来临前半小时，泰尔玛·维洛佐·平托（Telma Veloso Pinto），一个38岁的家庭主妇，和她丈夫以及三个侄子从多为中产阶级居住的巴拉德蒂茹卡区的市郊出发，驱车前往位于里约南部高档住宅区博塔福古的新公寓。她通常会走两兄弟山下面那条隧道，但今天选了一条风景更好的路线：这条沿海公路蜿蜒穿过正处战火之中的维德加尔和罗西尼亚贫民窟，一路通往莱伯伦的时髦海滩。

家庭主妇这辆轻便敏捷的雪铁龙（Citroën）正合维德加尔帮派分子的意，他们正在搜寻用来进攻罗西尼亚的车辆。五个全副武装的男人突然从丛林中跳出来，示意泰尔玛靠边停车，而她一脚踩住油门，随后对方用半自动步枪扫射这辆车。她的丈夫抢过方向盘，转向路边后停了下来。此时他才发现妻子已经死了，自己和三个侄子也都受了伤。在企图进攻罗西尼亚的行动中，泰尔玛是第一个倒下的，正如其他陆续丧命的人一样，是一个完全无辜且偶然的受害者。

当入侵者们挤进偷来的车里时，还以为自己的行动堪称奇袭。此时，大约 100 名毒贩已经部署在贫民窟周围，准备迎战。

鲁鲁早已对这个影响巨大、责任繁重的职位感到无比厌倦。但这一次他很坚定。他知道杜杜——他的前任和敌人——是为了夺回贫民窟而来。他感到自己肩负着捍卫封地和居民的巨大责任。罗西尼亚人也衷心希望鲁鲁能赢得这场战争。没人能忘记杜杜在位时带给众人的恐惧，没人想他回归。

过去几年中，鲁鲁建立了一张强大的情报网络。他的眼线遍布警察局和其他红色司令部管辖的贫民窟。随着圣星期五临近，他很清楚红色司令部领导层绝不会放过自己。他已经无视了组织把罗西尼亚山脚管理权让给杜杜的命令，此时唯一能做的就是全身心应对眼前的进攻。

也许是预见了这一天的到来，鲁鲁有意在红色司令部的两个主要敌人——纯第三司令部*和兄弟会——中发展了许多朋友。

最重要的是，鲁鲁在维德加尔的进攻部队中也安插了眼线。在过去两到三周里，线人一直向他透露对方的进攻计划。星期四，鲁鲁得知他们计划当晚对罗西尼亚发起进攻，时间就在午夜降临前。

内姆确认了该消息，他也收到了这次进攻的线报。他手下大约有 25 名持枪士兵，但无人经过严格的训练。他们大多是十几二十岁的年轻人，个个瘦得像火柴棍，身穿足球衫和短裤，脚踩运动鞋或人字拖，许多人看起来比扛着的武器还小。虽然内姆和其他高级成员试图给这群士兵立点规矩，但只要领导一走开，他们就会失控。

年轻人入行的原因大抵相似，他们有着一伙肆意妄为的向导：失业、荷尔蒙、占有欲和缺失感——他们的生命中没有父辈，没有学校，没有政府，更没有未来。随着全球化的到来，他们被闪闪发光的广告牌和商品紧紧包围。而在贫民窟中，想得到这些东西只有一条路可走：靠贩毒赚钱。

内姆在帮派中的威信越来越高，他不再是哥哥眼中那个笨拙地抓着枪蹲在路边的瘦高个了。早些年，卡洛斯还会劝内姆放弃，他察觉到弟弟既不喜欢这份工作，也不适合。他对这

* 2002 年，第三司令部内发生了一起内部夺权，团内崛起了一支新的领导力量，他们将第三司令部更名为“纯第三司令部”，此后第三司令部便不复存在。

份工作的风险颇有顾虑，这和他的性格背道而驰。但自热拉尔多死后，两兄弟间从未真正恢复亲密，因此卡洛斯的意见被忽略了。

相反，鲁鲁对内姆刮目相看，他治理下的卡丘帕区和周边区域风平浪静。当他让内姆去处理杂事时，他总能迅速高效地完成任务，更重要的是，他会把从口袋里掏出去的一分一毫都算清楚。虽然没有经过训练，但内姆无疑天生具有经商头脑。

攻坚战当晚，两人起了争执。内姆认为鲁鲁应该在入口安排人伏击，还自告奋勇担任分队队长。“他们只要进来，就别想有人能活着出去。”他坚持道。线人称敌人会从罗西尼亚靠大西洋一侧攻来，而非东边的加维亚区。内姆表示自己的队伍会在敌人进入贫民窟前就解决掉他们。他坚信这种情况下进攻就是最好的防守，因此他恳求鲁鲁允许自己在入口处布置枪手。做了四年安保工作后，内姆比从前更加强硬。他确信鲁鲁正在犯一个巨大的错误，也直接出言相谏。但鲁鲁摇摇头，“让他们当先动手的那一方，”他说，“让全世界看看到底谁才是入侵者。”

此后几天，内姆直言不讳，一旦他觉得老板错了，就会和对方争论不休。但如果鲁鲁做出最终决定，他还是会严格执行命令。

于是，入侵开始后，内姆发现自己身处贫民窟深处接近热带雨林交界的地方。刚听到底部传来的枪声，他就冲着对讲机大喊：“让我下去吧！求你了！”鲁鲁拖延了一会儿，等枪声转移到亚壁区入口处，那是罗西尼亚入口附近的主要商业街，才准许内姆和他的人冲下山去。

此时，24 岁的保姆法比亚纳 · 多斯桑托斯 · 奥利韦拉（Fabiana dos Santos Oliveira）正坐在丈夫摩托车的后座，两人沿着加维亚大道往亚壁区驶去。他们要去山下接法比亚纳刚从城里下班回家的妹妹。周围响起了枪声，两人比平时要着急不少。

与此同时，入侵者们已经在韦尔迪镇遇上了罗西尼亚的第一道防线。尽管鲁鲁希望由敌人打出第一枪，但他和内姆还是希望藏在左边居民区的士兵们能拖住入侵者的脚步。

对讲机里突然传来令人意外和不安的消息：杜杜和他的人轻松闯过了韦尔迪镇。事情的走向有点不对劲。

入侵者们冲着 S 形弯路开火，这个急转弯位于加维亚大道四分之一处的坡道上。几十年前，当罗西尼亚还没有成为贫民窟，只是一个小农场时，这个 S 形弯道就见证了里约热内卢赛车场的光辉时刻：阿根廷史上最伟大的 F1 车手胡安 · 曼努埃尔 · 樊焦（Juan Manuel Fangio）曾在这里飞驰而过。

今晚负责防守 S 形弯道的是班德，鲁鲁手下最高级的副手之一，但他却没能和入侵者交手。内姆再一次联系鲁鲁，暗示事情有些蹊跷。鲁鲁同意他的判断，认为情况十分紧急。他们被出卖了，班德在和敌人合作。他曾是杜杜手下的一员干将，现在看来一直和自己的前上司藕断丝连。鲁鲁告诉内姆，一旦他们将入侵者驱逐出去，他会处决班德。

鲁鲁警告内姆远离主路，内姆紧贴着贫民窟边缘，穿越一条条暗巷和小道，往卡丘帕区飞驰而去。

法比亚纳和丈夫骑车拐入S形弯道，迎面赶上一阵持续枪击。入侵者们正在毁坏偷来的车。他们把车丢在S形弯道上，然后往山顶教堂的方向开枪。当一颗子弹穿过法比亚纳的胸膛时，她从摩托车上跌落。丈夫下车想要帮她，也被子弹击中手肘，不得不离开寻找掩体。法比亚纳尖叫着呼救，但枪战太激烈了，直到死前都没人能靠近她。

连续交火摧毁了大部分本就摇摇欲坠的电力供应设施，黑暗笼罩了整个贫民窟。

威廉正同时跟鲁鲁和军警指挥官通话，后者已经到了贫民窟入口。鲁鲁要威廉告知指挥官，他本人及手下与军警毫无过节，也无意交火。他们只是在抵抗“土匪”的入侵——他这样称呼杜杜一方。威廉要求军事警察谨慎处理此事，不要进入鲁鲁控制的区域。鲁鲁和执法部门大致达成了共识。

当晚12点30分，军事警察到达。他们封锁了泰尔玛遭到枪击的沿海公路（连接罗西尼亚和维德加尔的正是此路）以及两兄弟山下的隧道。当第一阶段战斗正酣时，军警却同意不直接介入。警方确实派一辆装甲车开上了加维亚大道，但交战双方都没有管它。他们互相打仗已经够艰难了，没人希望把警察也搅进来。

第二天，军警指挥官解释说假如他派自己的人进去——黑暗之中的第三支武装力量——只会导致更多平民伤亡。他说的不无道理。

当内姆到达罗西尼亚西边的雨林交界处时，鲁鲁再一次呼叫他。“弄清楚捕蝇草区的孩子们在干吗。”捕蝇草区是位于贫民窟高处的一个区，“然后让他们下山。我们必须切断敌人，包围他们。”内姆随即联系这组人，命令他们前去迎击杜杜的队伍，阻止他们上山。但当这组人看到入侵者时，觉得对手的火力比自己强得多，于是纷纷往第一街上的据点撤退。

内姆再一次呼叫他们 ：“你们到哪儿了？”

“我们在第一街。”

“看在他妈的老天的份儿上，你们在上面干什么？真他妈的丢人，马上给我下来！”

他们不但没下来，反而逃去雨林里躲了起来。内姆把这笔账记在心里，他在统计失败和战略失误的数量。不管怎样，他觉得这群孩子还是太年轻、太缺乏经验了。

在罗西尼亚的商业中心瓦莱奥区，韦林顿 · 达席尔瓦（Wellington da Silva）远远听到加维亚大道传来的枪声，他警惕起来，准备战斗。绰号“疯子”（Maluquinho）的韦林顿现年27岁，是巴西相当著名的滑板手，曾获得过两次州冠军和一次全国亚军。他在社区中广受欢迎和尊敬，也对自己和鲁鲁的友情引以为豪。他出门往卡丘帕区走去，在T恤衫下藏了一把枪，枪上刻着 ：“我们渴望和平，但我们时刻准备战斗”。

大约凌晨2点，“疯子”到那里后听到了派对的喧哗声，他看见一队士兵站在旁边，于是向他们打招呼 ：“喂！朋友，朋友——是我，疯子！”这是个错误。他们不是鲁鲁的人，而是杜杜的手下，而杜杜本人就在现场。“你怎么两条腿看起来哆哆嗦嗦的，疯子。”杜杜说。他朝疯子的一条腿开了一枪，又朝他的左臂开了一枪。“疯子”求杜杜看在两个年幼的孩子的份上饶自己一命。杜杜说这个滑板手一直对鲁鲁无比忠诚,因此是敌人，然后近身枪杀了他。

没过多久，杜杜和他的人就撤进了雨林。到达卡丘帕区花费的时间比他们预期的更久，入侵部队大多不是本地人，不熟悉贫民窟的地形。他们决定晚上先避避风头。

内姆赶到后发现了“疯子”的尸体，他用对讲机告诉鲁鲁这个坏消息。突然间，所有对讲机都亮了起来。是杜杜，他正在用全波段传送信息。“明晚 6 点，我们会回来，”他扬扬得意地说道，“不见不散！”

第12章

瘦子的挽歌

2004年4月

受难日当天黎明后的几小时，任何不得不离开家门的人都觉得毛骨悚然。没有一家店铺开门，那些必须去上班的人用最快的速度匆匆离开。上午11点，《朝圣之路》的导演、舞台工作人员和演员们开了一个简短会议。他们迅速决定取消当晚的演出——12年来，大家对耶稣的热情第一次被浇灭。尽管失望至极，这些艺术家们还是达成共识，不希望任何人为了演出面临生命危险。会议结束后，他们各自返回家中。

居民协会发出通告：社区将于下午5点后执行非正式宵禁。大家认为杜杜一方当晚会发起第二轮进攻。鲁鲁和他的手下们却不像之前那么担心了。他们判断杜杜的队伍虽然人数众多，但组织散漫，缺乏技巧和战略，他们的进攻更像是示威和警告。当然，罗西尼亚还是为第二次入侵做好了准备。

在他们看来，政客和媒体的反应要严重得多。报纸头条写着“罗西尼亚之战”；专栏作家和头版文章要求政府对“强盗和毒贩”采取果断措施。随着当局下令警察大规模介入，接下来几天的形势变得更加复杂。大约1000名警员，包括350名普通军警和650名BOPE成员被派往罗西尼亚。占领贫民窟行动开始。

BOPE的标志是一个头顶插着一把匕首、背后交叉两把手枪的骷髅头，他们的装甲车被人戏称为“大骷髅头”。部队的官方格言是“战胜死亡”，其中一些隶属福音教会的警员干脆称自己为“上帝的骷髅头”。

世界各地都存在类似的武装部队，巴西其他几个州也有BOPE的复刻品，但几乎没有能与里约州BOPE的凶残名声相匹敌的。它的成立可以追溯到1974年，那是军事独裁最压抑的时期。那年，里约州某监狱爆发了一次严重的人质危机，牺牲的人中甚至包括监狱长。为了补救这次拙劣的营救行动，一名高级警官提议建立一支全新部队，专门处理这类紧急状况。

第一支特别小队于四年后成立，经过数次变更，它于1991年被正式命名为巴西特别警察作战营。

BOPE是一支无情的准军事部队，几乎和毒品交易共生并一同壮大。它是政府干预毒品行业最有力的武器，而后者已经严重破坏巴西的社会平衡。没有任何一种国家权力的表达方式像BOPE这样骇人。

受难日下午，内姆一出门就看到两辆“大骷髅头”。他退守到卡丘帕区的一间安全屋里，用无线电警告自己队伍的人：“假如发生交火，不要乱跑，那样就死定了——不是被警察就是被敌人开枪打死。每个人都要集体行动，保持协作。”

鲁鲁和内姆的人有一个巨大的优势，他们对这里的每一寸道路了如指掌。除非是在这些错综复杂的小道游荡多年，否则你很难确认自己在贫民窟的具体位置。杜杜本人当然没问题，但进攻部队的人大多从其他贫民窟远道而来，根本搞不清自己在哪儿。警察倒是有主干道和各区的地图，但那些毛细血管般的小道和它们通向何方仍是未解之谜。解谜很危险，路的尽头大概率是一把等着你的枪。

就在贫民窟顶部，第一街已经布满了 BOPE 的人。这对防守者们有利，因为杜杜的人从雨林藏身处进攻的入口变少了。为了占据有利位置，内姆和其余五个人一起爬上了顶板（laje），也就是卡丘帕区房子的屋顶。

顶板指的是大多数贫民窟中常见的混凝土平台屋顶，其制作材料从前是瓦楞铁皮和帐篷，现在是砖和砂浆。它们能收集大量雨水，在日照过于毒辣无法工作时，还能为大家提供休闲场地。顶板的设计也是为了让房主能够在上面叠盖楼层，只要资金够充裕。像罗西尼亚这样的贫民窟已经不可能向外扩展，它们只能越变越高。

从顶板位置望去，内姆和他的同伴们可以监视任何进出雨林的人。杜杜再一次用无线电进行政治宣传：“准备好迎接红色司令部的新时代。”内姆则反击道：“强奸犯的帮派迟早要玩完。”意思是杜杜对女性犯下的暴行众所周知。

当晚大约 6 点 30 分，双方再次交火，但这次只持续了半个小时。BOPE 警员当场击毙两位参战人员，分别属于鲁鲁方和杜杜方。

交火过程中，一位 BOPE 警员一路追踪到某个嫌疑人家里。嫌疑人当时不在，但他的妻子在，警员在此发现了他的“私人动物园”：一只树懒和一条鳄鱼。出于某种原因，这位警员释放了野生动物（这对树懒有点不公平，毕竟外面是枪林弹雨）。放走动物后，警员开始殴打毒贩的妻子。那位热爱野生动物的毒贩刚巧回家看到这一幕，于是他开枪打死了警员。

这是一场灾难。这名警员在队内人缘很好，BOPE 现在想要复仇。

鲁鲁对杜杜实力的判断被证明无误。入侵部队的声势慢慢减弱，杜杜的人不断往雨林深处撤退，一直退到维德加尔，最后退回家中。杜杜在庞大的贫民窟网络中找到了藏身之处，那就是红色司令部势力最强大的据点：阿莱芒区。

这次失败的入侵活动震动了整个里约，整个复活节人们都在谈论此事。副市长对媒体施加的压力迅速作出回应，宣称要在贫民窟周围造一圈巨型围墙，把里面的人全部囚禁起来。他声称这座三米高的围墙的作用有二：限制帮派分子的活动；阻止贫民窟进一步蚕食周围的热带雨林。

里约大量光鲜的中产居民与罗西尼亚并无直接接触。他们从未踏入过这片地区，这里只有村庄大小，居住的人数却足以塞满一整个中型城市。他们依赖着罗西尼亚居民提供的服务——

做饭、清洁、开车、园艺、洗衣，却对贫民窟满怀恐惧。他们最恐惧的莫过于这片他们眼中的黑暗腐烂之地，有一天会蔓延到种满行道树的居住区，带来混乱和暴力。

把这片贫民窟变得比现在还糟糕的想法得到了不少人的真心支持。而包括主要学者和政治家在内的另外一部分人则对这个“破碎之城”* 的提案感到恐惧和难以置信。

贫民窟内弥漫着前途未卜的气氛。警察们出没在狭窄的巷道间，一大批新闻记者盘踞在入口，不断炮制更多有关罗西尼亚及其居民的离谱故事。

复活节的那个星期六，内姆前往第一街总部拜访鲁鲁。他提出了士兵的组织问题。尽管鲁鲁脾气不错，内姆仍要鼓起勇气才敢质疑他的策略。经过前两天发生的一系列事件，他认为自己必须提出来。想到那些不战而逃的年轻人和班德的公开背叛，他对在罗西尼亚山脚的失败仍心有余悸。“只是因为那些男孩在烟草店里工作了很长时间，就给他们发枪，这样做是行不通的，”他争辩道，“必须经过适当的训练。”

鲁鲁低头沉思，然后向内姆打了个手势。“好吧，我分一些枪给你，你来决定怎么发。”内姆的权力缓步累积，这意味着此后武器发放将会严格受控，只有那些会负责地用枪的人才有资格佩枪。而那些在社区里像炫耀玩具一样炫耀武器，在年轻姑娘面前显摆或恫吓他人的人，将会被收走手里的枪。

---

* 《破碎之城》是巴西最优秀的记者之一祖尼尔·文图拉的著作，见第 83 页注释。

星期一复活节当天，入侵告一段落，警察仍盘踞在贫民窟的大街小巷内。内姆在街上被一个巡警拦住。警察在找一个和他绰号相近的帮派分子：奈内姆（Neném）。此人是鲁鲁手下的头号枪手。警方连内姆是谁都不清楚，这最起码说明了两件事：一是他们的情报工作是一团浆糊，二是内姆此时还不是组织中的突出人物。

警察要求内姆供出奈内姆的藏身之地，为了强调他们是来真的，他们特意把内姆铐起来，在他头上套了一个塑料袋，内姆几度濒临窒息。为了少受折磨，内姆称自己就是奈内姆，告诉对方他们已经找到了想要的人。“我们知道你叫内姆！”一个警察回应道。“我们要找的是奈内姆！”另一个警察咆哮道。内姆觉得这群警察还是有点没搞清状况，现在正是协商的好时机。

鲁鲁教过他和警察讨价还价的技巧，这是毒贩的重要技能。鲁鲁已经处理过不下 20 次帮派成员被捕的情况，每次都能成功把人捞出来，包括他自己。内姆的双手被铐在背后，塑料袋就在不远处，他决定改变策略。“好吧，让我们好好谈谈。”他说道。手铐被解开了，警察同意和他谈判。

“你能出多少血？五万雷亚尔？”

“我哪儿来这么多钱。”

“三万？”

“不好意思，你还是把我铐起来吧。”

“你什么意思？”

“好吧，我真的没有三万块，更别说五万了，所以你还是抓我吧。”

“好吧，你到底能出多少？”

“一万。”

“一万？你疯了吗？”

“听着，假如我说一万，我一定会给你一万，但如果我说那么多，最后又拿不出来，我宁愿被你抓起来。”

“拿一万五来，你就可以走人。”

“没问题。这五千我要去贷款，但就这么定了。”

星期二，内姆被释放后立刻打电话给鲁鲁。鲁鲁在电话里恭喜他，叫他第二天去自己家讨论即将实行的“大计划”。内姆怀疑自己的上司正在考虑更换罗西尼亚的效忠对象——断绝与红色司令部长达20年的关系，转而投诚它的对手：纯第三司令部或兄弟会。

过去几天里，组织中没人见过鲁鲁本人。威廉决定用无线电联系他：“我们都在街上，大家想知道情况到底怎么样，你现在还安全吗？”鲁鲁向威廉保证一切尽在掌控。他正躲在罗西尼亚顶部的拉伯劳区，坚称那边的事态已经平息。但威廉仍然不断收到报告：BOPE正在第一街附近展开行动，第一街就位于拉伯劳区下方。他沿着加维亚大道往山上走，想要亲自探查真相。

直到现在，人们都无法想象红色司令部会失去对里约最大的贩毒中心的控制。鲁鲁之前和德尼尔讨论过这个问题。在监牢中，一手建造了本地毒品帝国的德尼尔表示假如罗西尼亚和红色司令部决裂，自己一定会声名扫地。所以鲁鲁继位后，罗西尼亚并没有打破这一关系。

2001 年德尼尔遭到谋杀后，鲁鲁和其他领导人前往阿莱芒区参加了一次会议。会议上，红色司令部领导层否认参与谋杀德尼尔，并认可了鲁鲁在罗西尼亚的统治。

对鲁鲁而言，2004 年的入侵意味着红色司令部已经毁约。他对组织的忠诚已尽。里约民警部队情报机关的信息也与鲁鲁的判断相符：红色司令部想要从罗西尼亚毒品利润中抽取更高比例。内姆认为若此次入侵成功，鲁鲁会沦为傀儡统治者，被迫将全部利润上交给领导层。

红色司令部最年轻的对手兄弟会正以惊人的速度发展起来。与红色司令部不同，兄弟会没有集权式的等级制度，它是多个贫民窟组成的联合体，每个贫民窟都有自己的领导。它更关心如何靠贸易取得成功，而非靠暴力进行胁迫。当然，暴力仍是不可或缺的统治工具。

在和内姆通完电话、安排好当天稍晚的会议后，鲁鲁不慌不忙地继续和童年好友打游戏。两人并不知道，BOPE 警员仍为同伴的死亡感到悲痛，他们此时正往山上进发，目的地正是拉伯劳区。

与此同时，威廉也正往山上赶去。到达第一街时，他听到几声枪响，看到一辆“大骷髅头”停在路边。他对准几个正扛着一卷地毯的警员偷偷拍了一张照，地毯里似乎裹着一具尸体。

此时他还不知道那就是鲁鲁。

第二天，里约媒体报道了新闻：约 100 名警员和鲁鲁及其同伴展开了 15 分钟枪战，最终击毙两人。但罗西尼亚的目击者会告诉你事实正好相反，鲁鲁和他的朋友当时手无寸铁。这不是一次枪战，而是一次计划严密的暗杀行动。他们的尸体就是证据：上面不仅有枪伤，还有刀痕。

当晚，一位警察发言人告诉媒体，鲁鲁的朋友也是臭名昭著的毒枭。但事实上，他不过是一名住在罗西尼亚的摩的司机，一名和毒品生意没有任何关系的守法公民。他和鲁鲁的友谊持续终生，正是这点导致了他的死亡。

罗西尼亚人都认为鲁鲁的死是 BOPE 在为那个受难日被杀死的警员复仇，威廉则愤愤地表示这场谋杀是由里约政府高层直接授意的。

通常情况下，当局完全没可能在贫民窟成功抓捕或暗杀一位高级毒贩。他们面临的第一个问题是情报泄露：实力雄厚的毒王通常在警察中有许多可靠线人，在警方展开行动前就能收到线报。警察或特警队一到贫民窟门口，几十个正式或非正式的放风人就会密切监视他们的一举一动。而罗西尼亚只有两个入口：一个在顶部，一个在底部，主干道周围还有无数地图上未被标示出来的羊肠小道。这种地形对防守一方极为有利，贸然攻进来几近自杀。定点逮捕也不太可能：这里人口十分密集，任何形式的武装交火都可能伤及无辜。警察偶尔会展开突击搜捕，但通常只能抓到一些没能提高警惕、在街上公然买卖毒品的小毒贩。

这场复活节大战令警察能够大规模挺进罗西尼亚。只有在这种极其特殊的情况下，毒王才会在自己的地盘上受到人身安全的威胁。即便如此，鲁鲁也没有料到自己的结局。“记住，”内姆指出，“巴西没有死刑。所以当 2004 年复活节那种情况出现时，对于那些想要亲自复仇的警察来说，这种混乱场面正是他们随意执行死刑的好机会。”

政府大肆庆祝鲁鲁的死讯，认为这次行动给了毒贩帮派沉重一击，而罗西尼亚还有周围的圣康拉多区和加维亚区都将重返安宁。没人知道他们是不是存心胡说八道。大多数人，特别是住在罗西尼亚的人都清楚，毒王被杀之后，手下们很快会为了争夺王位反目成仇。罗西尼亚顶部和底部之间的潜在冲突之所以没有公开爆发，全是因为鲁鲁不可动摇的统治地位。现在冲突一触即发，而罗西尼亚要在数月之后才能迎来片刻安宁。

威廉对此深感不安。他深知此时继承者人选并不明朗。罗西尼亚底部领导人是鲁鲁最亲密的战友贝姆特维，但罗西尼亚顶部的一支武装力量一直在跟他夺权。那个没能守住韦尔迪镇的帮派分子（bandido*）班德就是其中一员。贫民窟即将进入漫长的动荡期。

---

* 在巴西葡萄牙语中，“bandido”一词并不像英语中的“gangster”那么带有贬义。这个词很多时候只是描述性的，并不意味着不赞同。

第13章

国王已死

2004年

BOPE杀了鲁鲁后，一切都变了。

贫民窟内谋杀事件激增，三个月内连翻三倍，并且在接下来的15个月内都维持在这一水平。帮派分子之间互相残杀，也开始杀警察，警察同样开始杀帮派分子。不断有无辜百姓在交火中受伤甚至死亡。罗西尼亚的“小邻居”维德加尔也被卷入混战之中。维德加尔仍然忠于红色司令部，这对已经和兄弟会联手的罗西尼亚来说是一个巨大威胁。复活节入侵行动就是从这里开始的，类似事件随时可能再现。

鲁鲁的死沉重打击了内姆。在他女儿生命有虞时，是这个男人向他伸出援手。过去四年中，鲁鲁悉心培养内姆，鼓励他在生意上施展拳脚。他为大家提供建议，主持公道，耐心地听取大家对自己的批评，是他一直守护着贫民窟，维护着这里的安宁。再一次，他的父亲被杀害了。

内姆很快做出决定，他打电话给贝姆特维——鲁鲁曾含糊指定过的继承者之一。“看在基督的份儿上，”面对不断迫近的有组织挑衅，贝姆特维毫不在意，内姆对此万分恼火，“你难道不知道接下来会发生什么吗？那些人——祖鲁尔、班德、利昂——会开始一个一个杀掉对方，然后罗西尼亚顶部和底部会自相残杀！”内姆很清楚祖鲁尔和利昂一向不和，毕竟他曾亲耳听到利昂叫祖鲁尔“蠢货”，也亲眼见证了两人火药味浓重的交锋。“但这实际上是班德在利昂身边挑拨离间，”他记得，“假如没有班德这小子，我觉得利昂和祖鲁尔也许能和解。”

在通盘考虑过第一街团伙内部的不稳定和分歧，以及罗西尼亚顶部和底部的紧张关系后，内姆做了一个重要的决定：他退出。他迅速制定了一个逃离计划，打算放弃自己在毒品生意里的那份钱。鲁鲁死后第二天，他带上艾杜阿尔达和怀有身孕的瓦内萨，揣着一张信用卡、一本支票簿和驾驶证跑了出来。他感受到强烈的压力，比大多数人想象得更难以承受。他要离开罗西尼亚和毒品生意，还有自己的情妇西蒙娜，此时她正要给他生第二个女儿。

内姆、瓦内萨和艾杜阿尔达驱车前往一个距里约大约两小时车程的海滨度假村。内姆告诉瓦内萨他从此将告别毒品生意，做个出租车司机，迎接新生活。之前几个月，他一直有意磨炼车技，打算在罗西尼亚失控时靠开车谋生。而现在事情已然失控。这是内姆第一次尝试逃离贫民窟和毒品生意，当然，他所有的尝试均以失败告终。

内姆收到消息：警察威胁了他的母亲，因为塑料袋事件后他还没有支付那笔15,000雷亚尔的保释金。为了解决这笔债务，他不得不返回贫民窟，挪用了部分原本存起来准备用于做出租车司机的资金。

此时他已经身无分文——事实上，他又一次陷入了债务危机。除了给贝姆特维工作，他想不到别的出路。新上司是个无可救药的软骨头，过于优柔寡断，在罗西尼亚顶部毫无威信可言。对此感到担忧的内姆敦促贝姆特维尽快采取行动："你必须去第一街，告诉那些家伙你是鲁鲁的指定继承者。"

贝姆特维还是没能在第一街树立权威。盘踞在罗西尼亚顶部的祖鲁尔和利昂宣布联手，但他们的手下都对对方心存忌惮。利昂是替班德出面办事的，而班德大概是其中最危险的人物。

假如你穿过毒贩大本营第一街，走到罗西尼亚东面的角落，脚下的水泥路最终会变成土壤和草地。就在贫民窟和雨林的交界处有一块空地，空地下方是个球场，人们会在那里打篮球和踢足球。这片名为"大操场"（Terreirão）的空地明亮宜人，却隐藏着秘密，这秘密就藏在毒贩们杀人后的余烬之中。他们会先将尸体在其他地方肢解，然后运到这里烧掉。没有尸体，就没有罪案。

也是在这里，祖鲁尔和利昂曾召开过一次会议，宣布两人将共同管理毒品业务。贝姆特维也在会议现场，但一言不发，这相当于默认了自己的地位在祖鲁尔之下，显然后者已经当权。贝姆特维仍然控制着罗西尼亚的底部，利昂和他嗜血的手下则坐镇罗西尼亚顶部的第一街。

会议期间，祖鲁尔认同内姆对形势的推测，他向支持者们宣布罗西尼亚正式脱离红色司令部，加入兄弟会。

个人恩怨和帮派斗争掺杂在一起会造成致命后果，这种情况在里约随处可见。假使红色司令部意识到这些纷争，一定会煽风点火，令罗西尼亚彻底失去管制。当然，BOPE的长官在下令杀死鲁鲁时，完全没意识到自己已经成了红色司令部的帮手。

随着权力界限日渐模糊，稳定再无保障可言。罗西尼亚开始失去内部平衡，不出所料地陷入骇人的内战之中。

第一个倒下的是祖鲁尔。6月末，他和六个手下一起失踪。警察的情报部门一直断断续续地追踪着毒贩间的隐秘斗争，他们在祖鲁尔家门口的台阶上发现了一些血迹，但线索到此为止。他们前往雨林里搜索证据，但一无所获。没有尸体，就没有罪案。

接下来的四个月中，罗西尼亚顶部和底部已然分区而治。内姆一直催促贝姆特维向利昂宣战。这场战役关乎生死。"除非你开始严肃对待这件事，"他警告贝姆特维，"不然我们都得死。"新上司并不想宣战，部分原因是在没有占据绝对优势的情况下，他不想主动诉诸武力。

内姆负责安排对利昂团队的攻击。在10月初，双方尚未产生任何冲突之前，利昂突然消失了，至今下落不明。虽然发表自己意见的罗西尼亚居民普遍认为他没有被人暗杀，而是逃跑了（当然，他们或许有充足的理由不讲出真相）。

两天后，奈内姆——复活节警察误捕内姆时想要抓的那个人——开枪打爆了班德的头，子弹射穿了他的眼睛，嵌到他的脖子里。然而令人困惑的是，奈内姆随后朝自己的脑袋也开了一枪，在几个小时后死去。

对外界来说，祖鲁尔和班德的死并未产生什么影响。警察情报部门收到消息，红色司令部正计划从维德加尔发动第二次进攻，本打算由利昂和班德充当第五纵队成员。班德死后第二天，里约的媒体开始报道：罗西尼亚和维德加尔再次处于战争边缘。

那些熟悉情况的人期望着新毒王贝姆特维重新统一上下两区，缓解眼前的紧张局势。但令内姆在内的很多人失望的是，这位新毒王并不是一位好领袖。罗西尼亚从此更加混乱不堪。

第14章

贝姆特维

2004年—2005年

法比亚纳·埃斯科瓦尔（Fabiana Escobar）第一次来罗西尼亚时就被震住了。与她过去熟悉的那些中等规模的贫民窟和中下阶层的居住区相比，眼前的一切让她眼花缭乱。人们声嘶力竭地叫卖商品，男孩们背着半自动步枪四处闲逛。从主干道到街头巷尾，遍地都是垃圾，混杂着狗屎和各种出处不明的液体。她被大多数人言行中透露出的自信打动：这里的居民有一种粗犷莽撞的气质，这是她在自己长大的里约孔普里杜区（Rio Comprido）不曾见过的。

虽然心惊胆战，但法比亚纳此次前来，为的是一项绝不能失败的任务。她的丈夫绍洛（Saulo）因贩卖毒品被逮捕，此刻被关押在实际由红色司令部管理的监狱里。警方曾向媒体泄露他和贝姆特维密谈的录像带。身为罗西尼亚的新毒王，贝姆特维正和红色司令部的对手兄弟会展开紧密合作。

而在罗西尼亚变节后，红色司令部已经告知成员：所有罗西尼亚居民都是敌人（alemãos*），这一称呼等于对他们判了死刑。绍洛命悬一线。

绍洛在鲁鲁手下扮演一个古怪的多面角色，他既是兼职经理人，又是鲁鲁和毒品走私犯的中间人。他在贝姆特维手下也发挥着类似作用。直到绍洛被逮捕，法比亚纳才知道丈夫与罗西尼亚的毒品生意有如此深的渊源。她当时正在大学读书，还要一年才能毕业。而她的人生即将发生意想不到的巨变。

在这个吵闹的社区里，法比亚纳一个人也不认识，她小心翼翼地同一个看起来挺有同情心的女人搭话。"你想见贝姆特维？"女人回应道，"那你应该去问那边那个男人。"她指着一个身穿弗拉门戈队†T恤、脚蹬人字拖，像火柴杆一样瘦长的男人。"他叫内姆。"

当法比亚纳说出自己的请求时，她连内姆的眼睛都不敢看。

"你想见贝姆特维？"

"没错。"

"好吧，我能帮你，但你能告诉我你找他要干什么吗？"

"不行，我不能告诉你。我必须单独和他谈。"

---

* "alemão"一词的字面意思是"德国人"，在第二次世界大战的最后三年时间里逐渐演化出"敌人"的含义，当时巴西是唯一一个向盟军派遣军队的南美国家。里约贫民窟的毒贩子们沿用了这一用法。

† 里约有四个足球俱乐部：弗拉门戈（Flamengo），弗卢米嫩塞（Fluminense），博塔弗戈（Botafogo）和瓦斯科·达伽马（Vasco da Gama）。

接下来发生的事令法比亚纳大跌眼镜：贝姆特维在一群手下的簇拥下踏着舞步朝她走来，脖子上挂着一个拳头大小的金坠子,一头金发像杆子一样竖着。每个人都面带微笑或放声大笑。她很快明白为什么贝姆特维和他的朋友会被叫作“黄金帮”：贝姆特维手中握着一只玻璃杯，四肢和手指上挂满了各种金属装饰。身上挎着他最引以为傲的东西——一把漆成金色的乌兹冲锋枪。

贝姆特维也许是这座山坡上的毒王，但他不是一个生意人。他唯一真正了解和在行的只有开派对。他不吸毒，但喝酒，而且喝得很凶。

在法比亚纳看来，这意味着他至少还是个可以接近的人物。她解释说绍洛是自己的丈夫，他现在急需一笔钱，好把自己从红色司令部控制下的监狱分区转移到兄弟会控制下的分区。贝姆特维立刻答应了她的请求。接下来的几个月里，法比亚纳为绍洛打点了监狱中的一切，其中包括无须预约的探监。收了贝姆特维足够多的钱之后，狱卒们很乐意为她网开一面。

没人讨厌贝姆特维：他为人们带来了愉悦、享乐和金钱。他的统治给人的感觉就像一曲悠长的康茄舞，年轻人纷纷加入这场狂欢，连巴西国家足球队的球星偶尔也会来这里参加派对。

但普通上班族的体验就没那么愉快了。除了连绵不断的噪声,贝姆特维还会招来一些不速之客。对像内姆这样的经理来说，新任毒王简直就是一场灾难。他对这门生意缺乏兴趣，对金钱和会计工作漫不经心；他还以和警察展开枪战为乐——不为其他，就是为了运动一下；而他最大的缺陷或许是对强盗和小偷们太富同情心。自从毒品交易在里约南区的贫民窟占主导地位后，那些更明智和成功的毒王都会严厉打击辖区内的偷窃和抢劫行为。

内姆本人对这类罪犯怀有一种特殊的敌意，正是他们中的一员开枪打中了他的父亲并致其死亡。他认为纵容偷盗和抢劫会损害生意，频发的暴力事件会吓跑附近中产社区购买大麻和可卡因的潜在客户，甚至更严重，会导致和警察的关系破裂。当圣康拉多、加维亚和莱伯伦区的抢劫案增多时，警察面上无光。在这种情况下，迫于巨大的政治和媒体压力，当地的警长将不得不展开行动。

2005 年 2 月 1 日，每日全国新闻（Jornal Nacional）的晚间电视节目的主持人威廉 · 邦纳（William Bonner）和法蒂玛 · 贝纳德斯（Fátima Bernardes）没有像往常一样播报当日简报。这对夫妇是巴西最著名的记者。本次播报的开场，二人讲述了一起发生在自己家的入室抢劫案：抢劫犯持枪闯入威廉和法蒂玛位于巴拉德蒂茹卡区的房子，从罗西尼亚开车到那里只需 15 分钟。威廉与抢劫犯交手，手臂受伤，整个过程中他们都没有用枪。随后抢劫犯抓起一盏台灯、几部手机和一些珠宝逃走了。威廉和法蒂玛都吓得不轻。

小偷就住在罗西尼亚。鉴于此事引发了人们对罗西尼亚的强烈愤慨，我们有理由相信这几个贼并非刻意选中威廉和法蒂玛的家，这不过是一次倒霉透顶的巧合罢了——恐怕只有去总统家偷窃才能造成比这更坏的影响。几个月来，此事损害了贝姆特维、警察、罗西尼亚乃至整个里约的声誉。对于该市众多的男女警察而言，这简直是奇耻大辱。罗西尼亚将会被捏碎，直到惨叫求饶为止。BOPE 重新进驻贫民窟，暴力事件的频率再一次上升。更多人死去。

在里约众多警力中，负责调查的民事警察接到要求，开始追踪贝姆特维。“特洛伊行动”已经就绪。接下来的几周，民事警察密切监视着贝姆特维的行踪和习惯。新毒王大部分时间都待在瓦莱奥区和亚壁区的商业中心，内姆在这里担任烟草店经理和安保主管。每当夜幕降临，贝姆特维都会通宵达旦地开派对，然后睡到第二天下午才起床。

有一件事可以看出毒王对自己的情报工作有多不上心：一位警察线人在牛仔长街街角租了一栋房子，而贝姆特维对此毫不知情。民事警察和这位线人一起入驻，制定出一个严密的计划。他们预计在星期六晚上执行，那时瓦莱奥的街头将是人山人海。

内姆从亚壁区附近的烟草店走出来，拐进瓦莱奥的一处角落，他撞见贝姆特维正和三个男人谈话。不知为何，这一幕令他感到不安，他停下脚步，决定先去比萨店叫点东西吃。前面还有一个顾客，就在等待过程中，他听到一声枪响，随后一颗手榴弹爆炸了。一些人从藏身处走出来，朝着尸体开了几枪，尸体被震了起来。手榴弹实际上是个烟幕弹，意在把贝姆特维和保镖们分开。保镖们被困在小巷里，烟雾浓密，什么都看不见，而躲在屋顶上的武装便衣警察早已包围了他们。

那些卧底警察穿着贫民窟的常见装束（足球队T恤、短裤和拖鞋），内姆一直以为他们是罗西尼亚顶部的人，是因为贝姆特维和利昂争权才前来报复。

然后，他注意到地上那把标志性的镀金乌兹冲锋枪，意识到那具尸体就是自己老板的。当贝姆特维的随从试图开枪杀出小巷时，一颗子弹差点射中内姆，他立刻趴在地上。人群尖叫着往四面八方跑去。内姆当即试着用对讲机组织部下行动，同时警告他们防备下一轮进攻。直到警车开来，他才意识到来复仇的不是利昂，是警方。

尸体被转移后，内姆开始调度贝姆特维的手下。一位警察后来表示，内姆在这种情况下能迅速做出反应，是他日后能成为毒王的关键原因之一。

暗杀次日，当绍洛的妻子法比亚纳回到瓦莱奥时，迎接她的是断裂的电线杆、干枯的血迹和被震碎的玻璃窗。那间贝姆特维常常光顾的酒吧已经被彻底摧毁，炸成了一堆碎片。法比亚纳不知道接下来自己要怎样支援在狱中的丈夫。如果她没法继续贿赂狱警，丈夫很可能会死在红色司令部手中。

在调查这场混乱时，某位社区领袖发现罗西尼亚内部洋溢着不安和恐惧的情绪。“战争不会随着贝姆特维的死结束，就像战争没有随着鲁鲁的死结束，”他指出，“这只是战争的开端，我们都要做好最坏的打算。”*

预言实现得比他预期的还要快。接下来的24小时将成为里约热内卢、罗西尼亚和内姆本人命运的十字路口。

罗西尼亚顶部传来消息：灵魂男（Soul Man）——贝姆特维的妹夫，已经自封为贫民窟的新毒王。内姆集中精力为贝姆特维处理毒品生意，而灵魂男则负责采购军火。他的宣言是挑衅，也是事实。

接下来发生的一切至今真相不明。

法比亚纳称，自己在贝姆特维死前曾替监狱中的丈夫捎过一次口信：有人截取了通话讯息并制成磁带售卖，录音中可以听到灵魂男在辱骂贝姆特维。据法比亚纳所说，收到这条消息后，贝姆特维写了一封信，宣布指定内姆和另一位高级经理若卡（Joca）为继承人。假如他真的写过，那这封信连副本都没有留下来。

警察情报部门做出了更大胆的推论：灵魂男一直和红色司令部的领导层保持着联系，双方在讨论罗西尼亚回归红色司令部麾下的可能。

一位长期住在罗西尼亚，名叫“外国佬”（O Gringo）†的人补充了更多细节。“内姆的问题是太聪明了，”他说道，“在这门生意中，太聪明是会受到惩罚的。那些杀手看到你整天站在

---

* 语出小塞巴斯蒂昂·若泽（Sebastião José Filho），他当时任巴塞卢斯居民协会主席，见《巴西邮报》（*Correio do Brasil*），2005年10月29日。

† 这不是该士兵的真名，应本人要求不透露其身份。

聚光灯下，不会感到高兴的。简单来说，这就是嫉妒。像内姆这样的人只待了四年就扶摇直上。他看一眼桌子上摆着的毒品，马上就知道它们价值几何。内姆就是具备这种能力。”灵魂男和他的手下显然缺乏这种能力。“他们可以站在墙角卖上两三天毒品，但完全不会算账。内姆只要五分钟就能把这笔账算得清清楚楚。”

灵魂男觉得内姆的能力对自己构成了巨大威胁。他把若卡叫来第一街，告诉他自己要处理一下走私犯及其向贫民窟运送可卡因的事。“你去一趟瓦莱奥，”灵魂男告诉若卡，“然后把内姆带来。”

“他叫我一个人去，我觉得很疑惑，”内姆说，“他甚至告诉我具体要走哪条路上去。”他决定走一条不同的路去见灵魂男。“他一上来就开始说贝姆特维的坏话——别误会，我知道贝姆特维有错，但他的尸体还没凉透呢。”

内姆随后离开了，灵魂男对尸骨未寒的老板毫无敬意，这让他很生气，但他并没有太在意其他的事。“之后我和手下的人见面，他们说：‘你疯了吗，他会杀了你的。’我叫他们冷静，我和灵魂男之间没有什么特别的过节。他为什么要杀我呢？然后他们说：‘因为他不喜欢你，他一直都讨厌你。’”

内姆自顾自上床睡觉了。但那天晚上，罗西尼亚底部的其他人都毫无睡意。“他们上山去，”外国佬报告道，“打开了保险栓，随时准备开火。人人装备齐全。那个晚上，灵魂男和另外 18 个人都死了。”

这是外国佬的版本。他称当晚若卡在场，但不确定内姆在不在场，内姆本人则十分坚定："我不在场——这个事实简单明了。"

所以是谁杀了灵魂男？

"我不能说，我不能提到那些还活着的人。"内姆解释道，这也不是完全没有道理。"几年后，当时的作案者四处散播消息说自己亲手杀了灵魂男，理应成为下任毒王。"他们之间产生了龃龉，但最后友好地解决了纷争。

我们就当内姆说了实话吧：那个在卢比孔河上造桥的人不是他。但无论他是否对此负有责任，当晚他就站在那条被鲜血染红的河的对岸。

如果此刻内姆回望自己一路走来的历程，他看到的会是一个精明能干的谋略家——在幕后静静地清理别人的烂摊子，做好会计工作，确保生意平稳运转；他同样还能看到一个贫困却努力工作的顾家男人，因为年幼的女儿陷入两难；再往前看，他还能看到一个生活赤贫、营养不良的小男孩，悉心照料着垂死的父亲。

而现在，朝前看，内姆明白，他将和若卡一同站上罗西尼亚的权力巅峰。

法比亚纳对那个瞬间记忆犹新。作为绍洛的妻子，她正慢慢适应这个嘈杂社区的生活。她已经远离对中产生活的热切追求，投身丈夫从事的行业，她会在探监时获得丈夫的指示，随后在外面打点一切。她开始爱上这种生活方式，甚至改了自己的名字——现在大家都叫她“危险的碧碧”（Bibi Perigosa）。她基本完成了转变，从一个彬彬有礼的小学校长之女变成了黑帮分子的情妇。当晚，在确认灵魂男和他在第一街的同伙死掉之后，碧碧和朋友们在罗西尼亚底部的酒吧和俱乐部里边跳边唱：

> 一切都很好，一切都很妙！
> 罗西尼亚是若卡的，罗西尼亚是内姆的！

这天正好是2005年的万圣节。

第三部分

复仇女神

第 15 章

伟大变革

1994年—2004年

持续已久的警察屠杀、失踪和帮派冲突最终导致了贝姆特维和灵魂男的死亡。但实际上，自 2000 年起，里约和圣保罗的犯罪率已经开始下降，暴力逐渐从大城市转移到巴西东北部的贫困地区。圣保罗有第一指挥部坐镇，自然不像斗争频发的里约那样暴力。在里约南区的大部分地区，暴力事件都有所减少，其中包括罗西尼亚。除去 2004 年复活节到 2005 年 10 月这段时间，其余时间都很正常。而在南区之外，包括里约北部和地处郊区的弗卢米嫩塞低地（Baixada Fluminense），凶杀案发生的频率开始急剧上升。

里约大多数地区的暴力程度都减弱了，尽管民兵组织——由现任和退役警察、军人、消防员和其他公务员自发组建的团体正不断壮大，并和贩毒团伙展开武装对抗。假如你不幸生活在里约北部或西部某个贫民窟，你很可能会被卷入不同贩毒集团之间、毒贩和警察以及毒贩和民兵组织的交火中去。

公共秩序面临新的挑战，但总体死亡率持续下降。用不了多久，累西腓（Recife）、福塔莱萨（Fortaleza）和马塞约（Maceió）* 等东北部城市的谋杀率将会超越南部城市在20世纪90年代的历史峰值。

东北地区的命运是另一个故事了。但眼下它和其他地区一样，都在服用一剂出人意料的热门补药。告别了数十年的独裁统治和混乱的过渡期，复兴和乐观的情绪在联邦首都巴西利亚涌动，随后席卷全国上下每个角落。长期以来，巴西人民饱受忽视和剥削，如今不同地区和阶层的人都恢复了生机。繁荣突然到来，国内失业率掉到历史新低，居民个人购买力大幅增长，这些都可以解释为何里约不再像从前那样暴力。贫民窟的年轻人也选择放下枪和毒品，去接受教育或找份稳定工作。

高涨的满意情绪甚至跨越国境线，提高了巴西的国际声誉。当然，这一切都离不开蓬勃发展的全球经济，巴西似乎可以对外出口无限多的农产品和原材料，它们在世界范围内供不应求。

农业出口不必再依靠西方国家，牛肉和黄豆种植业涨幅惊人。这同石油业的繁荣前景不相上下——地质学家确认，在所谓的"盐下层石油区"发现了储量惊人的油田 †。总统卢拉称这一

---

* 分别是伯南布哥（Pernambuco）、福塔莱萨和阿拉戈斯三个州的首府。

† 此处指图皮油田（Tupi oil field），又被称为"卢拉油田"，位于距里约热内卢海岸线250千米处的桑托斯盆地，于2006年被探测到，被认为是过去30年中在西半球发现的储量最大的油田。——译者注

发现为“上帝的恩赐”。石油区的预计储量高达500亿桶，比巴西国内现有的可利用储量高了三倍多。油田的主要开采区位于里约州海岸线外，这令大量投资涌向该区，巴西政客们则有意掩盖了开采时会碰到的技术难题。尽管储量惊人，但这一石油区位于7 000米深的海底盆地，上面覆盖着岩石和盐层，开采难度不啻与地质界的冥府守门狗搏斗。随着油价在21世纪的第二个十年开始下跌，刚发现油区时的乐观主义如今看来更显离谱。

但在21世纪第一个十年，每个国家都热切希望和这个“资源巨人”成为朋友，特别是中国。巴西如同冉冉升起的太阳，成了南美洲经济和政治活力的主要来源，令阿根廷这颗年老的星星黯然失色。当然，在争夺南美洲最耀眼的足球强国头衔时，二者的竞争一如既往的激烈。在历届政府的治理下，通过规划新的运输路线和贸易通道，巴西开始向西缓慢扩张，通过亚马孙河，穿越玻利维亚、厄瓜多尔和秘鲁，直达太平洋沿岸。此举意在更快速地触及东亚和美国西海岸市场。

原材料收入不断增长，这令巴西与邻国相比具有不可动摇的明显优势，有了争夺南美洲新兴强国的底气。但真正改变了巴西的自我认同，让它从近代史上长期的自信匮乏中走出来的是两个伟大的政治人物。20世纪90年代早期，他们在科洛尔政府的余烬中意外崭露头角。

其中一位是费尔南多·恩里克·卡多佐（Fernando Henrique

Cardoso，FHC[*]），他曾经是社会学教授，一度是个马克思主义者，后来也从未脱离过实用社会民主思想的根基。卡多佐本人彬彬有礼，魅力十足，能流利地说好几种外语。他在流亡中度过独裁政权的前十载，在尚未脱离危险之时回到祖国，希望能全心奉献自己，重建这个国家的民主制度。

作为科洛尔执政后期的财政部部长，卡多佐留下一份令全体国民永远感激的礼物：他找到了有效应对通货膨胀的策略，而且至今仍在发挥作用。卡多佐于1994年至2002年间担任巴西总统，其间开启了一项艰巨的任务：展开全国性改革，减少自葡萄牙殖民时期以来巴西社会长期存在的不平等现象。

虽然取得了巨大成功，但卡多佐在一系列关键改革中遇到了不少困难。巴西的既得利益者群体——那些坐拥权势的经济精英虽然数量不多，却非常擅长碍事。再加上宪法体系不完善、政党孱弱、联邦政府和各州首府间尚未解决的紧张关系，都令改革难上加难。

尽管有许多问题亟待解决，但事实证明，卡多佐政权留下的遗产对继位者来说堪称天赐之物。这个继位者就是连续四次参选、在2002年成功当选总统的卢拉。卢拉效仿的对象是现代巴西政治制度奠基人，该国自1888年来废除君主制后最伟大的政治家热图利奥·瓦加斯。卢拉出生于巴西东北部一个贫困家庭，

---

* 在巴西，使用某人的名字或者昵称（人们用名字的首字母缩写来称呼卡多佐）称呼他人很普遍，哪怕对方位高权重。人们并不将这种行为视为不尊重。

10 岁后就没有再接受过任何正式教育，13 岁时，他一个人移民到南部，在桑托斯和圣保罗干过各种各样的杂活，最终成为一名钢铁厂工人。军事独裁期间，卢拉成了该行业工会最强有力的领袖人物之一。军事政权统治后期，为了迫使将军们重塑民主体制，工会组织了一场声势浩大的罢工行动。卢拉在这场运动中发挥的作用令他一跃登上全国政治舞台，树立起坚毅果敢、魅力十足的个人形象。他讲着一口朴实直接的葡萄牙语，与传统政治阶层浮夸的语言风格截然不同。

在卡多佐充满洞见的自传中，他曾对自己和卢拉之间的政治关系的破裂唏嘘不已。两人曾一度携手合作，但当卡多佐决定以社会民主党候选人的身份反对卢拉和劳工党时，他们不得不分道扬镳。两人风格迥异，却十分互补，这场对立也许正是巴西 20 世纪末复兴的阿喀琉斯之踵；如果他们没有成为竞争者，而是通力合作，或许能够取得更大的成就，但这也只能留给我们去想象了。

2002 年，当卢拉最终当选巴西总统时，世界市场对此的反应是惊恐万分，但卢拉上任后的表现出人意料。卡多佐曾经指出巴西面临的最大挑战就是长期存在的严重贫困，卢拉则在解决此问题的基础上再接再厉，保持住了经济平稳增长的势头。

20 世纪 80 年代中期，当中国带领 1 亿人口脱贫的奇迹受到全世界的赞誉之时，很少有人注意到巴西在卡多佐和卢拉的政策下取得的历史性成就：他们带领 3000 万到 4000 万左右的国民成功脱离贫困线。鉴于巴西的人口总数要小得多，这是相当显著的进步。

巴西政治偶像的黄金时代产生了巨大影响，而从中受益最多的就是穷人，尤其是那些南部贫民窟中的穷人——罗西尼亚更是如此。罗西尼亚在地理上与其他贫民窟相隔绝，并且早就建立起大型市场：来买东西的既有本地人，也有来淘便宜货的外地人，于是它得以乘上这股经济自信的浪潮急速前行。经济增长为贫民窟中的年轻男女提供了其他就业选择，贩毒这条职业道路也显得不那么诱人了。

经济增长早期，从巴西东北部涌入罗西尼亚的移民数创下历史新高。小山坡上的房子越爬越高，蚕食了仅存的空地，现有的房子也因不断增加层数而变得越来越高。按罗西尼亚自己的标准来看，贫民窟越发繁荣起来。越来越多的房主开始给自己家漆上鲜艳的颜色。这里变得别具一格，呈现出鲜明的巴西特色。

1993 年，罗西尼亚与圣康拉多区分开，正式成为里约市的行政区划。这提高了罗西尼亚的政治重要性。里约的暴力程度逐渐下降，游客慢慢回归，数量之大让人联想起 20 世纪 60 年代。就在卡多佐成功遏制通货膨胀后，卢拉开始着手解决失业问题，效果同样惊人。对那时的巴西来说，一切皆有可能。

在扭转外界对巴西的看法上，影视行业取得的成功不容小觑。“巴西肥皂剧”无处不在，霸占电视台大块的播放时间，这些剧集不仅在西班牙语市场受到追捧，还在包括法国、意大利、中东、巴尔干半岛甚至东亚这些看起来不太可能的国家和地区收获了大批拥趸。截至 1996 年，光巴西环球电视网（TV

Globo）一家公司就卖出了超过3100万美元的影视剧集*，其客户遍布全球70多个国家。与此同时，电影界对社会现实的表现手法也有所变化。他们不再遵循好莱坞的陈腐套路，将巴西描述得放荡不羁或视之为新的纳粹温床。没有哪个文化产品比费尔南多·梅里尔斯（Fernando Meirelles）据保罗·林斯（Paulo Lins）的小说改编而成的电影《上帝之城》（*Cidade de Deus*）带来的影响更深远，这部电影同时改变了该国的国际形象和国内舆论。巴西似乎正在直面根本问题，而不像之前的政府那样忽视它们。

这个国家在成长，在认真地对待自己。卢拉行程满满、四处走访，他逐渐发展出一套独立自主、高度能见的外交政策，既不过度疏远无处不在的美国，也不对其唯命是从。

这一切让里约的经济快速发展。尽管贫民窟内的年轻人不太愿意从事毒品行业，但市场对大麻等毒品的需求却在暴增，尤其是可卡因。经济增长就像一柄双刃剑。里约和圣保罗的毒品生意和其他行业一样，受益于卡多佐和卢拉创造出来的经济奇迹——甚至比其他行业获益更多。

巴西已然今非昔比。权力正在更叠。至少大多数巴西人是这样看待眼前发生的一切的。这种感觉真是好极了。

---

* Mac Margolis, "Soaps Clean Up," in *Latin Trade* 5, no. 4, 1997, 46-52.

第16章

援手

2006年—2007年

内姆所处的环境尚未彰显出他的权势，他的办公室位于瓦莱奥区一间废弃小屋中，靠近罗西尼亚底部的地理中心。房间里没有家具，墙上的油漆斑驳剥落，角落里放着一台电视机和几把椅子。保镖们在房间里晃来晃去，心不在焉地拿着枪，像在等什么事发生。在内姆的指示下，枪支不再随便流入街头，因为它们会令居民感到不安。

内姆尚未夸耀自己的权势，但这并不意味着他没有在同这个想法和它对自己新生活的影响作斗争。

“危险的碧碧”被迫成了内姆的熟人，因为他同意继续支付贿赂金，保证她丈夫在狱中免遭侵扰。她注意到每当面对重大决定时，内姆总是举棋不定。她觉得内姆一直在寻求智者的建议。也许他是感受到了导师的缺席：此时距离鲁鲁辞世已经过去一年半了。而鲁鲁的治理曾是贫民窟维持和平和生意稳步发展的保障。

内姆很安静，他在思考自己的全新处境和面临的主要问题。他和控制着第一街的搭档若卡才刚统治罗西尼亚短短几周，但内姆已经确定若卡是个“大麻烦”——对罗西尼亚，对他们的生意，对他自己都是。“我永远不会忘记。我当时正在接女儿放学回家，大概在下午 5 点，第一街那边突然有人朝天疯狂开枪。”他翻了个白眼。“我的意思是，”他绝望地说道，“这可是大白天。”

当内姆因为这件事和若卡当面对峙，想让他意识到这种行为会毁掉两人在社区的声誉时，若卡却在装傻。“噢，我当时在这一边，”他说，“他们在另外一边，隔得很远，这件事跟我没关系。”他要不在撒谎，要不就是对自己的手下失去了控制。内姆认为是前者，但无论哪种都让人没法接受。

这对内姆来说很棘手。他和若卡打小就是朋友。他比若卡早五年半加入鲁鲁的组织，期间一直在观察权力的运作方式，明白毒王要怎样做才能最好地利用手上的权力。内姆承认，到目前为止，对他来说最成功和稳定的榜样就是鲁鲁本人。英明首领的统治通常建构在三大支柱之上：在社区之中享有声望，在当地警方处得到认可，在组织内部拥有权力。而若卡的行为同时威胁到了三者的根基。碧碧的丈夫绍洛在狱中就有所察觉，随后又在贫民窟观察到了这些情况，他认为若卡的行为“违反了犯罪史上的一切规定”。你绝不能用这种方法去恐吓普通居民，他们会想当然地认为刚刚爆发了枪战。

当我提起若卡时，内姆轻轻摇了摇头。在若卡控制罗西尼亚顶部之前，他解释道："没有一个人说过他的坏话。他真的是个很不错的人。"他短暂地停顿了一下，"但我告诉你：如果你想看到一个人的本性，就把权力和金钱塞到他手上。然后你就能看到他们最真实的嘴脸。"

除了罗西尼亚顶部和山脚的权力划分，内姆与若卡间还存在一些具体问题。"顶部的人手上的武器要比底部的多。"他说。一旦发生冲突，哪方会取胜一目了然。内姆应对这种情况的主要策略是试着劝若卡和他的手下行事收敛些。他自己也在四处寻找武器，而援手从意想不到的角落伸了出来。

一次探监时，绍洛告诉碧碧自己收到了一条北区某地出售军火的线报。他让碧碧去建议内姆组织交易。

碧碧回罗西尼亚找到内姆，开头又是那句："绍洛让我告诉你……"她不想为丈夫那些轻率的计谋承担责任，所以每次都加上这句话。内姆看好这个提议，但没有自己接过这个活，而是出人意料地说："碧碧，你来负责这次交易的谈判吧。"碧碧感到恐惧和震惊，但这是毒王提出的要求，她别无选择，只能硬着头皮上。

根据绍洛的指示，她联系上了卖货的人。双方谈妥价格——四把半自动步枪共计 12 万雷亚尔。卖家要求她先交钱，然后自己再把枪送到罗西尼亚。面对如此荒谬的安排，罗西尼亚人毫不犹豫地拒绝了。

他们精心策划了一番。碧碧会先派人付 4.5 万雷亚尔的首付款，但在这之前，卖方必须先派一个他们的人到罗西尼亚来充当人质。首付款到手后，卖方会将四支枪运到罗西尼亚，然后收取尾款。交易完成后，人质会被释放。双方都对这个安排十分满意，只有一点：那个名叫维克多（Victor）的人质看起来刚过 18 岁，似乎对自己在这次交易中扮演的角色一无所知。

然而计划完全跑偏了。卖家拿了首付款,然后带着枪消失了。意识到接下来会发生什么后，碧碧十分恐慌：她对这次失败的交易负有全责。慌乱之中，她唯一能想到的是："我的天，现在我只能杀了那个男孩。"她浑身冒冷汗，因为不知道自己到时候能不能下得去手。最后她下定决心，假如她和这个男孩之中必须死一个，那死的应该是维克多。她恨死了丈夫，他的无心之失害得自己深陷在这个邪恶的道德迷宫之中。

此时，待在瓦莱奥的维克多对发生的事毫不知情。他很是惬意，正沉浸在成为罗西尼亚毒王座上宾的兴奋之中。

然而，碧碧的归来打破了一切。当她说明钱被骗了之后，男孩迅速认识到了形势的严重性：除非那些钱被还回来，否则他就得死。

他开始号啕大哭。纯粹出于巧合，内姆的保安队此时正在把玩一把货真价实的武士刀，这把刀是内姆最近收到的礼物。维克多被恐惧压垮了，他深信那把武士刀是用来处决自己的。碧碧在内心默默告诉自己，假如现在罗西尼亚还归红色司令部管，这个男孩已经是个死人了。

内姆踱步进入办公室后听取了事件简报。男孩扑通一下双膝跪地，乞求内姆饶他一命。内姆毫不犹豫地回应道："好吧，首先让我们明确一点。在这里没人会随便取任何一个人的性命。你听清楚了吗？我只想把钱要回来，仅此而已。”

男孩有个军警亲戚，提出可以用自己的财产来补偿内姆的损失。第二天，一辆老掉牙的旧车——大概值4000雷亚尔——载着一部旧电视机和一些零碎的东西颠簸着开进了罗西尼亚。这些东西加起来大概只值首付款的十分之一，但内姆接受了这堆“赎金”，释放了男孩。接下来的几年，男孩反倒成了罗西尼亚的常客，混迹于酒吧和日渐风靡的放克派对中。

这是重要的一课。再碰到军火交易之类的大事，内姆绝不会交给下属来办了。他也承认，放走那个男孩意味着他在毒品界的人质交换准则中示了弱。但他的信念却变得更坚定了：尽力避免不必要的死亡。

2006年圣诞节前三天，绍洛成功越狱，他把牢房里的空调整个卸掉，从洞里爬了出来。在碧碧的要求下，内姆为她和丈夫安排了藏身之所。

内姆终于能松一口气了。这是一个他可以信任，而且有脑子的人。绍洛和罗西尼亚的其他毒贩不同，他在因毒品活动被捕时是个邮递员，再过几个月就能拿到数学专业的学位。绍洛和里约的毒品圈子渊源不浅：他父亲在牢里待了许多年，其间结识了费尔南迪尼奥·贝拉-马尔——红色司令部中最令人闻风丧胆的领导之一。

贝拉-马尔有暴力前科，但他最中意的工作还是担任红色司令部的商业决策者。他是里约黑帮中非常重要的毒品贩运者，横跨国内可卡因零售市场和国际批发市场，能将毒品从哥伦比亚、秘鲁和玻利维亚等产地运到中转地巴西，再运往目的地美国和欧洲。

得益于父亲在狱中的关系网，绍洛和贝拉-马尔关系密切。而这对罗西尼亚至关重要：尽管罗西尼亚已经与红色司令部决裂，将兄弟会当成最主要的合作方，但它仍留有与红色司令部重建联系的“秘密通道”。按理说，至少在众多底层帮众看来，两个贩毒集团正处在战争状态。实际上，双方领导层正在审慎探索符合双方利益的合作方案。

注重享乐和感官的生活像不受控的病毒一样，在罗西尼亚的毛细血管中蔓延。日常生活灰暗而令人难以负荷，人们为了最低工资奋力工作。许多人睡在地板上，或几个人一起挤在小房间里。街道仍旧臭不可闻，遍地都是动物排泄物、腐烂水果和商业垃圾。但每当夜幕降临，特别是在周末的时候，罗西尼亚就会像百老汇一样霓虹闪烁。酒吧和夜店里挤满了欢声笑语的年轻人，他们互相打趣、交换暧昧的眼神。夜店里，无数身体伴随着 DJ 和 MJ 的低音节拍疯狂扭动，他们就像几个世纪以来的巴西人那样，从其他文化汲取创意，再把它们变成无法仿效的独有之物。

一家名叫“情绪”（emoções）的夜店是这里的翘楚。它位于加维亚大道右侧的罗西尼亚入口处，是一间天花板极低的飞机库。这里不仅是罗西尼亚，也是全里约最负盛名的观光景点之一。这家夜店经营状况良好，也没有警察搅局，成千的人可以通宵跳舞，没有任何障碍地获得毒品。但夜店管理层和一样东西划清了界限：武器。他们坚称自己和罗西尼亚毒贩没有任何关系。对于这项心照不宣的准则，毒贩们几乎都默默遵守着。对于很多人来说，能在“情绪”里整晚参加放克舞会*是一件酷到顶点的事，特别是对那些来自圣康拉多、加维亚、莱伯伦、伊帕内马和科帕卡瓦纳区的中产阶级青少年来说。

罗西尼亚作为派对中心的名声日渐响亮，产生的连锁效应不仅拉动了当地的毒品生意，也促进了底部服务业的发展：酒吧、餐馆、纪念品店、售卖廉价服装和电子产品的小铺遍地开花。这一切都对罗西尼亚有利，也对控制罗西尼亚的人有利。出于这点，内姆和绍洛都知道自己应该尽量避开“情绪”之类的地方。他们从来不去那家夜店。那儿离贫民窟和沥青区的边界很近，任何情况都会把警察引来。毒贩们不去干涉“情绪”的事，生意才能有保障。

内姆担心问题可能会一触即发。若卡的手下经常斗殴，就像绍洛观察到的那样：“这会让人们对烟草店避而远之。”这对生意来说十分有害。如今的若卡疯狂酗酒，已经成了个大麻烦。

还有件棘手的事。两人取得罗西尼亚控制权后不久，五个访客分别来找若卡谈过生意。但若卡把他们全赶去内姆那儿，他不希望这些买卖脏了自己的手。不像他的搭档，若卡对于会计、

---

* 放克舞会可能更接近西欧或者亚洲语境的狂欢舞会（rave），但巴西的派对自有一种独特的热带风情。

账本和情报链这些事一无所知。

第一位访客拿出一本笔记本。“这里，”他指着其中一栏说道，“是所有运到罗西尼亚的货。”上面记录的是一大批毒品。“还有这里，”他边说边把手指移到另一栏，“是这批货的价格。”内姆从来没见过此人，虽然他曾听贝姆特维提起过供应商的事。随后这个访客平静地向他解释：这批货款还没到位。

另外四个供应商讲了一模一样的话：货已送到，货款待收。会面结束后，内姆合计了这批账目。这些生意多数发生在贝姆特维执政期间，但若卡也参与了其中一部分。现在他们总共欠这批供应商大约 180 万雷亚尔，约 100 万美元。

内姆摆出一副平静的样子，心里却忍不住想：“上帝啊，我要怎样才能处理好这笔账？”他一生中只欠过两次债。第一次是在五年前，他向鲁鲁借钱付女儿的医药费——那笔钱他已经通过工作还清了。第二次是在去年复活节，他向银行贷了小额贷款付普拉亚赛卡区（Praia Seca）一间房子的租金，打算逃离暴力的罗西尼亚。

他向贝姆特维的经理们确认供应商提供的数字是否正确。结果准确无误。

内姆必须想办法解决这个问题。他无法承受一下失去多个重要生意伙伴和供应商的打击。罗西尼亚的业务被贝姆特维搞得一团乱，在若卡手中更是如此。内姆做出了出任 CEO 后的第一个重大决定：在接下来几年内以分期付款的形式逐步还清拖欠供应商的款项。

若卡此时却表现得像个蠢货。内姆不断收到报告：若卡的手下正在恐吓居民，勒索钱财并提出各种要求；他们绑架人质并向人质的家人索要赎金；若卡带着一队全副武装的保镖在街上走来走去；他还拒绝回应居民们的上访和投诉。

"当若卡开始与内姆争权时，"绍洛回忆道，"双方都希望垮掉的是对方，哪怕两个人从小就是朋友，也都在这里长大。"这已经成了一个复杂的政治游戏。若卡有第一街的人和武器，但内姆拥有智慧和与生俱来的权威，而且更受人们欢迎。

内姆邀请若卡来罗西尼亚底部共进午餐。他不懂自己的朋友为何性情大变。对方说的话很快令他担忧起来。

"我猜有人准备好在山顶*迎接生命的终点了。忘了告诉你，我们绑了一个警察。他很快要去见上帝了！"

"什么警察？"

"他叫塞尔吉奥（Sérgio）。有什么问题吗，老朋友？"

"当然有问题！"

午餐后，内姆叫来若卡的弟弟。"我要你他妈的保证，你哥哥会把那个该死的警察放了，"他毫不犹豫地说道，"如果他们杀了他，就会引发一场血战。我们不能在这儿跟警察对着干。"内姆已经意识到这门生意比他想象的更复杂、更有压力。他此刻最不想看到的就是有个警察死在自己眼前。幸好若卡还对内姆保有足够的尊重，没有在这件事上忤逆他。40 分钟后，警察

* 指第一街，若卡控制的地盘。

被释放了。

“我们商量好的，”内姆随后提醒若卡，“要一起赚大钱。我们可没说要给人们带来痛苦。尤其没有同意要杀警察。”

内姆不喜欢这样。就像鲁鲁死后那段时间一样，他又开始考虑变卖家当，离开贫民窟。但在这么做之前，他还留了一招。他慢慢切断了若卡和他部下的现金流。罗西尼亚底部的利润比顶部要多得多，后者主要负责安保。若卡的确卖掉了许多大麻，但他也浪费了很多钱。理论上他应当和内姆共享利润，可他并没有这样做。作为回应，内姆决定暂缓用可卡因的利润支付那些更重要的款项。他对若卡一方发出的警告很含蓄，但一点都不含糊。

事情的收场出人意料。若卡带上自己能摸到的全部现金，从罗西尼亚逃走了。有些人说他拿了 80 万雷亚尔，而绍洛则表示他拿走了整整 100 万——这能支付很大一部分欠款。摆在内姆面前的是另一个巨大的财务缺口。若卡再也没有在贫民窟里出现过，不久后，他因贩卖毒品在东北部被逮捕。对毒贩们来说，罗西尼亚是个安全的天堂，一旦搬出这里，被抓的可能性就会大大提高。

罗西尼亚顶部的老大跑了，但若卡的一位手下还在给内姆打电话：“假如你想在山顶做事的话，得先通过我。明白吗？”内姆已经厌倦了这些争论。顶部的人每晚胡乱鸣枪、恐吓当地居民、招引警察注意，还肆无忌惮地和别人的妻子或女友睡觉。他知道和自己打交道的充其量是一群孩子，不过是一群拿着半自动步枪和手雷、需要小心看管的孩子。

内姆当时读了一本关于成吉思汗的书。他看到这位蒙古君王靠令最弱小的部落重拾信心来树立威信，他对此感到惊叹不已。他开始格外关注那些不太自信的成员——他们人数众多，却很少被注意到。他对大多数人开明友好，这令他收获了众人的忠诚，未来他会非常需要这份忠诚。

是时候动手了。内姆召集了手下所有士兵，在当晚 8 点整朝第一街进发。他在第一街的支持者事先已经知道了计划。

两队全副武装的人对峙，形势总是十分紧张。上一次发生这种情况还是在刺杀灵魂男的时候，那次死了十多个人。

内姆注意到若卡一走，顶部群龙无首，于是喊道："首先，最重要的一点，你们没人会死。明白吗？若卡已经犯下大错，近期不会再回来了。现在有两个选择——我们可以继续争吵、自相残杀，也可以继续做生意赚钱。你们选哪个？"

一片沉默。

"我现在就掉头回底部。假如我听到有谁打算把若卡请回来，或是有谁还在和他保持联系，那下一次我上来时，就不是来聊天了……你们明白我在说什么吧？"

人群再一次沉默。没有人反对。

内姆刚取得了一项了不起的成就。几年来，罗西尼亚的顶部和底部第一次重新统一。现金很快汩汩流动。现在轮到内姆露出真面目了。

第 17 章

做生意

2004年—2007年

做生意要做的工作很多，要花钱的可不只供应商。

罗西尼亚毒品行业雇用的人数约为 200 到 300 人，他们分工明确，担负着不同的职能。其中等级最低的是负责望风的侦查员。除非住在贫民窟，或者对这里的文化极其熟悉，否则你永远都发现不了他们。他们站在贫民窟的关键哨点，或在附近晃悠，时刻留意周围是否有异常情况，例如警察入侵，或出现了一张看起来危险、可疑或仅仅是陌生的面孔。他们会发出信号：大叫、吹口哨、学鸟叫、放烟花、挥手或大笑——街角发出的声响会传到一二层楼的窗户里。然后在那里，这些情报会飞速穿过羊肠般的窄巷，穿过小路、爬上山坡，最终传到该区主管的耳朵里。

按照惯例，负责望风的通常是小男孩们，他们有的才 8 岁大，就已经踏上了毒品生意的第一级台阶。20 世纪八九十年代，上学对于贫民窟的孩子们来说不是一项强制性活动，他们有大把空余时间。这一情况在不久后有所改善，但直到今天，罗西尼亚仍然是全里约学校出勤率最低的地区之一。

内姆很快重新实施了鲁鲁时期的“法律”：16 岁以下不得参与贩毒。但经理有时还是会偷偷用不满 16 岁的孩子来望风，毕竟年纪越小，越不起眼。

然后就到了毒品加工环节。打工的年轻男女在被称为“一美元小屋”的房子或公寓内工作，之所以这么称呼，是因为毒品在这里会被拆分成价值 1 雷亚尔或 1 美元的小包。随着价格提高，名称也随之变化，像是“10 美元可卡因”或“5 美元海洛因”。

毒品从“1 美元小屋”被分发到罗西尼亚各区，负责配送的是“送货员”（vapores）。他们在各个烟草店间来回穿梭，确保每间店都有足够的库存，工资计件付费。

副经理主要负责一小片区域的日常运营，通常该区域内只有一家烟草店。他们最重要的任务就是整理好手下店铺的账目。

高级经理负责管理一整个区。他们要确保将正确品类的毒品运到对应的店里，还要在轮班结束后收钱，亲自向毒王或他的副手报账。

贩卖毒品是一桩 24 小时无休的生意，只有早上 8 点到 11 点间会稍微清闲些。内姆留意到由于经理和副经理们都拿固定薪水，他们的收入其实比合法雇员高不了多少。相比之下，“送货员”的收入要高得多。

就像绍洛指出的那样，罗西尼亚毒品生意的结构十分独特，因为“‘送货员’并不从属于某家烟草店”。他们通常都是兼职，不算正式雇员。几周后，内姆签发了一项命令。“我改变了规则，从此以后‘送货员’也拿薪水，他们拿的钱在任何情况下都不会比经理还多。”他解释道，责任越大，回报也应该越多。

经理的分内事还包括联络安保队。20 世纪 90 年代和千禧年后的第一个十年间，这群持枪的年轻人成了贫民窟的骇人标志。

安保工作完全独立于毒品销售。内姆接手时，他手下有 100 到 150 名安保人员，或者说士兵。其中一些人有武器，但不是人人都有。这样看来，统治一个贫民窟所需的强盗数量少得惊人：大约 100 名武装人员就可以控制十万左右的居民。

安保队主要分成两队人马。大多数负责保卫烟草店，还有一小队负责保护内姆和其他高级经理的人身安全。两队人马都有义务保护毒品业务免受外敌侵扰，不论是敌对帮派还是警察。

内姆喜欢启用年纪稍大的士兵加入安保队，因为他们不会轻易开枪。担任毒品生意的首脑后不久，内姆花钱请了一个前 BOPE 特警来训练自己的私人近卫队。该队伍起先有 15 名成员，唯一的使命就是保护毒王的人身安全。队伍规模在接下来几年不断壮大。这是一队高度自律的精英人马，身着同 BOPE 和军事警察类似的制服。“我们这么做是为了迷惑直升机，”内姆解释道，“他们扫荡贫民窟时会动用直升机，穿着警察制服的话，他们在空中就分辨不出敌我了。”

最后，所有负责销售和安保工作的高级经理都离不开一个名为“效忠者”（o fiel）的职位，也被称作“右臂”（o braço direito）。内姆当权期间雇用了好几位效忠者，其中一位表现尤其突出，这个人名叫万德兰·巴罗思·德奥利韦拉（Wanderlan Barros de Oliveira），人们都叫他费让（Feijão），意思是“豆子”。尽管没有正式介入这门生意，费让仍将在内姆的私人和财务生活中发挥巨大作用，并成为贫民窟关键的政治人物。

费让是内姆的童年好友。他为人随和、魅力十足，在贫民窟人气颇高，总是微笑着帮助别人。虽然他明确表示自己与毒品生意毫无干系，但许多罗西尼亚人都认为费让和内姆不仅仅是私人好友，更是职业伙伴。早在内姆刚当权时，费让就负责开车将毒王从一个地方送到另一个地方。出于安全考虑，内姆很谨慎，绝不向不必要的人透露自己的动向。

除了贝姆特维留下的一大笔债务外，内姆还要给员工们付薪水。除了几个高层人员，其他雇员的薪水和普通上班族差不多。内姆手下大部分员工的家庭成员也间接获得了毒品行业的补贴。假如有人被捕，内姆会抽取一部分利润来支付其家人的生活费。这笔支出在现金流中占比不小。

多了这些开销，内姆很快意识到让生意再现鲁鲁时的繁荣有多重要。这是个巨大的挑战。警察随后告诉我，内姆很快就在大中型批发商中建立起良好声誉。他按时付款，而且很好沟通。一个玻利维亚人告诉他们：“罗西尼亚就像一个大派对——你带着可卡因去，他们立刻掏出现金全部买下。你到那儿之后，有女人可以玩，有放克派对可以参加，业务很快就能理清，现金唰唰往口袋里装。”他同和圣保罗第一指挥部做生意的体验做了对比。“那简直烦死人，”他仍记得，“你带着东西去卖，他们会让你在一个旅馆里等上十天才来见你。旅馆钱还得你自己掏！”

内姆还继承了鲁鲁和贝姆特维的“福利体系”：为居民提供最基本的生活用品、食物、药品和贷款，好获得他们发自内心的认可。

“福利体系”实际上是违法的，尤其是涉及选举贿选时。但是由于政府在贫民窟内的缺席，这种现象很普遍。从很多方面来看，这都和全国范围内普遍存在的“钻空子”（jeitinho*）行为没什么两样。“钻空子”指的是发生在日常生活中的腐败。在面对巴西政府和各大企业频繁出现的惊人失职丑闻时，正是它帮人们提前做好了心理准备。

当政期间，内姆赞助社区建立了一支足球队，为回东北探亲的居民支付了往返旅费，资助医疗服务，还给最穷困的人送食物篮。

与鲁鲁不同，内姆没有设置“办公时间”——在此期间，居民可以前来申请救济、请求帮助或要求开展一场“司法听证会”。鲁鲁会在每星期二晚把大家聚到一起 。而现在，任何居民可以在任何时间和地点向内姆求助。鲁鲁是个神秘人物，喜欢把自己隐藏起来，对大多数居民来说就像个谜。而内姆更加擅

---

* 指耍小聪明。

长社交，也更平易近人。

“我加强了对社区某些方面的支持，”他说道，“比如说，鲁鲁那时没有‘食物篮’这项制度。”每个月，内姆会向 1200 名居民提供大量生活必需品；每周，600 个家庭会收到免费供应的蔬果。内姆和他的毒品生意负责出钱，当地的社区领袖负责分发。“这实际上是贝姆特维的主意，但他从来没实践。我是第一个推行的人。”他说。

“‘食物篮’和对学校课外活动的资助，像是泰拳和卡波卫勒舞（Capoeira）课，这些都算在业务支出里。”他解释道，“但丧葬、处方药或哪个人突然买不起煤气了，这些属于额外开销。”

内姆已经资助了太多次居民往返东北探亲，于是他又想到一个方案。“我想买一辆厢式货车，一周往返东北一次，让大家免费搭乘，”他说，“但这件事我一直没有着手去做。”

“你可以去问问罗西尼亚人是怎么看我的，问问他们我都做过什么。”内姆如此告诉我。我接受了内姆的挑战，结果令他很是满意。罗西尼亚人赞赏他的慷慨，以及他在若卡离开后降低贫民窟暴力程度的过人能力。只要你在罗西尼亚待上一段时间，大家都会十分坦诚地谈起这些。他们看起来并非出于胁迫，毕竟内姆的时代早就成了过去，那时他已经在监狱里待了快四年了。

内姆声称因为自己太好说话，居民们还会占他便宜。“有个老太太叫我帮她付医药费，”他记得，“结果我发现她问我要的钱比实际账单高两倍！见鬼了——连老太太都敢在你面前要花招，这可不是件小事。”他还分发过一阵游戏机。“小孩们会跑过来跟我说要这个那个游戏，我会问他们在学校里考了几分。我会让他们回家去，好好把注意力放在功课上，而不是全都用来打游戏。”

罗西尼亚的平民被夹在魔鬼和深蓝的大海之间。他们对警察毫无信任，自2004年的复活节起，又一直活在帮派内战带来的混乱和灾难中。要想重获当地人的信任，帮派还有很多工作要做。安保巡逻队仍然气势汹汹，这群青少年和20多岁的男人在大白天拿着重型武器招摇过市，尽管内姆已经下令尽量别这样做。

士兵们折服在黑帮文化的魅力之下——这种文化部分源自美国，部分植根本土——他们越发倾向于用金钱、地位和声名衡量自己。社交媒体与巴西狂热的交际文化堪称绝配：除了美国，没有几个国家比巴西的用户数更多，不论是脸书（Facebook）还是其风靡一时的前身“我酷”（Orkut）*。年轻的帮派成员们越发受到欲望驱使，想在平台上晒晒自己的“功绩”。

贫民窟很大。从远处望去，它不过是一块密集的居住区，但在里面的小巷和道路徘徊几天，你就会发现这里有多复杂。在这样的环境里，对近十万人口的社区进行治安管理显然不是件容易的事，要处理的问题很多。

---

* “我酷”是谷歌在脸书之前推出的类似产品，该社交网络甫一推出便风靡巴西。随着大量用户迁移到脸书，谷歌在2014年关闭了“我酷”，但在21世纪的前十年，它在巴西有着压倒性优势。

内姆秉持着几条铁律。首先，就像奥兰多·乔加多曾经在阿莱芒区规定的那样：16 岁以下的青少年不得参与毒品生意。内姆当政的五年间，只有一个不到年纪的男孩参与过生意（他当时 15 岁）。其次，罗西尼亚不出售和制造快克可卡因（crack cocaine）和落落（loló）*。“快克只会毁掉人们的生活，”内姆说道，“我们知道它在里约其他地方造成了什么后果，所以绝不会让同样的事在罗西尼亚发生。”帮派严格执行这条规则，这对促进地方团结和稳定起了很大作用。正如内姆指出的，在圣保罗和里约北区，由于缺乏管制，快克吸食者在贫民窟及其附近建立了根据地（这些地方通常都在警察监管范围之外），被人们称为“快克之地”。年轻的成瘾者们深陷绝望之中，他们聚集在这里，一边吸毒，一边荒废人生。毒品如同黑死病一般，感染和摧毁了成千上万生活在城市最贫困地区的青年男女，从中滋长出犯罪、贫穷和死亡。

最后，严令禁止偷窃和其他轻微罪行，不仅在罗西尼亚不可以，在临近的南区也不行。抛开其他原因，贝姆特维被军警杀死，和他窝藏了南区史上最臭名昭著的抢劫犯和小偷一事直接相关。在这个问题上，绍洛和内姆意见一致。2007 年年末，绍洛和罗西尼亚安保队的高级成员通了一通紧急电话。在莱伯伦的一个高档住宅区里发生了一起重大抢劫案，受害者与里约州州长塞尔吉奥·卡布拉尔（Sergio Cabral）关系密切。这正属

* 一种吸入式氯仿类麻醉品。

于会引发军警大举介入的那类案件：愤怒的州长本人遭到羞辱，完全有能力展开致命的武力回击。绍洛命令安保队成员前往邻近的维德加尔，抢劫犯已经逃到了那里。他让手下找到这伙人，好好教训了他们一顿，然后把赃物全部送还。安保队在维德加尔的一个集装箱里找到了赃物,及时送还了失主。州长暂且收手。他们再一次侥幸保住了生意。

第18章

众志成城

2007年

危险的碧碧此时怒气冲天，她看了丈夫的手机短信，发现他正在和另外一个女人约会。她和绍洛对质，但他矢口否认。这段时间，他每天早晨7点离开家，半夜才回来，有时甚至更晚。碧碧和两个年幼的孩子被关在家里，快要精神失常了。她开始在“我酷”上传手持大把钞票的大胆照片，并写道：“有钱真烦人……”她想让全世界，或至少全罗西尼亚都知道自己是毒贩的情妇。她以此为荣，享受着绍洛创造的物质生活。

有人在主页匿名留言讥讽她：“当你在家待着的时候，碧碧，你亲爱的绍洛正在外面搞别的女人。”

碧碧越来越怨愤，她拍下自己把玩绍洛留在家里的枪的照片，传到网上炫耀。但她刚发完就删掉了。她突然害怕别人会看到自己手里那把枪。

她的担心是对的——一些人发现碧碧的“我酷”主页很有意思。

2007年年中，碧碧在“我酷”上让母亲给自己打电话。但她犯了一个致命错误，在上面附上了自己的手机号。社交网络在那时还是个新鲜东西，虽然巴西人玩得如鱼得水，但他们并没有意识到互联网惊人的公开性。一条信息哪怕只在网上存在十分钟，也可能在某个地方被人存档或实时监控。内姆了解信息控制的重要性，但有这种洞见的人很少，碧碧显然不具备。

十分钟后，她删掉了自己的电话。但为时已晚。监视的人已经记下了全部细节。

是时候开始窃听了。他们先是监听碧碧和母亲闲聊，没过多久，她就打电话给自己的丈夫绍洛。此举正中窃听者下怀。他们早就怀疑绍洛越狱后藏身在罗西尼亚。通过监听碧碧的电话，然后进一步监听绍洛，他们确定了他的行踪。不出所料，绍洛从未离开过贫民窟半步。毕竟在那周边，没有警察敢轻易打破罗西尼亚的庇护。

窃听碧碧的电话只是“服务供应商行动”的第一步棋。两位民事警局的高级警官亚历山大·艾斯特利塔（Alexandre Estelita）和雷纳尔多·莱亚尔（Reinaldo Leal）正在监听碧碧手机拨出的每一通电话。发现了绍洛的号码后不久，他们就锁定了茹卡·泰罗（Juca Terror）。紧接着的是贝克（Beiço）、卡贝鲁多（Cabeludo）、老总（Total）、D2、理克（Lico）和文尼（Vinni）。*

---

* 若卡在“服务供应商”行动开始的两个月后就离开了罗尼西亚，艾斯特利塔和莱亚尔靠窃听内姆的高级管理层了解到他因何事被驱逐——特别是贝克和茹卡·泰罗的谈话。

没过多久，他们就摸清了几十名负责罗西尼亚日常运营的成员间的关系。

他们唯一没有掌握的只剩内姆的号码。警方已经确认了内姆毒王的身份，但他似乎神秘又遥远。绍洛使用电话时也十分小心，好在有碧碧“帮忙”，更别提玛塞拉（Marcela）——绍洛的女友。这两人总有打不完的电话，也都是“我酷”的活跃用户。

内姆坐稳罗西尼亚唯一毒王的位置后，很快就彰显出与生俱来的才智和谨慎。早在掌权之前，他就意识到电话和电脑都是潜在的麻烦，能避则避。但他没法阻止手下们打电话东拉西扯：这里可是巴西，热情奔放的口头交流已经在文化中扎下根了。不过成员很少在聊天时提到内姆，这表明内姆曾警告他们少说闲话，如果不得不提到他，用词也很委婉，最常用的是“上帝身旁的人”。

内姆（正确地）推测到警察正在监听整个团伙的通信。和里约其他的毒品贩子不同，他很清楚自己的未来取决于对信息的掌控——特别是获取新信息的能力。

当然，内姆也有使用通信设备的需求。他主要用无线电和成员联络。除此之外，无论去哪里，他都会随身携带一个大包，包里装着几十部手机，每部手机都有一组特定的联系人——政客、腐败的警察和外面的眼线。出于这个原因，艾斯特利塔和莱亚尔始终无法打入内姆的核心通讯圈。

“他被人们称为领袖不是没道理的，”两位警探解释道，“他觉得自己比其他人更具智慧。事实的确如此。除了武器和恐惧赋予他的权势之外，他还拥有智慧的力量，这又同他靠控制信息积攒起来的权力相结合。”一个领袖，他们接着说道，就是那种手握情报并且知道自己要做什么的人。“假如警察要展开行动，他会让助理告诉孩子们第二天不要去学校上课，到时会有突击搜查。”这当然是因为有人向他告密了。“但许多人会觉得他就像上帝一样，”两位警探总结道，“在那些人眼里，他无所不知。而他几乎也真的如此。”

这些警官看起来就像好莱坞电影里的硬汉警察：两条手臂像树干一样粗，板寸头，方方的下巴上留着一圈《迈阿密风云》（*Miami Vice*）风格的短胡茬，但千篇一律的外表下的真实个性要有趣得多。他们在分析目标时心思缜密、一丝不苟。最令人惊讶的是，他们会抛却成见，尽全力了解调查对象的心理活动和处事方法，并搭建出整个组织架构。他们尊重情报，鄙视愚蠢——无论犯蠢的是警察、毒贩，还是卷入这个难以预测的毒品世界的任何人。在这里，走进一条错误的小巷、误读一个眼神或是吻了一个不该吻的人都会招致杀身之祸。

尽管没能攻破内姆的私人通信，但警察们也没闲着。短短三个月，他们就勾画出内姆整个行动组的组织架构图，并掌握了大多数主要成员的名字和绰号，以及他们的大致背景和在兄弟会罗西尼亚分部中担任的职位。

艾斯特利塔和莱亚尔很快就发现了毒品生意面临的三个问题。第一个问题是对武器和军火的需求。第二个问题是在若卡离开后，大家都担心第一街会再次发生暴动。虽然这些忧虑在内姆和若卡掌权一年多后曾有所消散：当时兄弟会的支持者成功将红色司令部的支持者从维德加尔驱逐了出去，两区再度建立起手足般的关系。第三个问题是两个“延伸点”的供给和安保工作。延伸点指的是两个规模很小的贫民窟：城市公园（Parque da Cidade）和天空农场（Chácara do Céu），前者位于罗西尼亚和加维亚之间，后者位于维德加尔和莱伯伦之间。这两个零售市场的利润相当高，因为那些不想冒哪怕一丁点儿风险前往罗西尼亚的中产客户都会来这里购买毒品。鉴于两地的地理位置与罗西尼亚相对隔绝，它们更容易遭到警察的突击检查。内姆因此下令延伸点不得出现任何武器。

茹卡·泰罗是内姆高级经理中的一员，肩负着确保天空农场毒品生意稳定运行的重大责任。一天，艾斯特利塔和莱亚尔窃听到茹卡和一位名叫亚历山大·马克斯（Alexandre Marques）的士兵谈话，在电话中，茹卡安排马克斯去天空农场的一家烟草店取钱。随着谈话不断深入，两位警员吃惊地发现这个名叫马克斯的男人实际上是个军警。

茹卡·泰罗和马克斯似乎是老相识。两位警员随后发现，马克斯曾向警察局的同事们解释说茹卡是自己的线人，他说自己特意在电话中调整了对话，好让它听起来像是这么回事儿。但实际上，马克斯一直在收取茹卡的贿赂。

圣塞巴斯蒂昂-十字军区（Cruzada São Sebastião）的情况是两人最常谈到的话题之一。十字军区位于莱伯伦东北部，由好几排廉租公寓组成。这里是莱伯伦唯一一片欠发达地区，位于和伊帕内马的交界处，因此成了向沥青区的繁荣地带及附近的富邻居们售卖可卡因和大麻的理想延伸点。十字军区明显位于罗西尼亚的零售服务区的范围内，却不受兄弟会的控制，仍然效忠红色司令部。茹卡·泰罗坚决不能允许这种状态再持续下去。

对罗西尼亚来说，十字军区的地理位置是个大问题。兄弟会在这里布置了一队人马，一旦现任领导被“铲除”，就即刻接手整个区域的毒品零售业务。但派人从罗西尼亚长驱直入莱伯伦，在装备齐全的情况下一战拿下交易控制权，这样做显然行不通。罗西尼亚周边的警察还算好说话，但武装入侵莱伯伦（州长卡布拉尔就住在那儿）无异于公开向里约州政府宣战。

为了解决这个棘手的问题，茹卡和马克斯达成一致，计划安排军警直接逮捕红色司令部十字军区分部的首领。他们这样做了。罗西尼亚不动一刀一枪，就将十字军区的控制权纳入囊中。茹卡打电话恭喜这位变节的警官，感谢他帮了大忙。

在艾斯特利塔和莱亚尔看来，他们正在追踪的这段关系有趣极了。马克斯并非那种驻扎在罗西尼亚边界的普通巡警，给点好处就会帮毒贩们望风。他向毒贩们泄露的都是机密，包括警方会在何时何地、以何种方式展开突击搜查。当时，一个普通军警的平均月薪还不到1800雷亚尔，而里约的生活成本已经和许多发达国家的工业城市持平。在某些领域，例如住房，开销更是高到令人咋舌。为了维持生计，许多警员被迫“广开财路”，其中最快也是最简单的方法就是犯罪：要么直接从毒贩手里拿钱，要么加入控制北区贫民窟的民兵组织。亚历山大 · 马克斯选择了第一种。

“我们得出结论，”艾斯特利塔说，“拿下十字军区后，罗西尼亚想要控制从南区一直到沙佩乌曼盖拉（Chapeu Mangueira）的所有贫民窟，这已经越过科帕卡瓦纳的边界了。”

内姆承认警官猜对了一部分。“你看，我们也不想把红色司令部从那里赶出去，假如十字军区的居民对红色司令部满意，没人动得了它。但那里的人对红色司令部的管理很不满意，就像维德加尔之前那样。”

艾斯特利塔和莱亚尔稳扎稳打地建立起了一个庞大的“信息库”，足以反映出内姆在罗西尼亚行动的范围和精密程度。警官们坦白，连他们自己都被这个组织的惊人规模吓到了。

第19章

腾飞年代

2007年

拉帕区（Lapa）车站拐角的一家小餐馆里，艾斯特利塔和莱亚尔警官正在吃午餐。那里距罗西尼亚只有25分钟车程，看起来寒酸，却很时髦。像往常一样，莱亚尔往壮硕的身子里猛塞炸虾饺。这种巴西小吃令人无法抗拒，蘸满辣椒酱后更具风味。“老兄，你就不能先收起来吗？”艾斯特利塔笑话同事。“电话响起时，我是把他从餐馆里拽走的。”但这个电话实在太重要了，重要到足以说服莱亚尔放弃这顿午餐。

2007年8月，窃听绍洛电话的指示灯亮了起来，电话那头是他的得力副手。“绍洛，我恐怕得告诉你个坏消息，”打电话的人对上司说，“工厂爆炸了，然后发生了火灾。是起意外，但有两个兄弟严重烧伤，我们已经送去医院了。”绍洛想估算一下损失。“什么东西烧着了？设备有损坏吗？”他问道。“呃，没有，”下属回答道，“就是一把搭在那儿的木梯子着火了。”

莱亚尔看了艾斯特利塔一眼，后者一边的眉毛已经挑了起来。“你怎么看？”他问道。“我觉得咱们得去趟医院。”艾斯特利塔回道。

两位警官跳上车，径直前往米格尔科图（Miguel Couto），那是离罗西尼亚最近的一所医院。到了医院后，他们发现有两个工人因为烧伤被送来治疗。艾斯特利塔自我介绍了一下，然后问道："这是怎么了，哥们儿？"

“噢，没事儿，”其中一个随意地回答道，“我们刚才在烧烤，油着火了。”

艾斯特利塔和莱亚尔随后找到医院的工作人员，对方配合地把报告拿给他们看。这两人的指甲缝里检测出了可卡因和易制毒化学品，后者是从古柯膏中提炼出可卡因粉末时需要用到的。展开调查还不到两个月，艾斯特利塔和莱亚尔就无意中发现了罗西尼亚的一个可卡因提炼厂。中奖了！

绍洛的野心比他们一开始想象的还要大。除去家族成员和红色司令部领导人贝拉-马尔的私交，他还给内姆的生意带来了另外一项宝贵资源。绍洛也许没来得及拿到数学专业的学位，但在里约监狱系统这座“犯罪大学”中，某些乐于分享的毒品专家显然教会了他怎么从古柯膏中提炼可卡因。

古柯膏是从古柯叶到可卡因粉的过渡状态，黏稠度近似于蛋糕上的糖霜。成功越狱之后，绍洛向内姆提出在贫民窟内建立“古柯厨房”，也就是可卡因提炼厂。内姆显然同意了。这项重要的商业决策将大幅提升罗西尼亚毒品生意的交易额。没过多久，全里约近六成可卡因都由这里供应。罗西尼亚也将成为唯一一个能向其他地区和帮派提供精加工毒品的地方。

此时在罗西尼亚，绍洛正试着计算这次意外的损失。设备似乎没有大碍，工厂很快就能重启。但他们在爆炸中损失了大量古柯膏，价值高达几十万雷亚尔。至少他对自己的妻子碧碧是这么说的。

艾斯特利塔和莱亚尔大概掌握了提炼厂的位置，但他们想进一步深入调查。“关键在于，”艾斯特利塔解释道，“要想进贫民窟，你只能带上300个警察一起去。”在贫民窟展开正式调查并不容易，警员们不可能走到像内姆这样的人面前直接逮捕他。首先，贫民窟周围巡逻的军警绝大部分收了贿赂，他们的工作就是在突击搜查前警告内姆。其次，如果少数警察在没有得到毒贩授权的情况下贸然进入，他们在距内姆一英里时就已经死了。州政府只有在人数众多和全副武装的情况下才敢深入贫民窟。

所以，如果艾斯特利塔和莱亚尔想要调查提炼厂的细节，他们需要一次更大规模的行动做掩护。随后，几百名民事警察被安排前往贫民窟，打着突击搜查毒品库存的旗号。

当警察进入贫民窟调查时，一切活动都会停止。孩子们会停止在街上嬉戏，商店会提早结束营业，居民们会突然消失。两个警员在贫民窟越走越深,那感觉真是毛骨悚然。除他们以外，所有的呼吸和动静都消失了。

根据窃听的情报，艾斯特利塔知道他们应该去第二街附近。

“我们蹲在一面墙后，然后我看到一座房子的入口处有一团密密麻麻的电线。顺藤就能摸到瓜。我对莱亚尔说：‘嘿，老兄，你看那些电缆——这里和周围的房子不一样。’”制毒作坊需要大量的电用于照明和通风，那些电缆恰好符合这点。有了充足的电力供应后，你还需要几个桶和一些化学试剂。

“我们沿着一道窄窄的楼梯走上去，在门下放了一个摄像机。看到的第一样东西就是一玻璃罐的丙酮和氢氯酸。”又中奖了！

他们当然也被人监视着。每次警察进入贫民窟后，内姆都会在地图上标记路线。他会细致记录下警察通常会走的小路和巷子：有哪些是他们不知道的，哪些是他们故意避开的。最后，他估计警察掌握了罗西尼亚约七成左右的交通路线。这是非常宝贵的情报，能看出内姆很重视自己的“反侦查行动”。

绍洛的可卡因提炼厂被证实后，整个调查行动的方向发生了改变。“服务供应商行动”变成了“200 人行动”，主要目的是调查清楚罗西尼亚兄弟会成员在组织中的具体角色——这是巴西法律对起诉贩毒集团成员的要求。

大批量制造提纯可卡因需要耗费大量易制毒化学品。和许多国家一样，巴西严格限制公民购买易制毒化学品的数量（它们也有许多非犯罪性质的用途）。通常来说，这是条不切实际的政策，很难监测落实情况。在罗西尼亚，绍洛加工厂的员工可以雇上数十个乃至上百个人，通过在不同地区购买当月份额内的化学品来规避限制。这方法万无一失，简单到连傻子都能搞定。

罗西尼亚并不需要批量购买古柯膏。马图托们在巴拉圭、玻利维亚和里约之间不断穿梭，背包里藏着一两千克的古柯膏。绍洛甚至承认他们拒绝了批发商的供货请求，因为前者足以满足需求。

艾斯特利塔和莱亚尔最重要的发现是：1000 克古柯膏价值约合 3500 美元，制成重量相近的提纯可卡因后，售价高达 8000 美元。他们还估算出在城市公园——罗西尼亚一个小小的卫星贫民窟，一家烟草店每天的营业额为 1250 美元，一年的营业额高达 50 多万美元。此外，绍洛还证实他们会向其他贫民窟售毒，其中包括红色司令部的地盘。

与此同时，内姆控枪和遏制暴力的政策逐渐起效。在他的领导下，贫民窟内凶杀率甚至低于鲁鲁治下的太平时期，同周边中产住宅区的数据持平，远远甩开阿莱芒区和马雷区等毒品和武器中心。

当然，烟草店的营业额并不等于纯利润。抛去人力成本和其他各项支出，还需要花钱让军警“保持沉默”。据“外国佬”说，内姆的人生哲学很简单：只有人人都满意，生意才能做得成。他数过，罗西尼亚周围驻扎着约八辆警车，其中两到三辆停在加维亚区和顶部之间，剩下的五六辆停在底部的入口附近。一旦发现有外来人员成团结伙地向罗西尼亚进发，这些警察就会通知内姆的人，这是他们最重要的工作。“你懂的，他们会传个信，像是‘我们刚刚看到几辆车从加维亚朝你那边开。这队人看起来带着武器’。意思就是其他贩毒帮派的队伍来了。”“外国佬”解释道。

通常情况下，“外国佬”每次轮班时会给每名警察发50雷亚尔，在巴塞卢斯商业区附近工作的警察能拿更多。还有一些警察，像是亚历山大·马克斯那样的，因为和兄弟会关系更深，拿的钱也更多。此外，每当民事警察23分局的指挥部发生人事变动（罗西尼亚位于他们的辖区内），开销就会上涨，在内姆担任毒王的几年中都是如此。

然后还有福利项目：为拮据的居民提供食物、药品、贷款，支付房租。“内姆和团伙付了不少钱让当地居民管住自己的嘴，”“外国佬”解释道，“但没什么可担心的，这比其他贫民窟强多了，在那里大家都是用枪逼人闭嘴。”

内姆从鲁鲁那里学到了做生意的技巧，他永远不会忘记“师傅”的商业战略。这是一家公司，鲁鲁会说，你需要付钱给供应商和雇员，假如雇员死了或者被逮捕，你还要付钱给他的家人，要花钱办各种派对和庆祝仪式——儿童节、母亲节、新年。当然，别忘了付钱给警察。

这门生意十分复杂、压力很大，但现在正蒸蒸日上。相比之下，当时警方并未对罗西尼亚施压太多。居民们十分满意内姆为他们带来的稳定生活，贫民窟一天比一天繁荣。罗西尼亚人并不是唯一有这种感受的，那时巴西全国上下都是如此。

第20章

内姆的新娘

2004年—2006年

西蒙娜和内姆在贝姆特维掌权时期就分开了，这不是他们第一次分手，当然也不是最后一次。分手大约三个月后，凌晨4点，内姆突然出现在西蒙娜家门口。他看起来怒气冲冲。“西蒙娜，”内姆说，“马科斯（Marcos）是谁？”西蒙娜说她不知道。实际上，过去几个月来，她和一个在派对上认识的年轻人走得很近。内姆检查了西蒙娜的手机，然后把几条她和马科斯的信息指给她看。接下来发生了一件令人更不安的事：内姆拿出一张CD，让她放到播放器里。这是西蒙娜和马科斯的通话录音。显然，他一直在调查帮派成员的伴侣中疑似有外遇的人，并贿赂了一些警察，通过窃听妻子和女朋友们的电话来搜集证据。当我向内姆就这一点求证时，他说自己不过是在吓唬人——实际上他并没有什么录音。西蒙娜似乎连听都没听就相信了内姆的说辞。

此时内姆已经出离愤怒，他确信西蒙娜正在和别的男人约会，什么都动摇不了这一点。“所以你想让我看起来像个白痴？”

“我从没这样做过。”

“你出轨了！”

“我没有碰过那个男人一根手指。我们没有接过吻、没有拥抱，没有任何亲密行为。”

内姆的怒火被瞬间点燃。西蒙娜才刚换了新家具：新沙发、新冰箱和新的炉灶。他把这些都砸烂，然后用无线电叫安保队守在西蒙娜家门口，防止她逃跑，他自己要去找一把手枪毙了她。

十几个拿着枪的男人在公寓外巡逻，还有四五个人守在通往公寓的楼梯上。西蒙娜当时担心自己真的会死在这里，她抱上两个女儿向邻居求助，对方刚从巴西东北部搬来罗西尼亚。西蒙娜解释说丈夫威胁说要杀了她，然后求邻居让自己和女儿从他们家的窗户逃出去。“你老公不是个黑帮吗？”邻居问道。“不，完全不沾边。”西蒙娜说了谎。

西蒙娜躲进了朋友的公寓里，她朋友正怀着孕，肚子已经很大。逃跑路上，女儿小泰伊娜说：“妈妈你自己去吧，爸爸不敢把我怎么样的。”西蒙娜打消了这个念头，因为现在把女儿留下意味着还得回来接她。此时此刻，她跑得离内姆和罗西尼亚越远越好。

内姆在街头公开悬赏 10 万雷亚尔，谁能找到西蒙娜，谁就能拿到这一大笔钱。他声称西蒙娜带着他的孩子从罗西尼亚溜走了。内姆手中扣着西蒙娜的手机，他把电话号码上下翻了一遍，想弄清楚她究竟躲去哪里了。

西蒙娜感到恼火，她碰巧来了月经，只好让怀孕的朋友帮忙买棉条。纯粹出于巧合，当这个还有两个月就要分娩的女人拿着棉条走出超市时，内姆就在外面。他马上认出了她，虽然他只见过西蒙娜和她在一起一次。对方没有任何选择，只好领着内姆去了自己家。

此时，内姆的愤怒正逐渐消退。他发火时正在气头上，但怒气很快就会散去，随之而来的是悔恨。就像现在这样。内姆没有进行报复，而是把砸坏的家具都换成了新的。他和西蒙娜再也没有提起过这个话题，在分开几个月后重修于好。

整件事建立在一条悖谬的准则之上。哪怕有些微的迹象表明自己的女人与其他男人有染，都会被帮派分子视为对自身荣誉的玷污，绝对不能容忍——无论这些男人正同时和多少女人保持着亲密关系。更要命的是，内姆的众多前女友都发现，哪怕在分手之后，这条不成文的法规仍然继续生效。她们必须小心谨慎，这事关生死。

西蒙娜已经习惯了时不时爆发的激烈冲突。“砸家具事件”过去没多久，就在第一街举办的派对上，内姆最新的女朋友讥讽了她。这个女人名叫拉克尔（Raquel），也给内姆生了一个孩子。当内姆转过身后，拉克尔比画着向西蒙娜示意:内姆是她的，而且是属于她一个人的。她似乎在说西蒙娜是个失败者。

西蒙娜当时在一家面包房工作，她留意到拉克尔每天上下班都会经过这里。一天，她从柜台后面冲出去袭击拉克尔。“我看到她了，然后就好好教训了她一顿。”她承认道。西蒙娜的母亲看到了这一幕，大喊着叫她住手，因为拉克尔看起来比西蒙娜要年轻许多。西蒙娜吼了回去："她既然够年纪偷别人的男人，肯定也够年纪挨一顿打了！"

但处境最糟糕的可能是瓦内萨。她要照顾孩子们，也不可能再去寻找新的伴侣。她的丈夫成了贫民窟的毒王，其他男人都视她为"禁区"。大家连看都不敢看她一眼，更别说和她出去约会了。

虽然内姆尽全力将罗西尼亚的暴力事件降到了最低水平，他本人却一直遵循着整个巴西社会（包括贫民窟在内）特有的大男子主义传统。这不仅仅是文化传承，还事关政治力量。内姆认为自己别无选择，为了保障自己的权威，他在对待自己的女人们时必须要表现得专制高压，甚至暴力。关起门来，女人们想怎么抱怨都可以。但在众人面前，她们的一举一动必须符合他身为首领的地位。

1997 年，一个住在马勒区的 13 岁女孩怀孕了。在整个里约热内卢，马雷区是最危险的社区，扩张也最为散乱无序。在女孩的童年时期，这里时常发生枪战，不是发生在敌对帮派之间，就是发生在帮派和警察之间。当时有条不成文的规定：不要在晚上 9 点后出门，因为那时极有可能被卷入交火。

或许正是因为早年的生存经验，女孩锻炼出了强大的意志和自信心。发现女孩怀孕后，她的母亲感到十分痛苦，因为女儿自己都还是个孩子。但女孩不同意母亲的看法，她确信自己能养大这个孩子。她在一家游戏厅找到了一份工作，至于上学，那在她的生命里已经成了一件可有可无的事。准父亲才 18 岁，是个赌徒兼小偷，一直混迹于当地帮派，很不受女孩父母的喜欢。孩子出生后，这位准父亲估计也帮不上什么忙，女孩直到临盆前一刻还在工作，其中也有这个原因。

“未成年妈妈”名叫达努碧娅（Danúbia），这个名字十分独特，在巴西和其他地方都很少见。父母取名的灵感来源于一个曾经周游世界的邻居，他常提到一条蜿蜒而美丽的长河*，横穿了许多他曾到访或居住过的城市。这对父母决定用这条神秘的河流给女儿命名。生下孩子后，达努碧娅的人生变得很艰难。她是个异常有魅力的女性：一头染过的金发熠熠生辉、挺拔的颧骨、丰满的嘴唇和精致小巧的鼻子，从来不乏追求者。其中一两位还是在马雷区的地下世界赫赫有名的人物。

2006 年上半年，达努碧娅和一名来自罗西尼亚的女性好友一起去看了场流行乐演唱会，结束后，女友邀请她到自己家里去——从这一刻起，一切都变了。达努碧娅当时 21 岁，她从来没见过像罗西尼亚这样刺激的地方。这里很像马雷区，却没有那种毒品帮派长期交战带来的紧张氛围。这里的商业区也比她家乡的更繁华，有数不清的酒吧、零售商店和美甲沙龙。

就是在那次拜访罗西尼亚时，达努碧娅第一次见到内姆。那时内姆已经和瓦内萨分居，并开始办理离婚手续，但两人在

---

* 指多瑙河（Danube）。——编者注

法律上仍然是婚姻关系。“他告诉我自己未婚，”达努碧娅笃定地说，“还说他自己一个人住，然后就把我带回家了。”在权力和成功光环的加持下，内姆散发出了超凡的吸引力，虽然他更倾向于自我欺骗，认为自己这么讨人喜欢是因为生来就有魅力。“有一次，两个女生直接上来跟我搭讪，因为她们觉得我很有趣，”内姆声称，“她们根本不知道我是谁。”当他这么告诉我时，我觉得他对此辩解得也太多了。他也许真的是这么想的，但那只是在自己骗自己罢了。

达努碧娅是个精力充沛的派对女孩，几乎本能地懂得如何利用自己的美貌。虽然和我见面时，她已经成了大坎普的监狱寡妇，但她的神情仍带有年轻人的天真，这更增添了她的魅力。第一次见到内姆后，两人只是聊了会儿天。一周后，她收到朋友的信息，告知内姆希望邀请她再来罗西尼亚。她的朋友组织了一次户外烧烤。达努碧娅欣然受邀，就在那一晚，她成了内姆的恋人。没过几个月，两人就开始计划结婚。

内姆疯狂迷恋上达努碧娅，不停地给她买巧克力、鲜花、衣服和任何她想要的东西。从内姆遇见她的第一秒钟开始，达努碧娅清楚地记得：“他就表现得很善妒。他不喜欢我在游戏厅工作，因为那里总有成群的男人晃来晃去。所以他很快劝我辞掉工作搬来罗西尼亚，我就照做了。”

瓦内萨此时已经受够了内姆，她很清楚两人的婚姻已经走到尽头。但西蒙娜直到亲眼看见内姆和达努碧娅之间有多亲密，而他又是如何当着大家的面骄傲地夸耀达努碧娅时，才意识到自己也被抛弃了。“我一开始以为他们只是一时兴起。”西蒙娜说。有一天，她在一家名叫“泡泡”的夜店偶然碰到这对恋人。“我看见他像介绍女王一样把她介绍给在场所有人，我明白这一切已经无法挽回了。”

母亲不断劝告达努碧娅谨慎点。她亲眼见证了女儿过往恋情造成的后果，觉得女儿已经被这些职业可疑的败家子伤害得够多了。而且她很清楚内姆是谁。但达努碧娅心意已决——2006年4月1日，他们正式结为夫妻。达努碧娅至今仍保留着一封内姆写给她的信，在信中，内姆告诉她自己会把这一天铭记于心，“这一天将不再是愚人节，而是他找到真爱的纪念日”。达努碧娅享受着成为内姆妻子后的生活。她有动人的美貌，内姆有权力和金钱，他们两人结合在一起，就是罗西尼亚最耀眼的金童玉女。

第21章

复仇女神

1997年—2009年

2006年底，新上任的里约州州长赛尔吉奥·卡布拉尔任命了一位新官员，来“清理”日渐腐化的里约热内卢安全机构。何塞·马里亚诺·贝尔特拉姆当时正在巴西南部探亲，突然被卡布拉尔召回里约。当他赶回去后，州长和顾问们向他征询对安全状况的看法。贝尔特拉姆知道自己可能会接手一项重大工作，但他并不准备讨好任何人。他在禁毒部门工作多年，对里约了如指掌——他很清楚里约的警察系统一团糟。

贝尔特拉姆一向坦诚得让人放心，他对卡布拉尔和其他人说了非常多。军警和民事警察间毫无合作，几乎不可能协同行动；众多贫民窟间剑拔弩张，环境十分动荡；警察部门腐败严重；政客和民兵组织有牵连。最后他总结道：公共安全已经被众人弃之不顾。警方行动的形式和目的都只是事后应对，完全不是在解决里约热内卢当前面临的根本问题。更重要的是，在接下来的两年里，国际足联（FIFA）和国际奥委会（IOC）将会决定 2014 年世界杯和 2016 年奥运会的举办场地。巴西赢得世界杯主办资格的机会很大，而里约正全力为竞选奥运会主办城市做初期准备。

贝尔特拉姆回到家，以为这件事到此为止。几天后，卡布拉尔打电话给他，邀请他加入自己的内阁，担任公共安全部部长一职。贝尔特拉姆欣然接受。

20 世纪 90 年代末期，联邦警察局内部有一个由情报官组成的小组，规模虽小，但非常精干。小组的主要工作是绘制毒品批发商在巴西境内开拓出的路线图，而贝尔特拉姆正是其中不可或缺的一员。他往返于广袤的国土上，追踪大批可卡因货物的下落。这些货物不是在前往圣保罗或里约的路上，就是正要被运往伊斯坦布尔（销往欧洲市场的可卡因的早期集散点之一），再转运到阿姆斯特丹。他参与过约 450 场行动，缴获过 20 吨可卡因、50 架飞机、1100 余辆机动车，逮捕过约 1200 名国际贩毒涉案人员。*

贝尔特拉姆的追捕目标之一正是里约臭名昭著的罪犯：费尔南迪尼奥 · 贝拉–马尔。1997 年，就在巴西境内的瞭望点，贝尔特拉姆曾久久地望向对面的巴拉圭。两国边境线是一条炎热的道路，路面尘土飞扬。而贝拉–马尔本人就在路的另一头回望他。

---

* José Mariano Beltrame, *Todo Dia É Segunda-Feira* (Rio de Janeiro: Sextante, 2014), 55. 大部分有关贝尔特拉姆的信息来自他的自传和我在 2013 年和 2014 年对他进行的两次采访。

通缉贝拉-马尔的不仅是巴西，在哥伦比亚的卡利贩毒集团两兄弟被逮捕后，贝拉-马尔就成了南美洲最知名的毒贩，哥伦比亚、欧洲，还有美国缉毒局（Drug Enforcement Administration）都紧盯着他。但只要他待在巴拉圭，就没人动得了他——这里的政府官员都在他的控制之中。

贝拉-马尔会轻声一笑，挥挥手同联邦警察局派来的人打个招呼，他很清楚贝尔特拉姆和同事无权穿过这条路逮捕他。他有什么理由回到祖国呢？他在巴拉圭过着锦衣玉食的生活。至少眼下他很安全，他能继续组织毒品批发生意，带它们穿过巴西运往苏里南，再从那里运往世界的各个角落。

贝拉-马尔的妻子杰奎琳（Jacqueline）穿梭于巴西和巴拉圭之间，每当杰奎琳入境巴西，贝尔特拉姆就会确保有人跟踪她。但对于贝拉-马尔本人，联邦警察局能做的却很有限。直到四年后，哥伦比亚警察局才开始和贝尔特拉姆的同事、美国缉毒局以及中央情报局合作，并在亚马孙雨林深处一个名叫“狗头岭”的地方逮捕了贝拉-马尔。贝拉-马尔和哥伦比亚革命团体兼可卡因制造商 FARC 关系密切，以为自己在哥伦比亚也能高枕无忧。被逮捕后，贝拉-马尔随即遭到遣返，之后一直在巴西监狱服刑。

贝尔特拉姆来自巴西南里奥格兰德州，是个高乔人（Gaúcho），这是巴西境内最独特的文化群体之一。潘帕斯草原横跨阿根廷东北部、巴西和乌拉圭的最南部，一直到 19 世纪，这片肥沃的低地都由印第安人、葡萄牙人和非洲奴隶的后代们统治。随后成千上万的欧洲移民也加入其中，他们大多来自德国和意大利。贝尔特拉姆的祖辈是意大利农民，他在一个小镇长大，他们家族并不富有，但在那儿很受尊重。他和兄弟姐妹们在学校成绩优异，充分利用了教育带来的机会。在通过严格测试并加入联邦警察局后，贝尔特拉姆还接受了律师培训。尽管由于工作原因，贝尔特拉姆永远不知道自己接下来会到哪里去，但他依然定期回家和亲人相聚。

2002 年 5 月，就在开车回家途中，贝尔特拉姆接到妹妹家女仆打来的电话。电话那头的女仆几近崩溃，勉力才告诉他发生了什么：妹妹的前夫之前接到了法院限制令，禁止他接近前妻，但他刚刚骗进了家门。几分钟后，女仆听到两声枪响。

到达妹妹的公寓后，迎接贝尔特拉姆的是可怕的一幕。“那场景太恐怖了。安娜 · 尤妮斯（Ana Enice）浑身是血，两只脚抵在按摩浴缸的边上，若昂 · 阿尔贝托（Joao Alberto）就倒在她身旁。两个人都已经死了，一切都无可挽回了。他朝我妹妹的脖子上开了一枪，然后立刻开枪自杀，子弹打在他的下巴上，击碎了骨头，然后穿过了他的大脑。”*

至亲离去，还没来得及感到悲痛，贝尔特拉姆就面临一个艰难的选择。妹妹生前留下了两个孩子：一个 7 岁，一个 11 岁，他们该怎么办？假如贝尔特拉姆亲自照顾他们，那就得牺牲自己的事业：他累积的所有经验，他对巴西毒品交易的详尽了解，

---

* Beltrame, *Todo Dia É Segunda-Feira*, 48.

都将跟着他一起留在南里奥格兰德州的小镇里。何况父母死时，两个孩子就在公寓里，他明白孩子们遭受了巨大的创伤。

令贝尔特拉姆如释重负的是，他的姐姐——一位受人尊敬的巴西驻乌拉圭外交官——决定“牺牲她的事业，来保住我的”。*

一年后，贝尔特拉姆被调到了里约，加入一个名为“支助团”（Mission Support）的情报小组。该小组的主要任务是监测并摸清在里约活动的犯罪集团。成员们被要求保持低调，因为他们不想引起联邦警察、民事警察和军事警察内大量腐败官员的注意。

对贝尔特拉姆来说，那是一段艰难的时期，他不得不直面里约最黑暗的一面，住在军营里，也不再有时间回去探望亲人。但接下来的三年内，贝尔特拉姆了解到了大量里约市内犯罪和贪污的信息，以及帮派斗争的复杂细节。他得出结论：军事警察和民事警察之间积怨已久，这让任何控制局势的努力都成了徒劳。此外他还意识到，除非州政府积极地同贫民窟和当地居民建立联系，解决他们面临的经济和社会问题，否则绝无可能赢得这场反对暴力的战争。贝尔特拉姆观察到贫民窟居民对警察只有恐惧和轻蔑，这种状况如果无法得到改善，里约热内卢将注定成为一座被诅咒的城市。

---

* Beltrame, *Todo Dia É Segunda-Feira*, 49.

第22章

里约之战

2006年—2008年

就在何塞·马里亚诺·贝尔特拉姆就任公共安全部部长四天前，里约被点燃了。2006年圣诞节到2007年元旦期间本该洋溢着假日气息，却发生了一系列凶残的袭击事件。参与袭击的帮派分子大多从属于红色司令部，他们沿途四处开火、引爆燃烧弹，主要的攻击目标是军事警察的警车和警察局。

骚乱开始得毫无预兆，十几名年轻枪手在市内20多处地点协同作战，最终导致19人死亡。最骇人的事件发生在12月28日早晨，事发地点就在阿莱芒区北边不远处。15个蒙面持枪者拦下一辆长途大巴，车内有28人，正从里约州北面的圣埃斯皮里图州（Espírito Santo）向西开往圣保罗。司机在沿着贯穿里约东西的干线公路巴西大道（Avenida Brasil）行驶时被迫停车。歹徒们用汽油和燃烧瓶点燃了大巴，然后在一旁看着绝望的乘客们拼命击破车窗逃出来。“我不知道自己哪儿来的力气，先是挤到大巴过道上，然后从车窗跳了出去，”一位女性幸存者讲道，“我觉得自己快被烤焦了。”* 七人在袭击中被活活烧死，还有一人在送去医院两天后不治身亡。那些成功逃离的人只能冒着子弹，缓慢穿过巴西大道。歹徒们正对着他们胡乱开枪。

城市各处都有妇女和儿童中弹，歹徒在繁忙的大道上拿着机关枪朝任何可能有警车或巡警的地方开火。

根据监狱情报服务机构提供的信息，下令发动袭击的是红色司令部目前的首领：副总裁马西尼奥。令即将卸任的部长罗西尼亚·加罗蒂尼奥（Rosinha Garotinho）颜面扫地的是，据说政府情报部门早就收到了会发生恐怖袭击的情报，但却没有采取任何行动。

红色司令部发动这次袭击，似乎是因为民兵组织侵占了他们的要塞——特别是阿德乌斯（Adeus）贫民窟，那里紧邻红色司令部的大本营阿莱芒区。事实上，在红色司令部眼里，民兵组织就相当于正规警察部队的分支机构，所以他们决意采取这种手段来对付民兵组织。他们的灵感或许来源于另外一起类似事件：当年年初的时候，第一指挥部在圣保罗发起了一系列恐怖袭击。当时第一指挥部和军警在城市周边展开激烈战斗，在长达两到三天的时间内，这座巴西的经济之都几乎被封锁了。超过 120 人在骚乱中丧生。发生在里约的袭击造成的伤亡较少，但在袭击场所上更加肆无忌惮，大多都发生在商业区和行政区。

---

* 见 2006 年 12 月 28 日的报道：http://news.bbc.co.uk/1/hi/world/americas/6214299.stm。

在此期间，罗西尼亚却风平浪静。红色司令部和地方政府的战斗跟他们毫无关系。更何况现在生意运行平稳，也没有人会来干涉。贝尔特拉姆十分清楚内姆这号人物的价值所在，他给这个被全里约最富有的区域环绕着的贫民窟带来了稳定与平静。“内姆管理下的罗西尼亚从来都不是一个特别暴力的地方，”他承认，“他们总是对赚钱更感兴趣。”至少在 2006 年年底，全里约最大的贫民窟没有跟着一起造反，这对警方来说是个巨大的安慰，因为整个城市的安保部门已经透支到了极限。

内姆坚定地认为政府无论如何都该感谢他当时的克制。“要是我答应加入（那次暴乱）的话，”他怒喝道，“警察根本阻止不了我们。你想，兄弟会、纯第三司令部和红色司令部一起扫荡里约热内卢？他们就算把军队叫来都无济于事。”政府之所以有这样的好运气，全仰仗他第一天做出的判断。“一开始我就觉得这件事是错的。”

如果说贝尔特拉姆之前还未意识到自己自 2007 年 1 月起接任的工作需要面对如此复杂的局面和庞大的问题，他现在已经意识到了。压在他和下一任州长卡布拉尔身上的压力足有千斤重。《纽约时报》曾报道，这些袭击让卡布拉尔和他的新团队意识到不能和毒贩正面交锋。而 BBC 则在报道中引用当地居民的说法：里约仿佛正处在战火之中。

普通的里约居民本就时常焦虑，更何况这里预计在 2007 年夏天举办第 15 届泛美运动会。如果那时再爆发一次大规模骚动，巴西一定无力应对。同年 10 月，国际足协也将决定 2014 年世界杯的主办国。假如国际媒体继续将里约形容成“世界上最暴力的城市之一”*,巴西中选的愿景也会化为泡影。巴西是赢得世界杯次数最多的国家，被誉为地球上最伟大的“足球之国”，巴西人迫切想在自己的主场夺得桂冠。

卢拉总统立刻调拨联邦资源协助里约市政府。军事警察老掉牙的警车都换成了新的，城市中开始大量铺设监控设备。卢拉刚刚连任总统，人气和影响力都正值巅峰。巴西的声誉也在世界范围内一飞冲天。取得 2014 年世界杯举办权之后，这个国家无疑已经来到一个历史性的拐角。所有人都明白，开弓没有回头箭。

里约发生袭击事件前夕，贝尔特拉姆和卡布拉尔已经决心对红色司令部重拳出击。贝尔特拉姆确认阿莱芒区成了里约市“名副其实的犯罪监管机构”。他派出大队人马进入该贫民窟铲除毒品、枪支和高级帮派分子。但这队人马并没有在阿莱芒常驻，结果红色司令部很快恢复了元气。这次行动展现了官方的决心和意图，在里约其他地方都收到了不错的反响。媒体的焦点都落在其中一个人物身上：民事警察莱昂纳多 · 托雷斯（Leonardo Torres）巡官，绰号“雷霆”。记者拍到了这个长得像《第一滴血》（*Rambo*）中的主角的男人叼着雪茄在阿莱芒区搜寻的照片。卡布拉尔州长尤其喜欢这张照片，甚至想劝说一位制造商好友生产一系列“雷霆”巡官的手办。贝尔特拉姆熟悉贫民窟居民的

* 讽刺的是，里约的暴力水平实际上正稳定下降。认知是关键。

敏感心态，于是劝说卡布拉尔放弃这个念头：这并不会赢得人们的心。于是州长默默放弃了这个奇思妙想。

这次扫荡阿莱芒区的行动被视为暂时性措施。要确保里约未来的发展，必须出台新的长期政策。过去几十年来，州政府一直可耻地忽视着贫民窟和生活在里约的穷人，而新政策必须弥补这一过失。2008 年末，卡布拉尔宣布了他的新策略："平定计划警察分队"（Unidade de Polícia Pacificadora），葡萄牙语中写作 pacificação，通常用参与这一项目的警察分队的缩写 UPP 来指代。

平定计划是一项野心勃勃的计划。过去曾有人尝试开展类似项目，但没能争取到必要的政治支持。这次情况有所不同。2006 年选举出的联邦政府是如今掌控里约州的政府联盟的盟友，并且在两年后掌控了里约的市政府。数年以来，政府首次有机会推行大胆的公共安全政策，而不必担心因党派纷争受阻。

在选举宣言中，卡布拉尔承诺会为巴西不容乐观的公共安全问题做些什么。彼时他并没有具体的政策，但在赢得选举后，卡布拉尔很快委托了一个顾问小组来解决长期困扰里约的公共安全危机，里面的成员来自不同领域，有私人顾问，也有公共顾问。

18 个月后，两件事被顾问小组视为当务之急。第一件事是整治糟糕的警察部门。在 2007 年的一次民意调查中，92% 的人表示对军事警察缺乏信任，民事警察则"略胜一筹"：87% 的投票者对他们完全不信任，或只有一点信任。*

第二件事是重建州政府对贫民窟的控制，在毒贩和民兵自卫队控制的地区部署大量警察，并长期驻扎。顾问团队认为，尽管这个方案耗资巨大，但它创造的稳定局面所带来的利润足以抵消开支。

平定计划的主要目的不是彻底根除里约市内的毒品交易（通常集中在贫民窟内），而是遏制暴力事件并减少流通的军火数量。贝尔特拉姆将这两种观念明确区分开来。他承认，里约各个社区对毒品有大量需求，这座城市邻近生产和加工毒品的地区，毒品贸易能产生巨大的利润，这些都表明阻止毒品交易这个目标相当不切实际。

虽然无法将整个毒品行业连根拔起，但贝尔特拉姆确信自己的策略能够有效降低城市里暴力事件的发生频率，尽管这意味着要与贩毒集团正面交锋，消除或最起码弱化他们的影响力。

这一战略还涉及 BOPE 和巴西军方等在内的特种部队，如有必要，这些部队将被调往贫民窟，起到震慑作用。他们的主要目的是除去盘踞在各自领地的贩毒团伙，逮捕、击杀或驱逐团伙内的首脑人物。在初步武装入侵过后，政府会在贫民窟内建立起新的警察分队。

理论上来说，等新的分队赢得当地民众的信任后，接下来的工作就会变成“社会性 UPP”。根据设想，这一项目的内容包

* Instituto de Segurança Pública, Rio de Janeiro, 2007.

括建立卫生保健中心、孤儿院、学校和其他社会服务机构，好展现铁拳背后的善意初衷。

贝尔特拉姆本人始终否认采取平定计划这一措施与里约接下来要主办两场国际体育盛事有关。他的言论前后一致，充满热情，从中可以看出他发自内心地认为政府忽视贫民窟是不道德且有罪的。他衷心拥护新政理念："过去50年来，是政府抛弃了贫民窟。全世界都知道，里约已经被切割成一个个犯罪孤岛。这次占领行动拉开了序幕，让'正式的、公共的'城市能够第一次进入那些'非正式的、地下的'城中城里去。里约热内卢的割裂，出租车司机能看到、政客们能看到、社会学家能看到、记者们能看到，每一个人都能清清楚楚地看到。但在我们选择平定计划前，没有人能为此做些什么——这里面有政治的原因，也有腐败的原因。"以巴西政治家的标准来看，这些话足够坦诚和有力，但能否落实就有待观察了。

2006年12月底横扫里约的暴力事件还留下了一个惊人的注脚。情报显示，红色司令部不仅希望借此威胁警察和民兵组织，还希望趁乱重新夺回对罗西尼亚的控制权。

内姆和兄弟会与发生在12月的这次暴乱没有任何关系，他们也没有理由搅和进去。内姆的策略是控制暴力和促进经济发展。罗西尼亚此时正在全面复兴，很快就成了里约市内最酷的地标之一，而阿莱芒区和其他红色司令部治下的地区则依然战火纷飞。

第23章

黄金时代

2007年—2009年

一天，一名年轻女人引起了民事警察的注意。她牵着一只穿着量身定制的马甲、戴着牛仔帽的卷尾猴，在罗西尼亚底部溜达。这名警员当即注意到了她和这只猴子保镖。“太显眼了。”他回忆道。就像许多紧跟罗西尼亚时事的人一样，警察知道内姆本人有一只宠物。那是只名叫“小巴拉”（Chico-Bala）的卷尾猴，在当地很有名气，很喜欢和罗西尼亚的居民们一起遛弯儿。

内姆视这只猴子为掌上明珠，猴子也很亲近内姆。睡觉时，小巴拉会把头枕在内姆的臂弯，或用尾巴卷住他的脖子。内姆每周都会用强生婴儿洗发液给它洗一次澡。达努碧娅也喜欢养宠物，内姆无法满足她的首选——豹猫，于是给她搞到了一条蛇。

小巴拉信任人类，对所有人都很友好，所以才会和那个女孩一起在罗西尼亚底部闲逛。因此，当警察要求女孩把猴子交出来时，它也没有反抗。

得知宠物被绑架后，内姆怒不可遏。不久后，他收到一张纸条，对方要求支付 7.5 万雷亚尔的赎金。他派出手下乌尔索（Urso）前去追查。乌尔索长着一把大胡子，曾经是个环保局官员，在罗西尼亚和其他许多地方从事过动物相关的工作。民警传来的消息隐约透露出小巴拉的踪迹，乌尔索决定顺藤摸瓜。他造访了北区、造访了消防站、造访了联邦环境保护局野生动物分诊中心。但小巴拉仍然无迹可寻。

内姆意识到自己永远失去了小巴拉。随后他收到了一系列替代品，它们各有可爱之处，但没有一只能填补他心中的空洞。其中有只猴子特别喜欢坐着摩的——罗西尼亚最流行的私人交通工具——出去兜风。只要有摩的停在内姆位于卡丘帕区的公寓门口，这只猴子就会跳上后座兜一圈。

内姆和乌尔索不知道的是，小巴拉在被绑架后不久就死了。它在距离巴西大道几千米远的地方从警车里掉了出来。没人知道它是自己跳的还是被推出去的。

小巴拉是贫民窟里的流行明星。每当内姆出现在放克舞会现场，这只猴子都是队伍中不可或缺的一员。有时内姆会穿着弗拉门戈队的 T 恤和短裤，有时会戴着一条粗大的金链子，上面串着一枚刻有“MESTRE”*字样的白金吊坠。走在最前面的是安保队，全副武装且队列整齐，后面跟着内姆本人，偶尔他会骑着一辆小型摩托车，显得格格不入。小巴拉会蹲在内姆的

---

* 大师（Master）是内姆最受欢迎的昵称之一。

肩膀上，穿着马甲，戴着帽子，安保队的另一半人马紧随其后。当内姆离观看音乐会的VIP包厢越来越近时，DJ会来一段说唱向他致敬：

> 在罗西尼亚，在维德加尔，我们都有人罩
> 让他们来，我们是老大
> 枪在手边时刻准备着
> 为了那个名叫“MESTRE”的男人和他战无不胜的队伍
> 我们的力量与日俱增，我们的名声
> 传遍全球，记者们写写写个不停
> 罗西尼亚的强盗活得很快活
> 我们开着大黄蜂（Hornets）四处兜风
> 各色美女都往我们身上扑
> 看看吧，我们披金戴银、口袋满满
> 都是现金，我们穿着欧克利（Okley），鳄鱼（Lacoste）和杜嘉班纳（Dolce Gabbana）
> 当战火燃起，我们永远待命
> 扛起我们的火箭炮和大枪
> MESTRE已经打造出一支完美的队伍来保护我们的金矿

这些仪式给人的感觉仿佛是罗马执政官正在帝国的偏远角落和众人狂欢，而罗西尼亚的年轻人就在其中纵情享乐。

2008 年 8 月的一个星期六傍晚，成群结队的年轻人涌入罗西尼亚。内姆和达努碧娅已经准备好在他们的包厢接待来客贾·鲁尔（Ja Rule）。几周前，一位旅居美国的老朋友联系上内姆，告诉他有位纽约的说唱歌手要来巴西表演，想把演出地点定在罗西尼亚。“除去其他原因外，”内姆说道，“我希望告诉外界这个社区实际上非常安全，不是什么人人带枪上街的‘法外之地’。”当然，这件事情对他也十分有利，毕竟没有哪个贫民窟敢夸下海口说自己能吸引国际巨星来办演唱会。

罗西尼亚人从未见过贾·鲁尔这样的大牌明星演唱会。在 VIP 包厢里，坐在内姆旁边的是足球巨星罗马里奥（Romário），罗马里奥身旁是每日调频广播（O Dia FM）的人，他们要全程直播这场活动。当那位引发了诸多争议的福音派牧师马科斯·佩雷拉（Marcos Pereira）* 和随行人员（都穿着米色的西服套装）出现在现场时，气氛变得更加火热。

马科斯牧师坚持要去贾·鲁尔的拖车参观，这可能让说唱明星觉得有点不自在了。自他踏进罗西尼亚那一刻起，就被浓浓的大麻烟雾包围着。内姆也被介绍给了贾·鲁尔认识，鉴于两人间的语言鸿沟几乎不可逾越，会面更像是种礼节。在三小时的漫长等待后，演唱会终于开始，随即取得了巨大的成功。

---

* 佩雷拉是末日神召会（the Assembly of God of the Latter-Day）的领导人，2013 年因连续强奸他在里约的会众被定罪，受害者中有人年仅 14 岁。他声称受害者被撒旦附身，只有与圣人发生性关系才能祛除。警方还怀疑他参与贩毒、谋杀和洗钱，但因缺少证据，指控未能成立。——编者注

全国媒体都欣喜若狂。

罗西尼亚成了各种新潮活动的会场，深受时髦人士喜爱，这一改变带来的影响巨大。不论是否有意为之，内姆正在将“罗西尼亚”打造成一个品牌。没过多久，他同意主办“同志骄傲游行”。这在大多数贫民窟完全不可能，不仅是出于安保考虑，更因为从各方面来看贫民窟居民的社会观念都非常保守。从这场游行可以看出，里约南区那种宽容放任的社会氛围已经扩散到了罗西尼亚，并在某种程度上改变了这里的价值观和生活方式。

现在这儿成了人人争相造访的贫民窟。它终于为自己赢得了“安全之地”的美名。这里的经济活跃、夜生活丰富多彩，每个人都想从中分得一杯羹。旅行团变得越来越有组织，当地的企业家也抓住了商业机会，细流般的游客瞬间变成了一条大河。

内姆和达努碧娅搬到了位于卡丘帕区的一栋房子里。以内姆的标准来看，这栋房子相当大。新家一共三层楼，屋顶专门用来开派对。整栋房子的装修风格很混搭，现代极简风配上 20 世纪 70 年代风格的家具，让人想起麦克 · 利（Mike Leigh）的戏剧《阿比盖尔的派对》（*Abigail's Party*）中的客厅。房子里还有一个放满各种酒的吧台和一台宽屏电视机。但是，这栋房子仍然无法和社会中上层位于莱伯伦、伊帕内马和科帕卡瓦纳区的现代豪宅相提并论，那些豪宅里有巨大的泳池和无边的草坪。按那个标准，内姆的房子不过是间装了儿童游泳池的乡下小屋。

毫无疑问，这对恋人受到了贫民窟的高度赞扬。目前为止，内姆已经有了好几个不同的绰号，其中最形象的一个就是“总统”。

在谈起那段日子时，内姆很热切地想要说服我，罗西尼亚的黄金时期和逐渐累积的权力从未冲昏他的头脑。他向我描述自己照常去学校接孩子放学，还告诉我他每星期五下午都会和童年好友踢球，风雨无阻。

内姆把自己描绘成一个普通人，只是碰巧运营着一个巨大的毒品帝国。但这些话同那些粗大的金链子、挥舞着枪的年轻随从还有战利品似的妻子们不相称，同那些唱赞歌的歌手、每一场演唱会和派对上的VIP座位也不相称。事实是内姆统治着一个人口近十万的社区，而他非常清楚这些权力的象征对成功至关重要。大多数罗西尼亚人都喜欢内姆：他是个浮夸的领袖，为这里带来了稳定、发展和强大的地方自豪感。当然，还有一个事实是内姆和其他人绕不开的：他的统治完全建立在军火和对暴力的垄断上。“那算不上什么民主社会，”他也同意，“但那也不是独裁，因为我总会把我的理由解释给普通居民听。”尽管身为领袖，但内姆却非常平易近人。居民们可以随时找内姆诉苦，他们也确实这样做了。

此外，他是贫民窟内唯一一支警察部队的老板，这支部队带来了可观的经济收益，而且在做艰难决定时会参考内姆的意见。他们处理的最严重的事往往都和X-9——也就是线人有关。

一日午后，乌尔索正在他位于城市公园的家中。城市公园是罗西尼亚的“延伸点”之一，毗邻加维亚区。乌尔索接到了卡赫劳（Carlão）的电话，后者是内姆的高级安保人员之一。卡赫劳告知一辆摩的正在接他去卡丘帕区的路上。乌尔索对卡赫劳心怀怨恨，他曾经接到老大的要求，帮卡赫劳弄到了一条漂亮的美洲鬣蜥。然而卡赫劳却疏于照料，让它死在了自己手里。

当乌尔索到达卡丘帕区时，内姆正在他家附近的一个篮球场玩足排球。乌尔索坐在长椅上，卡赫劳挥着一把 AK-47 站在下面。等游戏结束后，内姆随意地说道：“好吧，现在让我们把这件事捋清楚。”

内姆的另外一个手下小肥仔拿出笔记本电脑，点开一组照片，上面是乌尔索和一群警察的合影。乌尔索精通马伽术（Krav Maga），这是以色列军方的混合格斗术。乌尔索既训练警察，也训练帮派分子。“我早就和大家说清楚了，这就是我，这就是我的工作。”他对内姆说，“我不会歧视任何一方。”

看着这些照片，内姆对小肥仔说：“好吧，告诉大家你刚跟我说了什么。”

“我觉得他是个 X-9。”小肥仔回答道，然后把照片证据展示给每一个人看。

“继续。”内姆说。就在这时，卡赫劳走到小肥仔身旁，重重地打了一下他的头。

在那一刻，乌尔索意识到这就是在私设公堂，而他本人正站在被告席上。他相信自己死期将至，从长椅上站了起来。卡赫劳转身问内姆：“我们拿这个人怎么办，总裁先生？”此时乌尔索正在暗自考量要不要用马伽术来自卫。

内姆把玩着一把来复枪，说："我接下来要说的十分重要，所以你们每个人都给我听好了。罗西尼亚里里外外，谁是朋友，谁是敌人，我一清二楚。卡贝萨（Cabeça）是我的朋友。"他指着那个刚刚一起玩足排球的队友说道。"科波拉·汗（Kobra Khan）是我的朋友。"这是他给乌尔索起的绰号，既是对《宇宙的巨人希曼》（*He-Man and the Masters of the Universe*）中的角色致敬，也是对乌尔索本人处理野生动物的技巧的赞美。

"我的心脏咚，咚，咚，咚地跳着。"乌尔索回忆道。

内姆接着说道："我知道有关每个人的一切事情。你以为我不知道谁是 X-9 吗？何况在罗西尼亚这个地方。"球场一片死寂。"如果我想的话，我会叫他们来的，明白了吗？"

"我能看出来卡赫劳一直在找时机整我。"乌尔索回忆道。但内姆开口说话后，卡赫劳沉默了。内姆孜孜不倦的情报搜集工作——无论对象是罗西尼亚、生意、手下还是这里的居民——救了乌尔索一命。正当乌尔索准备离开时，内姆说："别忘了帮我的猴子取疫苗！"

"我当时仍然觉得自己一离开卡丘帕区就会死。"乌尔索回忆道。一群全副武装的年轻人目送他走出去。"没事了吧？"他问道，试图掩饰自己的恐惧。"没事了。"他们确认道。"但当我转身背对他们时，那是我一生中最恐惧的时刻之一。我以为他们会朝着我的后背开一枪，然后我就死了。"

内姆惩罚了小肥仔，他以为指控别人能帮他在组织里挣得一些名声。这种行为很常见，但也是有风险的，就像这次一样。小肥仔被带到一个地方挨了一顿猛揍。乌尔索知道小肥仔没有被干掉，因为事后他见到过小肥仔。

2009年，内姆的影响力达到顶点。他站在贫民窟的顶部。直至今日，他已经一手统治整个罗西尼亚近四年。对于毒王而言，这是一段十分长寿的政权。然而，名声越大，山下沥青区的人越会注意到他。不仅警察开始追踪他的一举一动，整个巴西公众都意识到了内姆的存在，好奇他在罗西尼亚的神秘地位。

一名记者对贫民窟产生了浓厚的兴趣，他名叫莱斯利·莱唐（Leslie Leitão）。莱唐是个非常顽强的人，在里约城内认识很多警察和律师，还在罗西尼亚内部培养了线人，其中一些人甚至和兄弟会的高层关系密切。他曾不止一次让警探艾斯特利塔和莱亚尔的努力付诸东流。两位警官曾通过窃听得知绍洛和碧碧要给他们的小儿子搞一场生日派对，地点不在罗西尼亚，而在蒂茹卡区。绍洛极少离开罗西尼亚，因为他是个通缉犯。这场生日派对对警察来说是绝佳的机会。派对开始前，警察开始密切监视该场地，并设法安装了大量监听设备和摄像头。警方认为这是他们有史以来最冒险、也是最有可能取得成果的情报行动。

但在派对当天早上，莱唐刊登了一篇报道，内容是罗西尼亚贩毒头目之一将在下午举行生日派对。结果绍洛和碧碧没有出面庆祝儿子的生日。艾斯特利塔和莱亚尔震怒的同时又无比困惑。莱唐是怎么知道这件事的？

还有一次，一群警察准备突击搜查内姆位于卡丘帕区的住所。当然，内姆的警察线人提前通知了他，警察没有在房子里找到人。然而在这次行动中，警察拿走了一本达努碧娅的相册，里面就有那张著名的照片：达努碧娅，内姆的妻子，站在一架即将游览里约热内卢的直升机旁。显然，警察部队中有人把照片泄露给了莱唐，后者把它们刊登在了里约的报纸《每日新闻》（*O Dia*）上 。

内姆很明白媒体的力量有多大，所以对莱唐的报道愤怒至极。这些照片被刊登在报纸上后，他命令下属开车去南区把这期报纸全都买下来。我问他这是不是真的。“哦，是的，”他笑着说道，“然后我把它们一把火烧了！”

“每个人都对我说，”我继续说道，“你这样做是不希望达努碧娅看到照片后不开心？”“不是，那不是理由，”他回答道，“因为里面有一张**我**的照片。”这样的话，这就成了一个安保问题。内姆不希望沥青区的人认出自己。当然，靠烧光报纸来应对这种情况绝对是异想天开——这些照片早就被放在网上了。

第24章

政治

2008年—2010年

卢拉总统最著名的政策创新就是“家庭补贴项目”（Bolsa Família）。该政策会为一定收入水平之下的家庭发放现金，但前提是这些家庭能证明自己的孩子是全日制学生。另外一项受人称赞的战略是“加速增长项目”（Programme of Accelerated Growth，PAC），这一项目旨在改善基础设施，特别是贫民窟和农村贫困地区的基础设施。

通过修建道路、学校、运动设施、卫生中心以及救济站，PAC 提高了居民的生活质量。当然，这一项目也产生了凯恩斯经济学的效果，为当地工人创造了就业机会。联邦资源被利用到极致，罗西尼亚从中获益匪浅。

突然向某个社区投资大笔现金必然会引起各方的兴趣，而这些人之前可能并没有精力注意到像罗西尼亚这样的地方。其中既包括有意参与基础设施建设的公司，也包括政党组织。对于后者来说，鉴于罗西尼亚的规模和日渐增长的影响力，那里是一个巨大的潜在选票池。

内姆本人也对议会代表很感兴趣。他已经坐稳了兄弟会罗西尼亚分区首领的位置；他的社会福利项目运行得很顺利；他能够炫耀自己美丽动人的妻子；他还是一位优秀又慷慨的父亲；他赞助的娱乐活动让罗西尼亚声名远扬。他现在觉得，自己作为社区的核心人物，理应对贫民窟政治事务拥有发言权。

2008年，市议会选举在即，两名候选人脱颖而出。第一位是“罗西尼亚的威廉”，罗西尼亚居民协会的前主席。*第二位被称作“克劳迪校长”（Claudinho da Academia），是本地桑巴舞学校的负责人，这个职位在当地很有影响力。和威廉一样，克劳迪也在罗西尼亚出生和长大。

内姆期望本地人能代表罗西尼亚出现在议会中，他同时出资赞助两位竞选人。威廉拒绝了内姆提供的助选金，因为他是毒王。但克劳迪没有顾虑这个，拿到内姆的资金后，他印了几百件竞选T恤，背面印着自己的名字，正面印着卢拉总统和最近当选的里约州州长卡布拉尔的名字。

克劳迪把自己和两位政治领袖联系起来，再加上同内姆的关系，想不赢得选票都难。事实上内姆非常确信，他的大力支持是克劳迪当选的决定性因素。“他当时在社区里还不算很有名气，”他解释道，“人们发现他是我的朋友后，他的支持率立刻

---

* 见第10章。

就上去了。在我看来，这就是他赢得选举的原因……有一次他来找我，告诉我他要搬到别的地方去住。我直截了当地告诉他：‘你是罗西尼亚的议员，你就得住在这儿。如果你搞不定这里的人，那你也搞不定我。’”

在社区内，克劳迪毫不避讳地宣传自己和内姆的关系。走出社区，他还受到了卡布拉尔及其副手费尔南多·佩佐（Fernando Pezão）的热情款待。* 卡布拉尔和佩佐似乎对克劳迪和内姆的关系毫无概念。如果他们真的对此一无所知，那他们的情报机构也太无能了。就在2008年年中，民事警察突击搜查了内姆的家。警方声称发现了一封内姆写的信，信中写道他绝不允许自己推举的候选人（克劳迪）在市议会选举中落败。† 卡布拉尔和佩佐不是凭空爬上今天的位置的，很难相信他们会没注意到这则消息。

内姆开始介入政治活动，虽然只是间接的，但已经越过了红线。对毒王而言，密切监控当地居民协会及其管理人员是一项传统。但支持一位候选人竞选市议员，随后竞选州议员，却是里约贩毒集团的政治活动中不曾有过的事。

就在几个月前，内姆失去了绍洛，失去了他宝贵的经验和敏锐。他的同事正想方设法离开这桩生意，就像鲁鲁在2004年去世前曾尝试过的那样。绍洛受够了压力和紧张，也厌倦了罗

---

* 佩佐于2014年10月被选举为卡布拉尔的继任者。

† 民事警察在一次突击搜查中没收了达努碧娅的相簿，随后该相簿莫名其妙地落到了莱唐手里。

西尼亚复杂的私人生活：他的妻子碧碧，他的女朋友玛塞拉，还有两个孩子。因此他将家人从里约送走，让他们搬去了东北部阿拉戈斯州的一个度假村。讽刺的是，他很快就被逮捕了。

实际上，内姆正孤身一人前往新的方向，他很脆弱，而且似乎拎不清自己有几斤几两了。他不是喜欢自己做决定的人，尽管父亲去世之后他就成了一个坚强的人，一直非常果断。不管什么事，内姆都会先征求其他人的意见（这些人在他看来和他智商相当），然后才会采取行动。绍洛走了，很多人都觉得这是个机会，可以对内姆施加自己的影响。

威廉怀疑内姆受到了以“无地农民运动”（Movimento dos Trabalhadores Rurais Sem Terra）成员为代表的左翼革命党人的影响。这场运动主要捍卫的是被剥夺财产的农民，还有因生计来到大城市，却流离失所、无家可归的移民的权利。更重要的是，威廉的一位政治支持者告诉他，新顾问正在说服内姆将野心拓展到毒品行业之外，参与到贫民窟的经济支柱产业中去，像是天然气和交通运输业。

政治家们都认为这是个好机会，他们可以利用贩毒集团的权势，全方位掌控贫民窟的生活——这是艾斯特利塔警探在调查内姆时得出的结论。零售业、出租车、摩的、天然气……每一样都有利可图。这里已经形成了某种民兵组织式的结构。20世纪80年代，可卡因颠覆了贫民窟的社会经济体系，红色司令部、第三司令部和兄弟会基本都靠毒品赚钱。在部分人看来，内姆采取的新模式正是民兵组织，也就是像北区的右翼法外自卫队那样，靠大规模敲诈控制的社区赚钱。

针对这类指控，内姆总会怒火滔天地出口反驳。但有一件事内姆没有否认，他在那段时期和一个人关系越来越密切：他的得力助手费让。两人从小就是好友，费让还是内姆其中一个孩子的教父。2010 年，费让当选居民协会领导，他当时还没有正式参与贩毒生意。内姆信任他，把钱交给他处理。费让曾被指控代表内姆洗钱，但最终被判无罪。

然而，情况变得越发复杂起来。2010 年，内姆在市议会中的“自己人”克劳迪因心脏病发作去世。克劳迪当时才 39 岁，而且刚开始竞选里约州州议员。假如竞选成功，这将是一次重大突破，内姆的影响力会进一步扩大。

克劳迪的支持者们转而支持另外一位新晋政客，此人同样背靠卡布拉尔和佩佐。和这位新候选人同台竞选的是威廉。威廉说就在选举开始前，内姆曾经打电话到他的办公室。内姆提出只要威廉退选,就可以拿到州议员薪资10倍的钱。威廉拒绝了，但还是输了。

内姆一直坚称，他支持克劳迪，是因为他想看到一个地道的罗西尼亚人代表社区在市议会发声。这也许是真的，尽管选择克劳迪算不上明智。他很少出现在市议会的会议上，发言机会寥寥无几，而在仅有的几次发言中都表现平平。

是不是在决定卷入政治的那一刻起，内姆就已经不自量力了？克劳迪死后，劳工党和同盟卡布拉尔空降了另一位候选人参选，这位候选人和罗西尼亚没有一点关系。从这一刻起，罗西尼亚的代表们都心照不宣地利用和内姆的间接联系来弥补自己在贫民窟内过于薄弱的政治声誉。内姆似乎并没有从中得到什么好处。现在内姆告诉我他终于有时间把这些想透了，他发现“政府有许多方法来利用我”。一些人曾受益于内姆的政治影响力和经济支持，但当内姆需要他们时，没一个人愿意拿自己的政治前途或性命冒险。

调查对象们向我详细描述了里约政界的当权者们是怎样利用内姆——通过直接或间接的接触——来确保自己能够支配贫民窟的：不论是那里的选民，还是那里的经济。这些都是令人信服的描述，但我无法用书面文件或宣誓证词来证实它们，因为证人们都噤若寒蝉。他们非常明确地告诉我，他们怕的不是内姆，而是政府的人。内姆则坚称“假如我把知道的秘密都说出来，好几个重量级政治家都得倒台”。我尽全力劝他吐露这些秘密，但他没有说。我想内姆也对此感到恐惧，我相信他说的都是真的。

2010 年 8 月，发生了一件需要内姆调用政府高层关系的事。生死关头，内姆的朋友全都不见人影。

第25章

洲际酒店

2010年8月

那是在 2010 年 8 月，某个星期六清晨。内姆当时刚参加完在维德加尔举办的派对，觉得筋疲力尽，决定撇下团队其他成员，自己先溜走。他乘上了一辆普通的面包车。直到不久前，这辆车还昼夜不停地在里约市内穿梭，接送人们往返贫民窟和工作场所。

大约 6 点左右，内姆在罗西尼亚和圣康拉多区之间的商场下了车。当他从车里出来时，一名军警突然从一辆停着的公交车后面绕了过来。他胸前斜挎着一把半自动步枪，内姆只有一把手枪。两人对视，一时僵持不动。就算这名军警没有认出眼前的是内姆本人，他也一定能看出来这是个罗西尼亚帮派分子。

“冷静。”内姆轻声说道。警官开始伸手去拿他的来复枪。“别这样，”内姆说，“别这样，你开枪的话地狱的门就要被打开了。”

警官停下动作。“好吧，冷静。”他同意了。

“好的，”内姆回应道，“你走你的，我走我的。我们都有家人在等我们。”警员点点头表示同意，然后两个男人飞快地朝反方向走去。

这是内姆距离和警察枪战最近的一次。他当时又紧张又害怕。这件事再次证明，内姆总能在极端情况下快速做出决策，避免最坏的情况发生。军警实际上选择了最理性的解决方法：他们都有可能杀掉或打伤对方。但不论谁先动手，交火的声音都会引来罗西尼亚的毒贩，这样他就很难活着走出去了。当内姆说假如他开枪，他们将身处地狱时，他知道内姆是对的。

内姆松了一口气，但心有余悸。这段遭遇让他忐忑不安。对于新的一天来说，这是个糟糕的开始。

这场离奇的冲突过去之后，内姆动用全身细胞才镇定下来，但当他逐渐冷静时，街上的情况却急转直下。7 点 45 分左右，一阵混乱的枪声从圣康拉多区方向传来，内姆当即意识到自己的手下一定卷进去了。此时电话响起，他急忙确认到底发生了什么。

事实上，里约市内还有几个地方也响起了急促的电话铃声。侦缉警司芭芭拉·隆巴（Barbara Lomba）一直盼着能在巴拉德蒂茹卡的家中过一个清闲的周末。8 点 15 分左右，电话响了，电话那头是一位碰巧住在圣康拉多区的老同事。“芭芭拉，”他说道，“你知道我们这里到底是怎么回事吗？外面他妈的打起枪战了。”

芭芭拉一边煮咖啡，一边跟丈夫商量。他也是警察，知道这是什么情况。他们有一个 6 岁大的儿子，但她显然只能把周末计划丢在一边了。不过往好的方向想，她在军警部门中担任的是侦缉警司，通常不需要在这种行动中冲到前线去。

芭芭拉现年 35 岁，过去十年中在军警部队中稳步高升，被视为队内最明智、最雷厉风行的女性警探之一。她的父母都是医生，她自己在决定职业道路前就读的是法律系。“我父母总是强调公共服务的重要性，”她解释道，“他们对公共医疗事业投入很多，这种服务意识也在我心里深深地扎了根。”这些训练将她领上了警察的道路。刚入警局时，芭芭拉参加过一门关于警务电子系统的培训课，而她的导师正是亚历山大 · 艾斯特利塔。

八年后，她已经是一个八人小组的领导，组员就包括艾斯特利塔。这是艾斯特利塔和莱亚尔调查内姆和兄弟会罗西尼亚分部的第三年。三位警官结下了非同寻常的战友情谊，协作异常高效。虽然芭芭拉比艾斯特利塔和莱亚尔都年轻，但这两个男人称她为“理想的上司”，一点都不羞于承认对她的欣赏之情。

他们不需要直接参与这场枪战的前线行动，但为了分析这场暴动的前因后果，小组必须到现场去。事件结束后，他们将负责与目击者谈话并提取证词。

在芭芭拉的指导下，艾斯特利塔和莱亚尔已经搜集到有关内姆和他同伙的海量信息。那时，芭芭拉已经了解为了避免正面冲突内姆愿意做到什么程度。在中产阶级聚居区大肆开火不是他的风格。如果他和他的手下与这次事件真的有关——虽然这种可能性非常大,那一定是出了很严重的问题。为了找出原因，她需要艾斯特利塔和莱亚尔的协助，假如她能把他们都找来的话。

几分钟后，在离里约市两小时车程的卡布弗里乌（Cabo Frio），电话铃声响起："艾斯特利塔，我们现在就得赶过去。"芭芭拉在电话那头说道。艾斯特利塔累极了，他的第一反应是挂电话。他认为圣康拉多区的枪战大概只是罗西尼亚人在找乐子。周日还要去上班简直就是噩梦。

莱亚尔正和妻子一起待在位于科帕卡瓦纳区的家中，这个挑染了一撮姜黄色头发的小巨人比艾斯特利塔更有意思。每当夜幕降临，莱亚尔的黑暗面也会随之浮现，他的第二人格是重金属乐队的主唱，乐队名叫"揭穿大脑"（Unmasked Brains）。和艾斯特利塔一样，莱亚尔是个敏锐的观察者，不论对象是环境还是人的心理。莱亚尔和艾斯特利塔之间培养出了很深的默契，甚至能互相说完对方想说的话。当莱亚尔接到出勤电话时，他像往常一样跨上自行车，一路骑到里约最著名的海滩旁的车站。

部长贝尔特拉姆刚刚在伊帕内马区挂了电话，那里离暴动发生地不远。他知道 BOPE 已经在前往圣保罗区的路上，有速报称一名警员中弹。这不是他第一次被紧急事件叫醒，已经出现伤亡报告，他必须立刻采取应对行动。

军事警察若泽·梅洛（José Melo）正躺在地上，膝盖上牢牢地嵌着一颗子弹。他和同事们贴着地面爬回了巡逻车。这辆车能挡住从大西洋方向射来的一阵弹雨，但他们还需要一辆车才能抵挡后方射来的子弹。通常情况下，毒贩们在维德加尔和罗西尼亚间穿梭时都会提前贿赂好军警，确保自己的车队畅通无阻。但梅洛警官和他的同事恰巧不在这个圈子里，他们没有收到允许这队人马通过的命令。这对内姆来说真是倒霉到家了。仿佛从这一刻开始，上帝就决定要和他玩个游戏。

出门遛狗、慢跑、买牛奶和报纸的圣康拉多普通居民在极度恐慌中四处逃散。警官们分散在巴西风情大道（Avenida Aquarela do Brasil）上。这是一条绿荫浓密的宽敞大道，两条车道被一块小小的水泥预留地分隔开。大道两旁坐落着一排排奢华住宅，后面高耸着罗西尼亚小山坡。前方往南大约 300 米就是壮观的沙滩和大西洋。

警官们的主要威胁就从这个方向来：大约 40 名内姆的手下此刻正盘踞在大道尽头，那里正靠海边。其中一些嗑药嗑嗨了，一些喝醉了，几乎所有人都严重缺乏睡眠——他们刚在维德加尔开了一整夜派对，距这儿也就 600 米左右。一辆白色面包车上下来了几个毒贩，还有 30 名左右的毒贩骑着摩托车，有两名骑着自行车。他们挑衅似的将半自动步枪的枪管指向天空。

没过几分钟，另一辆军事警察的警车从分隔风情大道和罗西尼亚的主干道上斜冲了出来。这辆车还没来得及折回主干道就遭到了枪击。车里的两位警官受了轻伤。毒贩们一窝蜂地冲过仙达斯（Sendas）超市，往他们的堡垒罗西尼亚的入口挺进。

第一批 BOPE 乘坐“大骷髅头”赶到后，将梅洛警官从地上救起。他们还看到在靠近毒贩的地方，有个女人脸朝下趴在人行道上。随后他们用无线电报告现场有人倒下了。

随着 BOPE 和援军不断赶到，毒贩们分散开来，朝不同的方向跑去。大多数人成功逃脱了，但一个 10 人左右的小队伍匆忙躲进最近的建筑物里：背靠圣康拉多海滩的五星级的洲际酒店。

比利时游客格特·波尔茨（Geert Poels）第一次来里约，昨天刚到酒店。他和弟弟巴尔特（Bart）刚好从酒店电梯出来，正盼着吃早餐。当电梯门打开时，两人惊讶地看到“几个中国人冲进了对面的电梯里”，然后又看到“大约九个穿着 T 恤衫和短裤的年轻人从酒店正门进来，手持大口径武器。大概有四个人背着双肩包，还有一个包着忍者头巾，只有眼睛露在外面。他们手里都拿着手枪、半自动步枪和手雷”。其中一名成员走上前来，用枪抵住格特的脖子，胁迫他和弟弟进入厨房。厨房的几个工作人员大吃一惊，枪就这样一直架在格特的喉咙上。

内姆安保队的高级成员罗热里奥 157（Rogério 157）开始打电话。他先把消息通报给罗西尼亚总部，称有 10 名成员被困在洲际酒店，他们手上控制着好几个人质。然后他又拨了一个号码，接下来的两个小时基本上都在通话。

在几千米之外的蒂茹卡区，记者克劳迪娅·莫妮卡（Claudia Mônica）正在熟睡，她好几个星期没休息了。然而手机铃声将她拽出了梦乡。被吵醒的克劳迪娅很是恼火，她看了一眼来电显示，是个陌生号码，然后把手机扔到一边，打算重新入睡。

但电话铃声再次响起。克劳迪娅以为这是说过要捉弄她的朋友打来的，对着电话喃喃道：“别烦我，我正在睡觉！”

“克劳迪娅，克劳迪娅——我是罗热里奥……你知道的……就是罗西尼亚的那个……你快来这里，克劳迪娅，我们需要你的帮助。我们在洲际酒店——我们有一群人都在这儿。”

最近几个月，莫妮卡在制作一系列有关罗西尼亚的纪录片。内姆对此事知情，但莫妮卡知道他并没有插手纪录片的剪辑。她结识了好几个兄弟会的高级成员，其中就有罗热里奥。十分钟后，克劳迪娅带上快没电的手机，坐上一辆前往圣康拉多的出租车，同时尽力和罗热里奥保持通话。

回到罗西尼亚，面对着正在上演的危机，内姆正被愤怒和失望淹没。只消片刻，他就明白这样的事会给自己精心经营的贫民窟战略带来毁灭性的影响。他给罗热里奥的指令非常清晰：“叫他们赶快自首，赶紧把人质都放了，别动一根头发！”然后内姆打电话给费让，让他在瓦莱奥区安排一场会议。他们一致同意让费让前往圣康拉多，协助谈判释放人质和自首的事。他毕竟是居民协会主席。

现在轮到内姆打电话了。他从一背包的手机中掏出一部，打给了最信任的律师。对方正从巴西利亚飞来，刚在里约内城的圣杜蒙特（Santos Dumont）机场降落。“我需要你以最快的速度过来一趟。”内姆说。

此时，消防员已经到达地上的女性尸体旁。媒体开始播报头条新闻：起先在里约，随后是全国，最后是全世界。报道均称这位死去的女性是圣康拉多本地居民，当时正搭乘一辆出租车回风情大道。这不是事实。死者名叫阿德里安娜·桑托斯（Adriana Santos），42岁，是罗西尼亚一家烟草店的副经理。当时她正和毒贩们从白色面包车上下来。没人知道杀死她的是警察还是自己人。

BOPE的谈判专家允许克劳迪娅·莫妮卡进入酒店，但她必须将双手绑在身后（应BOPE要求）。警察希望她的在场能让毒贩们冷静下来，以免造成更多伤亡。对于警察来说眼下的状况十分危急，在酒店发动突袭解救人质的风险过高，但他们不能放过任何可能性。对于轻微宿醉的克劳迪娅来说，这是她执行过的最为诡异危险的任务。

在酒店厨房里，另一个人质：意大利人贝亚特里切·阿尔贝蒂尼（Beatrice Albertini）注意到气氛已经缓和下来。“那八个把我们留在厨房里的人，手上至少有两到三件武器，”她事后回忆道，“每人手上都有一把半自动步枪和两把手枪，其中三个人的腰上还别着手榴弹。”毒贩们试着向旅客们保证：只要他们保持冷静，就不会出事。

贝亚特里切注意到，几名劫持者从背包里掏出了一沓纸，然后付之一炬。“他们还把SIM卡从手机里拔出来销毁了。”她解释道。就在人质的视线之外，两名毒贩正有步骤地破坏随身带着的笔记本电脑的硬盘。内姆坚称早有命令要毁掉那台电脑，因为他用它和其他女人搞外遇，不希望被达努碧娅发现。等工程师们拿到硬盘时，他们一个文件都没恢复出来。之后内姆告诉警探，那台电脑上唯一涉及生意的就是一些点30口径枪支的采购细节。

让我们回到民事警察局，芭芭拉、艾斯特利塔和莱亚尔正密切关注此事进展。“直到洲际酒店事件后，”艾斯特利塔解释道，“我们才意识到费让对组织的重要性。”费让代表内姆向下属们传达了明确信息：“马上投降自首，不要伤害任何人。”

在酒店内，克劳迪亚·莫妮卡注意到，当罗热里奥和同伴意识到要为老板牺牲时，连眼都没有眨一下。“我被他们对内姆的绝对忠诚震撼到了，他们当下就接受了被捕和坐牢都是工作的一部分。我真心觉得他们愿意为内姆去死。”她如此表述道。

两小时后，罗热里奥命令手下两人一组释放人质。最终，这些枪手主动举起双手，投入BOPE的怀抱，他们很快被带去了警局。现在起，警探芭芭拉、艾斯特利塔和莱亚尔要完成一项艰巨的任务——他们要弄明白刚刚究竟发生了什么。

接下来一周的新闻头条毫不留情，这也可以理解。对刚被确定为2016年奥运会举办地的里约热内卢而言，这次事件堪称奇耻大辱，尤其人质中还有前来度假的外国人。BBC、CNN和其他通讯社将这场闹剧传遍全球。巴西主要日报的读者来信版块上，人们要求“彻底处理此事”，号召警方入侵罗西尼亚，将内姆及其手下绳之以法。

大多数人不知情的是，官方的确正在逐步推进平定计划。进攻阿莱芒区的方案进展得十分顺利，那里是红色司令部在北区势力最强的地方。贝尔特拉姆和卡布拉尔州长十分担心红色司令部在阿莱芒区带来的威胁，甚至请求卢拉总统部署巴西海陆两军的人员及装备，保证这个庞大贫民窟周边地区的安全。总统同意了。

包括警探芭芭拉、艾斯特利塔和莱亚尔在内，一部分人认为就在那个星期六清晨，内姆其实是和40名成员一起从维德加尔往家走的，他和军警的正面冲突实际上发生在第一次枪战后试图逃离现场的过程中。但就像很多有关内姆的传言一样，没人能拿出证据来支撑这种假设。

内姆很清楚这次事件的分量。“你觉得我会怎么想呢？”他说道，“我知道现在只能把整个（生意）都停掉。而且越快越好。”尽管他反应迅速，决定让费让去圣康拉多谈判投降，但他当时就知道这一切可能已经太迟了。“这次事件是我领导生涯的败笔，”他承认道，“而我经不起任何失败。就在那时，上帝决定是时候和我玩玩了。”

他没有足够的公关能力去处理洲际酒店事件。贝尔特拉姆也许正计划采取行动将阿莱芒区重新纳入州政府的管辖。但2010年8月之后，智囊团很快将罗西尼亚提上了平定计划的日程。随着新闻头条一路从里约蔓延到纽约、伦敦甚至北京，一夜之间，内姆成了里约的头号公敌。

内姆的精神正在崩塌，冰冷的绝望感似乎爬遍了全身。律师现身了，这是内姆能百分之百信任的人。他双膝跪地乞求着，已经泪流满面。“我再也无法承受这一切了，”他说，“我需要你帮我走出这段人生。”

看来是时候重新思考了。

第四部分

净化

第26章

初次接触

2010年9月

从罗西尼亚出发，沿着拉戈阿湖至巴拉德蒂茹卡区的高速公路旁走五分钟，就能到达圣康拉多区的时尚商城。穿过门口站着的几个全套黑西装的沉默壮汉，就会来到一个温度适宜的空调房。其中一些店铺售卖的是高级时装，女售货员们化着浓妆、身材瘦削，等待着偶尔出现的有钱顾客。其他的大卖场则透露出典型的巴西风情，略显混乱，但摆出来的商品别具一格：不值钱的小摆件儿、书籍、哈瓦那牌（Havaianas）人字拖、玩具和文具，色调通常以蓝色、绿色、黄色为主。如今，点缀其间的还有走极简主义风格的手机运营商店铺，主色调是柔和的蓝色和紫色，似乎想把那些没人搞得懂的套餐优惠包装得诱人些。

美食广场几乎占据了整个一层。在一间咖啡店里，里约州情报部副部长里瓦尔多·巴尔博扎（Rivaldo Barbosa）在等律师到来。此时，情报部门的20名便衣警员正不动声色地在商城各处闲逛。即将进行的会面非常敏感，巴尔博扎完全有理由担心其间会出现一些令人不太愉快的意外。

这已经是巴尔博扎在这间商城里等待的第二天了。情况紧急，但巴尔博扎并不会自乱阵脚：他可是里约州有史以来最有条理的警察。在巴西空军接受气象员培训时，巴尔博扎学会了在工作中运用统计学、概率学并制定详细计划。现在，他把预测天气的技能用到了警探工作上。加入警队九年来，因为才华出众，他用闪电般的速度在警局内高升。他会用响亮而机械的声音告诉你，20%的谋杀案发生在早上6点到9点之间，还有——也许会吓你一跳——发生在星期四的谋杀案数量最多。他仔细钻研数据，想要借此了解人类肉欲、嫉妒和攻击的本能。不久前，贝尔特拉姆注意到了巴尔博扎的方法，并把他临时调到自己的情报局工作。

根据概率（虽然只是暂时的），巴尔博扎得出结论：总的来说，今天这场不寻常的会面值得一试。

前一天律师并未现身后，巴尔博扎拨过一通有意思的电话。和他通电话的人是内姆——最新出炉的头号全民公敌。内姆坦诚自己在考虑是否向巴尔博扎自首，希望跟他讨论一下。两年多后，我试图从巴尔博扎先生口中确认这通电话的内容，但他既没有肯定这通电话的存在，也没有否定，尽管他承认自己的确和律师有过会面。然而内姆和他的律师都坚称，内姆和巴尔博扎确实交谈过：他们发过邮件，也打过电话。

两人要讨论的这个想法令人震惊，且前所未有：这名巴西毒品犯罪组织的高级领导希望商量一下自首的事。之前曾经有做过警方线人的低级成员这么干过，但像内姆这个级别还不是线人的，从来没有过。

讽刺的是，在警察内部找联系人对内姆来说有点困难。他曾经通过律师和一名联邦警察局高级警官协商，但毫无成果。那位警官表示，假如内姆愿意交出所有贿赂过的警员详情，包括姓名、日期、贿赂金额等，那他也许会考虑谈谈。但内姆和律师都觉得这连个正经回应都算不上。

内姆越发觉得自己无力负担毒王这份工作：他要搞定组织内部争强好胜的自大狂，要应付几名喜欢胡乱开枪的手下，同时还要满足贫民窟的其他商业需求。他承受着一个高压管理岗位通常会有的压力，但其他管理层不会像这份职业那样动辄涉及生死。

两年前，内姆曾确定过一名继位者，并悉心栽培对方接手毒王这个位置。“达尼（Dani）聪明过人，”内姆解释道，“但他偶尔也让我抓狂，因为他喜欢羞辱别人，所以我时不时就得训他一顿。但他具有真正的领袖品质。”然而，2008年年底，达尼在兄弟会控制下的“猴子山”（Morro dos Macacos）贫民窟参加派对时被人谋杀。内姆说从那之后，他再没遇到过一个有能力接替他掌管罗西尼亚的人。

既然内姆现在准备自首，那他一定已经有了明确的继位人选。如果没有，内姆坚称，罗西尼亚定会再次陷入内战。内姆下定决心不再重复鲁鲁和贝姆特维的错误，他把目光锁定在了一位年轻却十分能干的成员身上——蝌蚪（Tadpole）。但他还需要一点时间来确保各方都能接受这个决定。

尽管内姆从未跟我提起过，但我非常确信他当时悄悄储存了大量资产，好保证自己能拥有平静的退休生活。那一定不是个小数目，毕竟他有七个孩子，一个挥金如土的妻子，还有母亲。他的前妻们可能也会拿到好处。假如他能靠在牢里蹲上十年或更久来平息此事，这笔交易似乎也没那么不划算？

毒王们不轻易冒险向警方自首当然是有原因的，直到今天都是如此。这样做会激起同志们的怀疑，无论是兄弟会还是其他分部，甚至连第一指挥部（圣保罗最大的有组织犯罪集团）的联络人都可能会做此反应。对于组织内部和外部的人员来说，这可能意味着对方一早就和警方有染，在监狱里的生活会变得非常危险。

内姆解释说，自己自首是为了确保家人安全。假如他作为通缉犯逍遥法外，随着平定行动进一步展开，他妻子、孩子和家人的生命安全都将无法得到保障。一些亲信表示内姆也很担忧自己的性命，他认为自己很有可能会被对手或警察杀死。

内姆向亲信们坦言，假如真的向警方自首成功，他此生都不会再踏入毒品交易这一行。

他竟敢直接找到贝尔特拉姆，这着实非同小可。在里约州短暂又复杂的贫民窟贩毒史中，内姆可能是目前为止在位最久、最成功的毒王。他在罗西尼亚享有广泛支持；他将这里的暴力程度降到历史新低；在他统治罗西尼亚期间，整个社区的经济蓬勃发展；而他制定的规章令整个南区范围内的盗窃、强奸和轻微罪行大幅减少，特别是在圣康拉多、莱伯伦和伊帕内马。但即便只是跟情报部副部长谈个话，内姆都冒了极大的风险。一旦被人发现，人们就会怀疑他是警察的线人。

以身涉险的不仅仅是内姆。巴尔博扎相信，如果他接受了内姆的自首，他本人也不得不接受审查，哪怕上司贝尔特拉姆已经同意二者面谈。显然，假如内姆当场被捕，这会成为众人喝彩的成功之举。但就像巴尔博扎承认的那样，内姆和兄弟会更偏向于贿赂警方而不是正面交锋。事实上，巴尔博扎认为兄弟会执着于行贿而非暴力已经堪称一种意识形态，这也是它和红色司令部最为显著的区别。

一旦他逮捕内姆，一定会谣言四起。巴尔博扎和内姆认识多久了？他们两人到底什么关系？那是巴西的狂热年代，平息谣言是一件十分困难的事。政府官员自殖民时代起就腐败至极，民众心中滋长出一种根深蒂固的犬儒主义。几乎每个公务员都会成为猜测、揣摩甚至嫉恨的对象，不论他们是否该被如此对待。

但巴尔博扎也有动机这样做。假如他能成功逮捕罗西尼亚的内姆，这将是他的重要功绩。没准这会为他铺平道路，令他一路高升，成为里约州民事警察的老大呢？

无论如何，巴尔博扎都得狠狠杀价，他要的可不仅是内姆这个人。他坚持要求内姆交出部分藏在罗西尼亚的半自动步枪，30 把左右就够了。内姆则表示他准备交出大概 10 把用作私人安保的武器。但仅此而已，不能再多。两人似乎就要达成一致了。

巴尔博扎称，他要求内姆供出贿赂过的每一名警官的具体信息，包括姓名、日期和贿赂金额。否则一切免谈。内姆则坚称没这回事，就像他之前说的那样："我不是那种告密的人。"他不准备吐露任何名单。

内姆也有自己的条件。他希望家人平安无事、得到保护，甚至可以让他们改名换姓。他还要求保障自己在监禁期间的人身安全。

两人的确在大多数细节上达成一致。但接下来，据内姆称，巴尔博扎在通话快要结束时告诉他："一旦你自首，我们就会计划平定罗西尼亚。我们会在两周内入驻那里。"

"他说完那句话之后，我就知道这笔交易没法谈了。"内姆解释道，"我告诉巴尔博扎，我需要一些时间厘清组织内部的事，但他一心只想逮捕我或让我自首。更别提两个星期后他们就会挺进罗西尼亚。"内姆接着说道，那时他们会抓更多人，收缴更多的毒品和武器。"到时每个人都会觉得是我走漏了风声。算了吧。"

交易破裂。

第27章

攻下阿莱芒

2010年11月

2010年11月中旬，里约战火重燃。从黎明到白天，从傍晚到深夜，毒贩们从贫民窟阴暗的小道和窄巷涌向里约市内的主干道。他们阻断交通，他们开火，他们抢劫司机和乘客，然后一把火将公共汽车烧个精光。伤亡人数不断攀升，贝尔特拉姆承受的压力越来越大，面对这种无法无天的暴力行径，他得做点什么。

在一次袭击中，一群年轻人端着半自动步枪随意扫射，高喊战斗口号："我们来自博雷尔（Borel）战队。"就在五个月前，紧邻中产阶级社区蒂茹卡区的博雷尔成了贝尔特拉姆平定的第八个贫民窟。博雷尔规模不大，大约只有两万居民，但它不仅是红色司令部的核心，还是个具有象征意义的地标：几位最勇猛好斗的成员的家乡就在这里。警察前往这类地方开展平定计划时都希望多逮捕点毒贩。而多数情况下，帮派分子会在部队入驻前逃离。BOPE 以及其他特种部队人数众多，下手时毫不留情，为什么要和他们正面交锋呢？红色司令部控制着几十个贫民窟，想要找个临时避难所一点都不难。

每次平定计划都会涉及成百甚至上千名警员，所有成员都是从其他地方调来的。几个月后，先驱部队会让位给专门设立的“平定警队”，这样做是为了让当地居民放心：政府将永居此地，毒贩们不会卷土重来。

当然，大多数居民就像怀疑毒贩一样怀疑警察，甚至对后者更不信任。民意调查经常显示，60% 到 70% 的巴西人对警察部队毫无信心，这个比例在贫民窟更高。30 多年来，警察部队给贫民窟带来的只有腐败、欺骗和毫无缘由的暴力，和贩毒集团造成的恶果没什么两样。而且大多数情况下，居民与毒贩们从小就认识，他们相信对方至少不会突然夺去自己的性命——除了那些不长眼睛的流弹。

鉴于警方在贫民窟内的声誉之差，贝尔特拉姆决定让新警员担任平定警队的主力。他的理由是这些新人还未被腐败和暴力之网吞噬，而在他管理的部队中，这两样东西就像恶性肿瘤一样疯狂蔓延。的确，这些新人相对稚嫩，但大多数队伍的指挥官都是前 BOPE 警员，这将带来严重的后果，不仅仅是在罗西尼亚。

最先被平定的贫民窟大多位于或紧邻南区。因为位置上靠近中产阶级客户，这些贫民窟的可卡因销售额最高。这重创了红色司令部的生意——这些在初期被平定的贫民窟大多归他们管，数量远多于兄弟会和纯第三司令部。

红色司令部的毒贩们会在进攻开始前找地方避难，他们从博雷尔这样的贫民窟逃往里约市毒品和枪支交易的心脏地区——阿莱芒区和佩尼亚区（Penha）。这两个集合体互相毗邻，汇成了一片由约 20 个独立贫民窟组成的贫穷之海。它们规模惊人，紧邻里约市的主要的海陆空交通枢纽，后者对管理贩毒集团来说是个绝佳的优势。

阿莱芒区和佩尼亚区的毒贩队伍不断壮大，里面挤满了来自博雷尔和其他贫民窟的难民。他们热情地加入了 2010 年 11 月份横扫里约的暴力袭击。媒体很快开始报道，这是毒贩们在发泄自己的愤怒，平定计划已经成功扰乱了红色司令部的毒品生意。

警察情报部门的报告则不尽相同。很明显，红色司令部的领导们下令攻击中产阶级社区和商业区是在表达不满：上面决定将包括贝拉-马尔在内的几名红色司令部高层从里约转移到别的州去。对于毒贩来说，在里约臭名远扬的班古监狱，只要能靠贿赂狱警拿到手机，在监狱里运营日常生意还算容易。但在巴拉那州（Paraná）的联邦监狱,想要和外界取得联系都很困难，更别提落实行动了。联邦监狱的安全措施一定比班古这样的市属监狱要严格得多。

毒贩们逃往阿莱芒也反映了一个令人尴尬的事实：警方打击了某个贫民窟的贩毒集团，但对方没过几天就从其他地方冒出来了。从各方面来看，这个问题都成了平定计划的阻碍。毕竟整个里约有 1000 多个贫民窟。就算你从自己家里逃出来，还有不少贫民窟可供挑选，尤其在你身上还带着一两把枪的时候。平定计划开始后不久，周边城市的长官们纷纷抱怨与毒品相关的暴力事件数量陡升，其中包括与里约只隔着瓜纳巴拉湾（Guanabara Bay）的尼泰罗伊市（Niterói）和位于弗卢米嫩塞低地的圣若昂-迪梅里蒂（São João de Meriti）。这就是里约南区展开平定计划的后果，毒贩们都来他们这里避难了。

贝尔特拉姆原本打算在 2011 年年底平定阿莱芒区。但计划启动两年来，他已经确信，除非他们直接挺入阿莱芒区这个毒品交易的大本营，否则选民们会认为整个行动就是做做样子。这个由 12 个贫民窟组成的联合体中住了约 30 万人。假如能成功平定这个城市的暴力中枢，攻入罗西尼亚这类地方只是时间问题。

2010 年 11 月 23 日星期二，总部位于里约的《环球报》（*O Globo*），巴西境内最有影响力的报纸，发表了一篇社论。社论指出这次清洗“只是把毒贩从一个地区赶走，无法从根本上解决问题，只会在周围地区激起暴力的涟漪……里约警察部门应该认识到，他们绝对有必要采取反对犯罪的行动中最为重要的一步——攻占阿莱芒区。那里是毒品交易的大本营。每个人都清楚，每当警队入驻被平定的贫民窟，那些被迫逃离领地的帮派分子都把阿莱芒区当成避难所”。

这篇文章的作者或许有未卜先知的能力。但这更可能是贝尔特拉姆的办公室事先向报社透露了口风。

里约州政府正准备展开的也许是全世界最具挑战性的战役，五角大楼称之为 MOUT：城市军事行动（Military Operations on Urbanized Terrain）。面对世界各地快速而混乱的城市扩张（尤其在欠发达国家），一些人认为这种想法是发展全新安全战略的根基，另一些人则觉得这不过是想把穷人圈禁起来，让他们继续一贫如洗罢了。不论采取哪种解释，随着无人机和其他机器人技术的应用，城市军事行动都逐渐成了战争的主要形式。世界上超过 54% 的人口居住在城市，到 2030 年，这个数字预计将达到 75%。人口迁徙令日益严重的不平等前所未有地凸显，社会变得更加不稳定，特别是当种族或宗教等文化特征进一步拉开贫富差距时。

在城市中动用武装力量极其危险：对于大众而言，这种行为带来的后果显而易见。此外，在世界各地的贫民窟中，被打击的对象都占据熟知地形的优势。而攻打的区域的人口密度越高，重型武器能发挥的作用就越小。

因此，当里约政府意图进入全世界规模最庞大的贫民窟时，密切关注这次行动结果的不仅是巴西人，全球各地的军事和安全专家也都提起了兴趣。

正式进入阿莱芒前，贝尔特拉姆和他的顾问一致认为，他们必须先进入邻近的克鲁赛罗镇（Vila Cruzeiro）。那里是里约市内最危险的贫民窟之一，居民的生活极度贫困。克鲁赛罗镇位于阿莱芒区以北，背靠着名为米塞里亚山（Mount Misericórderia）的大西洋热带雨林，后者构成了一道楔形屏障。

一旦控制这片区域，贝尔特拉姆的部队就能占据极为关键的有利位置，进而进入并攻占阿莱芒。

没人觉得他们能轻松进入克鲁赛罗镇和佩尼亚区的其他贫民窟。贝尔特拉姆和他的顾问在部署初期就很清楚：就算是BOPE，也没有足够的资源能确保拿下这片区域。

于是，他和卡布拉尔州长做出了一个重大决定：他们请求巴西军队的援助。卢拉总统同意了。

自军事独裁政权倒台以来，这是巴西政府首次批准出于安全目的部署军队。本次行动的敏感程度无须多言。

针对克鲁赛罗镇的行动只有海军陆战队参与，因为海军同意借给警察几辆M-113装甲运兵车并配备驾驶员。BOPE大名鼎鼎的“大骷髅”有一个致命弱点：橡胶轮胎。在逼仄的市区环境中，只需破坏轮胎就能让它们寸步难行，但M-113的履带不会。当贝尔特拉姆在11月26日星期五早晨下令进攻克鲁赛罗镇时，这些势不可当的大怪物碾碎并撞飞了毒贩们用燃烧着的汽车和摩托车筑成的街垒，仿佛那些都是用纸糊出来的。

直升机负责拍摄攻入克鲁赛罗镇的全过程，上面的人很快看到一群又一群的年轻人爬过米塞里亚山雨林，逃向阿莱芒区的安全地带。其中一些人揣着现金和毒品，大多数携带着武器。一个男人腿部中弹，同伴们拖着他穿过一条泥径，最后还是把他抛在了路边。在强大的水陆两栖M-113装甲车掩护下，一支BOPE先头部队在克鲁赛罗镇四散开来，短短两个小时内就控制了这里。

作战过程中，红色司令部成员仍在继续强占市区周围的车辆和警察局。当天有超过 30 辆公共汽车被点燃，整个里约城都发生了枪击。警察和媒体激动地使用着军事辞令，这让人更觉恐惧，仿佛里约人将重返暴力的 20 世纪 90 年代。《环球报》26 日当天的头条写着："登陆日（D-Day）"。城市里弥漫着末世的阴霾。

特别部队进驻克鲁赛罗镇后的第二天，巴西军队也加入了战斗。上百名士兵摆开架势，封锁了阿莱芒区的 44 个进出口。在阿莱芒区和佩尼亚区的 21 个贫民窟内，成百上千家小商铺紧闭店门，公共服务全部停摆，恐慌的居民们蜷缩在狭窄的家中避难。

从三个警察部门抽调组成的巨大队伍正向阿莱芒区缓慢推进。武装直升机在天空中气势汹汹地盘旋着，一边追踪着疑似毒贩的人，一边掩护着地面部队。行动全程在电视上直播，摄影记者坐着直升机和汽车跟进。这是发生在 21 世纪的奇特景观：在无视了这块领土数十年之久后，面对着一伙强悍的亡命徒和成千上万在贫困线挣扎的普通民众，国家武装力量第一次试着坚定地表明立场。何塞·胡尼奥（José Junior），这名来自非政府组织 AfroReggae 的协调人尝试过安排投降谈判，但没有成功。他担心战火会变得更加猛烈。

此次前来剿灭毒贩的军力如此强大，抵抗只是徒劳。因此他们决定逃跑。尽管军队已经包围了整片地区，但还是有几十个人通过水管和小巷逃到了外面的贫民窟。根据报告，其中一名毒贩扮成了虫害防治员，大摇大摆地从正门走了出去。

毫无疑问，攻占阿莱芒区可以称得上里约历史上一个巨大的转折点。贝尔特拉姆的地位（和随之而来的权力）在不断提升。当然，为了打造一个更加安全的里约，这次军事行动只是第一步。贝尔特拉姆一直强调他的目的并非根除毒品交易（他也没有这么强大的资源），而是减少贫民窟内的武器数量。同样地，鉴于这是政府首次介入贫民窟局势，他也不幻想能得到居民的信任。假如政府无法在后续行动中改善基础设施，提供更好的工作和更高的薪水，又何谈赢得这里的居民长久的忠诚。

特别部队值得赞扬，这次攻占阿莱芒区行动没有造成死亡，虽然双方都有几人受伤。超过 30 名毒贩被逮捕，最令人震惊的是——如果警察说的是实话的话，这次行动还缴获了 50 把半自动步枪，以及 40 吨的可卡因和大麻。

接下来要做的工作还有很多。但眼下贝尔特拉姆以一种真诚而谦逊的态度，满意地接受了对阿莱芒区平稳交接的赞美。然而就像他说的那样，这次行动后的几天内，每个见到他的人都问了同样的问题："那罗西尼亚怎么办？"

第28章

自白

2011年1月—4月

2011年1月13日下午4点30分，两名情报官在罗西尼亚深处的一家公寓等待着主人到来。两人身穿灰色T恤衫和牛仔裤，着装休闲，但难掩略微紧张的神情。有人敲门。内姆走了进来，同两人握手。他看起来比这两位特工还要紧张，鉴于他在自己的地盘上，这有些古怪。内姆掏出两把手枪放在两人面前的桌子上。这个开场令人不安——奥塔维奥（Otávio）和雷纳塔（Renata）* 没有设防，没带武器，并且很清楚一旦事情发展不顺利，上司就会当这次的任务没存在过。

“好吧，”奥塔维奥挤出一个微笑，试图打破僵局，“我们空手来了，你倒是装备齐全！”内姆感到非常抱歉。“我太失礼了。”

* 我在严格保密的前提下对两位情报官进行了深度访谈，内姆也确认这些会面的确发生了。

他说道，然后慌忙把枪顺着桌子滑向两位警官那边。奥塔维奥做了同样的动作，把枪推到了边上。现在谁都够不到这两把枪了。对两位警察来说，眼前这一幕也太离奇了。

就在几天前，艾斯特利塔在第 15 分局和一个来自罗西尼亚的人闲谈。聊着聊着，他突然说：“你应该告诉你们老大，摆脱这个烂摊子的唯一方法就是自首。真该有人告诉他一声。”他对每一个可能认识内姆的人都说过这话。然而，听到这些话后，那个人没有拔腿就跑，反而看着艾斯特利塔的眼睛，说：“你知道吗，他提过好几次自首的事了，就是不知道找谁谈。”然后他问艾斯特利塔能不能和“级别足够高”的政府官员聊聊，对方最好能当面跟内姆解释一下，他只不过是个犯了罪的商人，不是什么邪恶杀手。如果这个人足够有威信，“他很有可能自首”。

艾斯特利塔顿住了，略感震惊。他当然无法想象自己会走进贫民窟和毒王聊天，但他同意向高层传话。

艾斯特利塔的上司芭芭拉对此表示怀疑，但同意试试。她觉得此事不会再有下文。

然而没过多久，上面就要求芭芭拉提供她和团队手头所有关于内姆的情报。这个迹象表明或许有什么东西运作了起来。政界高层的人同意继续推进，这是芭芭拉最后一次听到相关消息。

现在，两位情报官正坐在桌子对面盯着内姆本人。过去两个月来，他们一直在研究他的生意、他的组织、他的私人生活，不放过任何一个细节，这多亏了艾斯特利塔和莱亚尔汇总的档案。不过要学习的东西还有很多。他们很快就明白了为什么民警们觉得刺探内姆的通信网络非常困难。内姆有个手下专门负责扛着他的手机包，里面装着十几部手机，每部都有专门的通讯对象：毒贩、腐败警察，以及其他需要保证通话安全的人。

第一次会面被安排在卡丘帕区的一间狭小两居室公寓里。他们在长方形的客厅交谈，里面除了桌子外，还摆着一张沙发和一台电视机。内姆全程啜饮着黑方威士忌。

奥塔维奥和雷纳塔想找时机谈一下自首的事，以及具体怎么操作，但他们无意催促内姆。对警官们来说，这次会面是个难得的机会，他们很乐意和内姆多聊聊生意、下属以及整个组织的运作机制。内姆甚至含蓄地透露了自己对某几名成员的偏爱。

内姆开始放松下来。他意识到眼前这两个人不是来索贿的，他们确实想要对话。他从未有过这样的机会，能同两个极其聪明的政府官员对谈，对方似乎并不是来审判自己的，而且很清楚他们在说什么。没过多久，内姆就很乐意跟他们讨论下自首的可能性。

但在这之前，内姆先讲述了自己的人生。他谈到了艾杜阿尔达，她的病，以及当时他迫于无奈向鲁鲁借钱。他谈到了贫民窟内部的纷争、枪战、可卡因、腐败、家庭、金钱、他对社区提供的支持、警方的平定行动，知无不言。他多次谈到上帝，以及自己从他那儿得到的指引。一点一点地，他诉说着自己的苦衷。他只有一个原则：绝不透露其他牵涉到犯罪活动的人。

在贫民窟外、里约市中心的一栋无名建筑中，奥塔维奥和雷纳塔的同事们越发感到不安。那两人一定是遇上了麻烦，不然不会那么久还不出来。但在卡丘帕，两名警官几乎都没意识到已经过去了五个小时。三人同意再次见面。晚上 10 点，两名警察终于驾车回到办公室。从表情上很容易看出他们正按捺着喜悦之情。从 2007 年到现在，他们的艰苦工作马上就要结出意料之外的甜美成果了。

第二次会面安排在两周后，同样在卡丘帕区进行。内姆下了大力气想要让两名警官宾至如归。他准备了各种饮料和小食，其间还提议组织一场户外烤肉。当奥塔维奥和雷纳塔告诉我这些时，我的脑海中不禁浮现出了一幅古怪的画面：整个里约最具权势和魅力的大毒枭，挨个给两位冷面情报官递上涂好辣椒酱的烤牛肉，而后者正向他解释警方准备如何逮捕他。大概是联想到了同样的场景，两位警官婉拒了内姆的烤肉邀请。

直至今日，内姆仍对这两位警官怀有喜爱和钦佩之情。“他们是我遇到过的仅有的两个正派的政府官员，”他说，“他们严肃、有智慧，而且很守信用。”内姆时常给人这样的感觉：他常常因为无法展开像样的对话而感到痛苦，他渴望智力刺激，享受能够深度探讨某个问题的机会和乐趣，但这一切在帮派内都很难实现。

他似乎已经做好准备讨论自首的事了。和之前的谈判不同，这次两位警官没有要求他供出受贿警察的名单，而是希望罗西尼亚能上缴部分枪支。内姆并没有回避，但再次解释他会上交自己的枪支，但无权让其他人缴械。内姆重申，他最担心的是自己和家人的安全。

两位警官怀疑内姆是厌倦了。这份工作给他带来了巨大的压力：责任、紧张的局势、安保问题，再加上暴力。这一切都越发难以承受。内姆很坚定地表示，一旦自首或被捕，出狱后他绝不会再踏入毒品行业半步。两位警官也很清楚，他们已经搜集到了足够多的证据，能让内姆在监狱里蹲上很长时间。他们相信内姆是真的受够了，但他仍对自首可能会导致的后果感到担忧和恐惧。在权衡手头的选项时，他不得不万分小心。

第二次会面，内姆彻底打开了心扉，其间出现了不少值得注意的对话。内姆讲到自己曾命令手下把一名强奸犯交给军事警察，但手下回来后却说那些警察要价 1 万雷亚尔。“不是，”内姆震怒，“我不是要他们释放那个家伙，回去跟他们解释清楚，我们是要警察把他抓起来！”但他的手下解释说，那些警察要收 1 万雷亚尔才肯逮捕那个强奸犯。“我们到底生活在一个什么样的世界里啊，”内姆绝望地向奥塔维奥和雷纳塔问道，“从什么时候起你要付警察钱他才会去抓罪犯了？”

那次会面，警官们强烈地感受到内姆的外壳正在蜕去，内在的自我——那个勤勉谦逊的安东尼奥正在渐渐显露出来；而自从 11 年前踏上加维亚大道，走过那条漫长的道路起，他就被封锁在了内心深处。警官们的自信又增长不少，他们认为内姆就要自首了。他越发频繁地提到自己的命运掌握在上帝手中。谈话细节被全部反馈给了两人的直属上司，并很快层层上报。“我可以向你保证，”艾斯特利塔告诉我，“他当时离自首就差一根头发丝儿的距离了。”

就在这时，上帝授意巧合再次登场。就在两名特工和内姆第三次会面后，因为泄露了联邦政府对手下警队进行的贪腐调查的细节，里约民事警察的警长引咎辞职。继任者很快履职。这一系列事件触发了一个令全世界警察部队都深受其害的诅咒：沟通失灵。它脱胎于人们的困惑、无能、欺骗与妒忌——有时这一切甚至邪恶地混在一起。

内部调动造成一片混乱。民事警察中一支名叫先锋队（Polinter）的专业警队正在和里约州外的警察局展开合作，即将突袭罗西尼亚，但没有人通知情报部门这个消息。

4月，先锋队对内姆，内姆的母亲、妻子和费让等人发出逮捕令，指控他们在贫民窟的两家商店洗钱。就在这之前，警方发动了大规模突袭搜查，内姆和达努碧娅成功逃脱（极可能是有人走漏了行动细节）。最终检方因证据不足撤诉。

奥塔维奥、雷纳塔和内姆三者间的谈判本就如履薄冰，这场旷日持久的人事变动更是带来了毁灭性的打击。毕竟两位情报官也是民事警察的人，而正是这支警察队伍派出代表对内姆及其家人和朋友发出了指控。这件事让内姆改变了自己的预判。随着警方对他的妻子发布逮捕令，他们的女儿极有可能“失去父亲和母亲，孤零零一个人”。

会面继续，但大家不再那么放松了。第四次会面的地点从卡丘帕区改到了第二街。这一次三个人不再单独见面，内姆问两位警官是否能让费让加入谈判。奥塔维奥和雷纳塔不再像之前那样有把握。费让总以平民的身份示人，让人觉得他和内姆走得那么近，只是因为两人自童年起就是好友罢了。他为自己打造的形象是一名正直的公民，通过民主选举当上居民协会主席，同毒品生意没有一丝牵连。然而在这几轮会面中，从费让的表现能明显看出他在组织中举足轻重，不是士兵就是高级参谋。警官们确信，这是个渴望攫取权力的人。

在内姆看来，他需要他能得到的一切支持，而费让正是他身边为数不多的既聪明又值得信任的人。事后两位警官都觉得，正是费让的介入令情况急转直下。费让话不多。当他听到自己不认可的话时，只是轻轻摇头或皱起眉头。但警官们相信这足以在内姆心中种下怀疑的种子。费让认为假如内姆自首，他的家人都会有风险。“在那一瞬间，我们才意识到费让扮演的角色有多重要。”奥塔维奥表示。他们不觉得费让是出自善意。他需要内姆，绝不会允许警察切断自己的权力来源。

针对南区其他贫民窟展开的平定行动也令罗西尼亚感到不安。圣卡洛斯（São Carlos）——兄弟会治下的一个重要贫民窟已经被警察攻占长达两个月之久，许多毒贩都逃到了罗西尼亚寻求内姆的庇护。

4 月 29 日，就在倒数第二次会面后的第二天，一个骑着摩托车的男人停在了从第一街通往拉伯劳区的陡峭山路上。此时是清晨 5 点 30 分，四下一片寂静。突然，一辆汽车哧的一声停在摩托车旁，四个男人下来将骑手绑上车，然后飞速驶离现场。

被绑走的人名叫佛卡（Foca），是圣卡洛斯的知名毒贩。几个小时后，绑架者要求140万雷亚尔赎金。这个任务落到了内姆头上，他只好众筹现金和珠宝来凑赎金。兄弟会交出了部分佛卡自己的浮夸金饰，包括四个刻着他绰号的白金戒指和一条带着纯金耶稣雕像吊坠的大金链子。

“这在当时是件大事，”内姆回忆道，“不管谁做都得冒巨大的风险。”

但这对内姆来说也是个警示。外人竟能随便开进他的领地，绑走一个知名的毒贩，这意味着他对这里的控制正在变弱。

内姆会和两位情报官见最后一面，但在这之前，另一起让所有人更加坐立不安的意外发生了。

第29章

卢瓦娜和安德丽莎

2011年5月9日

此时我正沿着一条狭窄的小路踏步而行，渐渐离开了山顶的捕蝇草区。进入雨林时，我的向导突然用忧郁的假声轻轻哼唱起来：

噢，奥巴鲁埃耶（Obaluaiyê）！用你的帽子保佑我。
瘟疫穿越大地就像
星星穿越天空。
倘若有老人正在赶路，
请给他你的祝福。
上帝保佑我，奥巴鲁埃耶！
上帝保佑我，奥巴鲁埃耶！
来时我没有食物，我请求神灵相助。
是神灵帮助了我。

是至高无上的神灵。

上帝保佑你，我们的主。

向导陷入沉默，然后指向一块直径约 20 米的空地。“他们就在这里做那些事。”他轻声地对我说，“这里多年前曾经是座本地寺庙，人们会到卡布克罗人（Caboclo）*的小木屋里献上给森林之神的供品。”

空地周围环绕着茂密的树木和灌木丛。小长尾鹦鹉尖声鸣叫着，胸前一片明黄色的大食蝇霸鹟发出婉转的歌声，卷尾猴咯咯地笑着，一些小型生物在灌木丛中发出沙沙的响声。除去这些动静，四周寂静如澄澈的水晶。一些植物带毒，我抓住一株看上去无害的茎秆稳住身体，一根细小的刺顿时穿破皮肤刺进肉里。当无人打扰时，这里几乎散发出一种神圣的静谧。

在我们进入那片空地前，向导变得越来越谨慎。他先向上帝的信使艾苏（Exú）祈祷。在另一个地方，他举起一杯神圣的含羞草酒（vinho da jurema）。几个世纪前，乌班达教的修行者们曾把这种本土产的致幻酒用到宗教仪式中。向导又向奥修斯（Oxóssi）鞠躬，这位神灵掌管着狩猎、森林和生命。最后，他向奥巴鲁埃耶请求庇佑，神灵的面部被稻草头饰上垂下来的流苏掩住，而这头饰将保佑人们免于疾病和死亡。“这些仪式很有必要，”向导解释道，“就在最近，庙里发生了非常不好的事情。”

* 指巴西印第安人与白人的混血儿，字面意义是“铜色皮肤的人”。——编者注

空地后面有一棵树，一小块地面的植被已经褪去。就是在这儿，他们在厚石板上处理尸体。“大多数人到这里之前就已经死了，”向导继续说道，“但有一些来的时候还活着，他们被绑到树干上，然后被射杀。”树干上的弹孔依旧清晰可见。

尸体被肢解的过程中，血会汇入一条小溪，流向捕蝇草区、卡丘帕区和罗西尼亚的其他地方。死者的四肢和躯干会被扔进独轮手推车，头颅放在最顶部，它们会被运送到贫民窟的另一个地点火化。一些还活着或奄奄一息的受害者会被塞进“微波炉”——沾满汽油的轮胎中，活活烧死。

正如罗西尼亚人所言，被带来这里的人没有一个能活着回去。

“当我目击这一切的时候，内姆都不在场。”向导坚持道。从我开始和他交谈起，就一直努力确认是否有确切证据证明内姆同他在位时发生的谋杀案有关。一些人坚持认为内姆对好几个人的死亡负有直接责任。但这些人并不愿意实名指控——这完全可以理解。

在内姆担任罗西尼亚毒王期间，没有任何关于他的谋杀或袭击指控。

里约市的公诉人称，2011 年 5 月 9 日，两个年轻女人被带到这片空地，然后再也没有回去。

根据起诉书，四名兄弟会成员——两名来自罗西尼亚，两名来自已经被平定的贫民窟圣卡洛斯——将 25 岁的安德丽莎·德奥利韦拉（Andressa de Oliveira）和 21 岁的卢瓦娜 · 罗德里格斯·德索萨（Luana Rodrigues de Sousa）带来此地并杀害了她们。公诉人称，她们的尸体已经被烧成灰烬。

除了指控以上四人，检方还指控内姆下令杀害了这两个女人。“当他们用这种荒谬的罪行来起诉我时，”内姆说道，“我就暂停了自首计划。”

据警方调查，卢瓦娜和安德丽莎一起住在罗西尼亚第四街的一间公寓里。几周前，因为遭遇了严重的家庭暴力，卢瓦娜刚刚和男友罗纳尔迪尼奥（Ronaldinho）分手。

卢瓦娜出身于圣康拉多区的一个中下层家庭，曾经做过模特，关于两名女性失踪的报道从来不会忘记刊登她的照片。毫无疑问，她是一名十分有魅力的年轻女性，在那些报道中，她也被描述成一个活泼热情的女孩。与此相反的是，没有一篇报道刊登过安德丽莎的照片。事实上，很多媒体的报道甚至没提到她的名字。安德丽莎是个黑人，不是模特。

州检察院的控诉基于证人提供的证词，证词表明安德丽莎完全是本次事件的连带受害者。其中一名证人，安德丽莎的好姐妹之一，称她发现卢瓦娜和许多人出去约会：毒贩、足球运动员、警察。“总而言之，同任何她能够利用的人”都有交往。

相应地，这些人似乎也在利用她。几乎所有证词都一致指明卢瓦娜为兄弟会运送毒品。她会把毒品从罗西尼亚带到里约其他贫民窟。贩毒集团很清楚雇用这些年轻漂亮女性来运送毒品的好处——警察大多数时候不会对她们起疑。

就在两个女孩失踪前的几天，卢瓦娜在安德丽莎的公寓中寄存了价值 2.5 万雷亚尔的大麻。她本应该把这些货送去蒂茹卡区的一个贫民窟，就在罗西尼亚北面。安德丽莎的男友蒂亚戈（Thiago）似乎也是个瘾君子，他作证自己在拆柜子时偶然发现了这些大麻。安德丽莎警告他不要碰这些毒品，把它们藏在了自己的床底下。第二天，当卢瓦娜来取这些毒品时，袋子里空空如也。她只好打电话向毒贩们解释发生了什么，并直接说是蒂亚戈偷走了货物。毒贩们找到蒂亚戈，要求他交代毒品的下落。

5 月 8 日周日，安德丽莎 13 岁的妹妹胡利亚纳（Juliana）——当时正和姐姐住在一起——证实安德丽莎在事发第二天向她提到过："自己必须赔偿内姆和其他三个毒贩的损失。"组织似乎要求安德丽莎用公寓来补偿"毒品损失的一半"。

5 月 9 日下午 5 点，公诉人称胡利亚纳向蒂亚戈和姐姐告别，然后前往安德丽莎的朋友费尔南达（Fernanda）家帮忙照顾小孩。这是所有证人中最后一次有人见到安德丽莎。据胡利亚纳称，费尔南达之后"看到大约六个毒贩拿着铲子、斧头和汽油罐正从捕蝇草区往山上走。他们还拿着一块插着钉子的木板。这是毒贩们用来殴打和折磨受害者的工具"。

显然，蒂亚戈逃脱了毒贩们的审判和终极制裁。他被毒贩们狠狠揍了一顿，随后出现在罗西尼亚卫生所接受治疗。毒贩们为何会释放蒂亚戈？这是本案的疑点之一。所有证词都显示他才是那个偷走货物的人，结果他反而逃脱了制裁。这诡异到让人无法理解。

在证据不足的情况下，公诉人继续指控：毒贩们释放了蒂亚戈，随后开枪打死了两个女孩。本着“没有尸体，就没有罪案”的原则，他们将尸体带去空地焚烧。

负责调查此案的民事警察曾经同一名鉴识专家前往空地，他们发现了两根动物骨头、一根人骨、一只人字拖、一只网球鞋和一串手链。证人们随后证实这些物品属于卢瓦娜和安德丽莎。然而，这次法证检查违背了好几项基本原则，这名警察随后因在另一起谋杀案中伪造证据被警方解雇。

内姆当权的五年间，关于谋杀、处决和随意暗杀的消息从未断绝过。甚至连那些有权势的人物——曾经控制着罗西尼亚一半天然气特许经营权（这门生意利润丰厚）的“天然气大王卢卡斯”（Lucas do Gas）也在失踪后被证实死亡。许多人将这些命案算在内姆头上，大众媒体也常常将他形容成滥杀无辜的杀手。但这些指控大部分都是道听途说，没人拿得出证据。

当我就这些指控和内姆对峙时，他突然激动起来。“我到底有什么理由要杀那两个女孩呢？”他反问道，“除了那个13岁小女孩说的话之外，还有什么证据能证明当天我靠近过那里呢？”

尽管证据单薄，治安法官还是决定将本案提交陪审团。我写作本书时，内姆正在等待此案宣判。

就像贝尔特拉姆想的那样，政府长期忽视贫民窟，任由它们浸泡在贫困、疾病和暴力的腐汁中，其恶果之一就是巴西的刑事司法体系在贫民窟毫无公信力可言。与之相应，住在里面的人也根本不在乎外界的看法。“50年来，”当我在贫民窟住下不久后，一位罗西尼亚的居民告诉我，“他们他妈的就没正眼瞧过我们。现在他们突然对我们有了兴趣,我们就得开始听他们的，凭什么？”

不过，近几年警方确实曾试着去了解社区内部的情况。比如艾斯特利塔和莱亚尔，他们耐心细致地调查了内姆的组织。当然，这可能是警方进行过的难度最大的尝试，也非常少见。

1995 年，贫民窟内引进了另一项重要措施：匿名举报热线。来电者可以举报犯罪活动，或哪怕只是贩毒帮派的异常举动，警方保证绝不公开他们的姓名。举报热线的确取得了不错的效果,警方借此勾勒出了里约犯罪活动的大致情况。颇具争议的是，尽管无法核实来电者提供的线索和动机，在审判时这些电话举报却可以直接当证据用。

警察也一直在培养 X-9,也就是隐藏在毒品集团的内部线人。在贩毒集团眼里，X-9 是组织安全面临的最大威胁。这些线人一旦曝光身份就会被杀掉，而且死法十分残忍。内姆的首任妻子瓦内萨有一次诬告西蒙娜，说她向警察泄露了内姆预备的藏身处。内姆对这个指控非常敏感，尽管毫无依据，他还是狠狠地揍了西蒙娜一顿，过程中打断了她一条肋骨。当他发现这是捏造出来的时候，又反过来殴打了瓦内萨。在里约夏季 40℃的高温下，瓦内萨连续几个星期都穿着卫衣和运动裤出门，好遮住自己满身的伤痕。

另外一些惨遭谋杀的是盗窃组织财产或破坏业务的人。他们认为安德丽莎和卢瓦娜就是因此被杀的。然而任何熟悉里约毒品行业的人都会告诉你，时至今日，从没有人仅仅因为大麻就送了命。

当然，兄弟会中的一员很可能对这两位女士的死负有责任，但针对这宗谋杀案进行的调查出现了太多严重疏漏和错误，这在当年没被停掉堪称奇迹。

其中只有一名目击证人——安德丽莎的妹妹胡利亚纳——提到了内姆，州政府对内姆的大多数指控都是根据她的证词做出的。这样做显然有问题。

大约在安德丽莎和卢瓦娜被谋杀两周后，胡利亚纳向警方录制了口供。那时她刚 13 岁，但在这份证词中，她却按照时间顺序严谨地复述了细节，记得里面每一次对话的具体日期和时间。在尝试描述两周前发生的事时，这个 13 岁的孩子没有一丝迟疑，这非常不寻常。

没人听到过内姆下令杀死这两个女孩。更令人震惊的是，甚至没人记得那周末在罗西尼亚见过内姆，倒是有许多人记得见过其他几名犯罪嫌疑人。同样，没有一位目击证人回忆说那周末在罗西尼亚见过内姆，而目击其他嫌疑人的证词倒有不少。

当奥塔维奥和雷纳塔最后一次同内姆碰面时，气氛已经变了。就在开始前，一切似乎都回到了正轨，双方似乎马上就能达成协议。先锋队的调查戛然而止，达努碧娅的通缉令也被撤销了。“在我看来问题已经解决了，”内姆说，“这意味着就算我去自首，她也能继续照顾我们的女儿。然而转眼之间，他们就把谋杀的罪名安在我头上。”

奥塔维奥和雷纳塔似乎离成功只有一步之遥，但对内姆而言，这起指控意味着交易已经中止了。他显然陷入了窘境。就在佛卡被绑架和被控谋杀前，艾斯特利塔和莱亚尔从未在罗西尼亚街头见到过枪支。但这一系列事情让“内姆非常不安，情况发生了变化。他消失了，躲了起来。一夜之间，街上出现了很多的枪。**很多**”。

最后一次会面，约50名全副武装的手下在第一街会见了两名警探。当谈判开始时，下令让这些人解散的不是内姆，而是费让。如果说之前奥塔维奥和雷纳塔还没搞清发生了什么，现在他们已经明白了：内姆不再考虑自首。费让赢了。内姆和奥塔维奥在道别时交换了手机号码，最后一次表示对彼此的尊重。这次历史性的自首似乎已经化为泡影。

其间还发生了一些别的事。就在谈判过程中，新上任的民事警察警长告知警探芭芭拉，她的小队将不再负责此案。过去四年来，他们积累了丰富的情报资源，不仅关于内姆和罗西尼亚，还包括兄弟会及其与诸多犯罪组织间的关系。这些宝贵的情报很快就会蒙上灰尘。接手罗西尼亚案件的民事警察除了老板内姆外，不认识任何一个成员。而在负责安德丽莎和卢瓦娜谋杀案的警官呈交给公诉人的材料里，他们显然连名字都搞错了。

平定行动渐近，内姆仍然身处两难之中：他到底要不要自首？他可以一走了之，尽管他明白一旦离开罗西尼亚，他在外面几乎不会受到任何保护。他也可以留下，找个地方藏起来，但他的家人都反对这个想法。因为一旦被发现，他就会被警察杀死。焦虑越发折磨着内姆，而费让则变得越发有影响力，他向内姆提供各种意见，虽然并不总是为了内姆着想。

在当时的里约，几乎没有人意识到政治大环境对内姆命运的影响。自从 2010 年 8 月的洲际酒店事件和红色司令部被清扫出阿莱芒区后，内姆无疑成了里约的头号通缉犯，印着他头像的海报在城市和互联网上四处流传。他被控谋杀那两位女性，而这恰好符合人们对这些帮派分子的认知：他们就是杀人犯，靠用最残忍的方式折磨无辜之人来取乐。

内姆或许真的同这起谋杀毫无关系，但这件事把一个严重的道德问题摆在了他面前。他坚持将暴力抑制在最低限度，但并非每个追随者都认同这一理念。事实上，每当他离开罗西尼亚，暴力事件就会再次发生。他仿佛统管着一战车的老虎，当这些老虎受他掌控时，它们强大有力，而一旦脱缰，屠杀就在所难免。

第30章

逮捕（下）

2011年11月3日—9日

笼罩在罗西尼亚上空的云层越积越厚。热带风暴再度回归，水沟和小溪流中的水汩汩往外冒，形成一股新的支流，奔涌着汇入大西洋。

内姆正在失去对事态的控制。过去几个月，他一直确信贝尔特拉姆明年或更晚才会下令攻占这里。现在，越来越多的迹象表明罗西尼亚正是公共安全部部长的下一个目标。内姆成了各大报纸版面的常客。他抱怨说只要里约一发生坏事，媒体立刻就会把矛头对准自己。“西尼兰地亚广场（Cinelândia）爆炸了，”他提到的这个区距罗西尼亚有好几英里远，“第二天新闻立刻就说是我干的，但那其实是天然气泄漏引起的！”内姆的情报网都私下告诉他罗西尼亚就是下一个。清扫近在眼前。

距里约第二大的毒品中心阿莱芒区被政府攻下已经过去一年了。贝尔特拉姆很清楚，比起阿莱芒区，罗西尼亚进行武装抵抗的可能性更低。只要逮捕内姆，自己手下的队伍不用花太大力气就能夺取贫民窟的控制权。内姆是一名精干又长久的统治者，他建立起了一个全能的商业集团，在贫民窟的政治、经济和社会生活中都起着决定性作用。他令罗西尼亚远离了帮派割据和暴力。动他是要冒风险的。

部长认为回应内姆的试探是值得的。但到了最后，他却彻底否定了曾经针对自首展开的谈判。他的结论是，内姆做的那些事不过是烟幕弹罢了，是为了刺探警方何时会平定罗西尼亚，好提前做准备。

警方依旧找不到内姆的踪迹。用贝尔特拉姆的话来说，内姆是个“象征性人物”，他的垮台会带来地震般的影响。他一日逍遥法外，对顺利推进平定行动来说就是一个阻碍。

内姆甚至比之前还要不安。仅凭安德丽莎和卢瓦娜谋杀案中的指控，公诉人就要在没有证据的情况下追捕他，这简直不可思议。他同一直以来信赖的律师也日渐疏远。绍洛在监狱里，鲁鲁已经死了，他还能向谁征求意见呢？只有费让。

就在内姆和两位警探进行最后一次面谈期间，内姆联系上了一位名叫路易斯·卡洛斯·阿泽尼亚（Luiz Carlos Azenha）的律师。在众多领域中，阿泽尼亚专门负责为贩毒集团的主要负责人辩护，因此认识不少里约黑社会圈子和各警察部队的人。

内姆密切留意着阿莱芒区的人的命运。多亏了手下的情报网络，他得知一队警察正利用他们在阿莱芒区刚得来的权力牟利，敲诈前红色司令部的成员并恐吓他们的家人。直到两年后相关部门针对这些指控展开调查，这些事实才公之于众。这令他更加担心自己和家人的安全，特别是家人。

10月，内姆同阿泽尼亚见了一面，后者已经同意仔细审读公诉人提出的几项指控。阿泽尼亚表示，内姆最担心的是会“受到警察的威胁”。他曾收到过消息说自己已经被悬赏。内姆认为对于众多执法机构内的杀手来说，即将展开的平定行动正是干掉自己的绝佳机会。他仍然倾向于藏身罗西尼亚，但也知道自己应该再探索一下自首的可能性。他让阿泽尼亚问一下在警方的联系人，看有没有人愿意接受这个计划。

10月底的一个清晨，内姆醒来后觉得身体不适。他浑身被汗水打湿，恶心反胃。又是忙碌的一天，许多关键决定等着他拍板。罗西尼亚居民们的请求一如既往地耗费精力。

“大概就是一切发生前一个礼拜，”达努碧娅回忆道，“他情况不太好，而且很紧张。”内姆当时正陷入挣扎，不知怎么做才好。身边的人都劝他离开，包括他的妻子。“我在外面能做什么呢？我又能去哪里？”他这样回答。“‘亲爱的，只要我一离开罗西尼亚，他们马上就会逮捕我。’那时他一直这么跟我说。‘我很清楚。’他不停地说着。”

压力日渐累积，直到有一天早晨，他崩溃了。贫民窟里有传言称他服用了过量摇头丸。这并非完全不可能，但从没有人提到过内姆吸过毒——他的家人没提过、他的朋友没提过，连他的敌人都从来没提过。不管病因是什么，他匆忙赶去了一家私人诊所，大约一天之后，他的健康状况稳定下来，他回了家。

他的家人和费让都很担心，他们发现内姆处理复杂日常生活的能力正在退化。

这时，他去见了西蒙娜。他开始啜泣，她还记得："他说希望时光能够倒流。他想要成为不肩负任何责任的内姆，'这几天我脑袋里事情太多了，'他跟我说，'我得把贫民窟的一切都理出个头绪来，但我就是没有办法。我的心真的好累。'"西蒙娜同情地看着他，然后说："现在已经太晚了……"

关于内姆在被捕前的表现，西蒙娜的描述和我采访的其他人说法一致。"精神紧张""压力过大""担惊受怕"这几个词反复出现。内姆本人则坚称自己从未产生过这些情绪——虽然这可能只是事后余勇，部分是为了捍卫自己的男子气概，部分是为了向后代维持自己的领袖光环。

不论他当时真正的精神状态如何，此时的内姆的确毫无决断。他既不想逃跑，也不想自首。他倾向于留下来，但又清楚这一选择也有弊端。"假如我留下来，"他解释道，"我的安保队肯定会把这当成战斗的信号。他们会抵抗到死，我绝不能允许这种事情发生。"而且他也同意，自己被杀死的可能性很大。

在内姆入院治疗期间，阿泽尼亚已经安排了同民事警察的联系人会面，对方是巡官费尔南多·穆西（Fernando Mussi）。巡官本人和阿泽尼亚并不熟，但他觉得出去和律师喝杯酒应该不会出什么问题。他还带上了一位同事作陪，这位同事恰好是民事警察副警长的顾问，他可以直达里约安全机构的高层。

"内姆想要自首，"阿泽尼亚轻快地解释道，"他希望由我来操作交易。”穆西看着律师说道。巡官完全没想到，这项提议拉开了另外一系列确保内姆自首的会面的序幕。他很吃惊，但两人都同意把这件事转达给他们的上司——民事警察的副警长。副警长鼓励阿泽尼亚继续落实此事。然后，据阿泽尼亚所说，副警长让他给内姆捎一句话：“我们的情报表明，留在罗西尼亚，你将尸骨无存。”这句话残忍地印证了内姆最恐惧的事：他和家人已经命悬一线。

一周后，他命令达努碧娅离开。为了保证安全，她在逃跑前剪掉了一头金发，染成棕色，随后一路向西穿过巴拉德蒂茹卡区，直奔更高档的雷克雷尤-杜斯班代兰蒂斯（Recreio dos Bandeirantes）。内姆在那里为达努碧娅、她的母亲和女儿想办法弄到了一套安全的公寓。

次日，2011 年 11 月 9 日星期三，内姆的得力手下费让竭力劝他改变策略。费让认为内姆应该逃离罗西尼亚，然后躲起来。他向老板再三保证，自己会在内姆隐蔽期间料理好贫民窟的财务状况。但内姆不愿把其他的亲人丢在这里，更重要的是，他不愿意离开罗西尼亚：不仅是因为他在这儿感到安全，还因为他整个人已经和罗西尼亚紧紧连在了一起。没错，内姆也曾在巴西各处游览过。但只有熟悉而蜿蜒的加维亚大道，还有那些从主路通向罗西尼亚黑暗拥挤的住宅的狭窄小巷才是他的家。

留在罗西尼亚还有一个巨大的隐患，一旦他被警察找到，绝对逃不过被杀害或羞辱的命运。即使能避免最坏的情况，堂堂贫民窟的毒王竟在自己的地盘被捕，甚至都没有开枪反抗，整个毒贩圈都会认为他是个可悲又可耻的懦夫。

对内姆来说，贫民窟以外的世界是一个陌生的国度，而且似乎越发动荡和危险。逃跑无疑有风险，但投降亦然。如果内姆决定继续执行计划，在平定行动前夕投降，罗西尼亚人会认定他和政府还有贝尔特拉姆早有合作。他将背负告密者的污名，而包括他在内，每个人都知道告密者是什么下场。如果选择留下来背水一战，那他过去十年苦心经营的一切岂不都成了一场笑话？

到底要怎么做才好？藏起来？逃跑？投降？或者战斗？没有一种选项令人满意。每一个都风险巨大，都可能触发一场灾难。

那天下午，内姆请阿泽尼亚来一趟罗西尼亚。当天下午 6 点到 6 点 30 分左右，律师和两名同事一同出发，这两人是一对父子：德莫斯特内斯（Demóstenes）和安德烈 · 克鲁斯（André Cruz）。他们乘着从德莫斯特内斯女婿那儿借来的黑色丰田卡罗拉抵达贫民窟。

当阿泽尼亚抵达内姆家时，眼前的一幕完全出乎意料。“我从没见过这种场景，”他回忆道，“几百人聚在那里，都在表达自己对内姆的敬慕和两人间的友情。每个人都泪流满面，觉得自己再也见不到内姆了。”

在采取行动前，内姆得先等母亲回到家照顾孩子。下午 6 点 50 分左右，突然传来消息，警察在仅一英里外的加维亚区拦下了由四辆车组成的车队。车里坐着的是兄弟会在圣卡洛斯的首领科埃略（Coelho）和二把手佛卡——就是4月时在拉伯劳区遭到绑架的那个人。另一位乘客是名刚出狱的毒贩，他显然忘了告诉兄弟们自己脚腕上戴着个电子追踪器，警察对他们的行动了如指掌。

新闻直播很快开始循环播放激动人心的现场画面。当我向内姆问起这件事时，他称自己根本没注意到自家电视播了这起突发新闻。“我为兄弟们担心，”他说道，“但并不是太在乎这件事。”然而这条路正是他当天晚上打算走的那条。如果他清楚自己逃亡在即，那这副漠不关心的样子就太奇怪了。阿泽尼亚和费让早就明确告诉过他，罗西尼亚已经被全面封锁了。

内姆派人去西蒙娜家接女儿泰伊娜和费尔南达。见到父亲之后，泰伊娜当晚告诉母亲：“我觉得爸爸怪怪的。他抱了抱我们，还说他马上要离开一段时间，但会在我们想不到的时候再出现，真是惹毛我了。”

内姆继续进行准备工作，这些选项依然在他的脑海不断盘旋：逃跑，战斗，躲藏，投降。到底要怎么做才好？

生存还是毁灭，无论内姆是否喜欢，这个难题永远存在。但这次不仅关乎他自己，还关乎他最亲近之人的生死，关乎他的敌人们，以及那些有罪之人和无辜之人。他几乎可以嗅到颈后死神温热的鼻息。内姆最不想结交的朋友莫过于死神，但鉴于现状，他不得不对其俯首。直到今日，内姆仍希望和这位朋友保持距离。

假如他不幸被死神捉住，死神还会同时带走很多人。在这个命运的十字路口，死亡的可能性潜藏在每一条路的尽头。摆在内姆面前的问题十分简单：走哪一条路，死神最不可能尾随而至？

没人能指责内姆在做决定时过于草率，他的日程表上排满了各种会面和咨询。下一个约好见面的是何塞·胡尼奥，这位极富魅力的成功人士是 AfroReggae 的创始人。1993 年，就在维加里奥热拉尔大屠杀之后*，胡尼奥先后创办了一家报纸和一个慈善机构，想为里约贫民窟的青年们提供一些比贩毒和失业更好的出路。在《贫民嘻哈王》(*Favela Rising*) 这部电影大获成功后，AfroReggae 获得了世界范围内的赞美。贫民窟的青少年和成年男女们随时有可能受到诱惑，陷入毒品和暴力的世界，而 AfroReggae 最励志的项目则让他们拥抱了巴西灿烂的音乐遗产，全身心投入到令人惊叹的合奏演出中。胡尼奥也凭此吸引到了来自里约数家大公司乃至西班牙最大的银行的赞助。赞助款项源源不断地涌进贫民窟项目。与此同时，胡尼奥和州长及贝尔特拉姆也建立了密切的政治关系。

当内姆和胡尼奥在几个月前首次会面时，同很多人一样，胡尼奥对内姆感到非常困惑。他们一直努力把内姆当成一个黑帮老大，但又无法撼动自己的认知：他一直游走在社会底层。我理解何塞·胡尼奥的感受。在和内姆交谈的过程中，我最大的感受就是内姆一直热切地想要做些好事，但是他手下有一

---

* 见第 7 章。

群武装分子和一个利润巨大的犯罪组织，这二者之间是无法调和的。

“这个世界上不存在好的毒贩，”胡尼奥断言，“只不过有一些不那么坏。他们全部都是恶棍，个个手上沾满鲜血。但内姆还算不错，我挺喜欢他。虽然这种事情不常发生，但我的确慢慢开始欣赏他。罗西尼亚人比其他贫民窟的人都要更深思熟虑一些，内姆还多了几分谦逊。”

胡尼奥坚称，凡是想要他帮忙的毒贩只能登门拜访，不能反过来让他找。但他意识到在这种情形下，内姆绝不可能离开自己的家。因此在 11 月 9 日的晚上，他决定亲自前往罗西尼亚。胡尼奥成了又一位劝内姆投降的大使。启程前，他联系了政府办公室、警方和正在调查内姆一案的法官。各方都知晓了本次面谈的时间和地点，这或许是内姆最广为人知的一次秘密会见。

大约晚上 8 点，内姆的母亲现身，接过了照顾孩子的责任。不一会儿，内姆就收到了消息，胡尼奥已经进入了贫民窟。

就在内姆母亲居住的，也是他长大的拥挤公寓外，随着天光渐暗，狭窄小巷上斜倚着的岌岌可危的高楼也黑了下来，正好为这两名在里约弱势群体中最具影响力的人的会面做好了准备。胡尼奥戴着金色圆圈耳环，衣着得体、面容整洁，很多人觉得他是个关心政治的酷仔，另一些人则批评他和卡布拉尔政府过从甚密。

会面氛围友好，却带着公事公办的气息。会谈进行到一半时，胡尼奥还和一位政府联系人通话，澄清了几个问题。尽管两人进行了融洽的交谈，但内姆最终还是没能被胡尼奥的努力斡旋说服。不过他记下了胡尼奥的电话号码，两人同意保持沟通渠道畅通。

内姆的家人希望他选择第三条路：一走了之。他说家人被他一开始制定的在罗西尼亚躲起来的计划吓坏了。内姆的母亲和 12 岁的女儿艾杜阿尔达都恳求他重新考虑，内姆向她们解释自己在罗西尼亚内有一处警察永远都找不到的藏身之所，他的家人则对此表示怀疑。假如他被警察发现，很可能会当场毙命。太多警察想要杀了他并将他充作战利品。

当费让出现时，内姆仍然无从决定。这个男人到底有何特别之处，能让内姆如此信任？是因为他们自小的友谊吗？还是因为费让处事高效，而且作为居民协会领导能被外界所接受？内姆不仅是信任费让，他是依赖这个人。

费让带来了令人更加不安的消息：罗西尼亚周围的雨林已经被 BOPE 占领了。他还称自己收到线报，平定行动会提前几天展开，时间定在了明日凌晨 5 点。毫无疑问，贫民窟已经被团团围住，科埃略和其他兄弟会领导被逮捕足以证实这一切。但实际上，雨林区尚未被警方占领，平定行动也要在四天之后才开始。回想起来，当时费让迫切地想要内姆离开。

最后，内姆终于做出决定。他把阿泽尼亚拉到一边说："就这么做吧。"阿泽尼亚打电话给穆西，通知民事警察他们决定自首。就在这一刻，内姆似乎做出了最后决定，他站在徘徊已久的十字路口前，终于选定了自己要走的路。但一切似乎又并非像看上去那样简单。内姆真的确定投降了吗？或者他再一次发挥了自己的才智，想要为自己多留一些选项，哪怕它们正一一消失？他的命运现在掌握在阿泽尼亚和费让的手中吗？这些问题都没有答案。唯一明确的是，内姆已经决定离开罗西尼亚，离开这个他一手建立，也是他功成名就的地方。

当内姆向母亲和孩子做最后的告别时，他收到了一条奥塔维奥发来的信息。这位情报官一直在跟进当天早些时候内姆的同伴们在加维亚区被捕的情况。消息写道："我的朋友，你还有时间考虑。奥塔维奥衷心希望内姆能做出明智的选择，前去自首。"内姆回复道："我的兄弟，感谢你做的一切。上帝知晓你的一切努力，愿他的光辉庇佑你和你家人。"

这是一次动人的交谈，法律让这两个男人站在了对立面，但他们早已对彼此怀有真正的尊重。

收到回信后，奥塔维奥喃喃自语道："这个傻子，难道他不知道自己已经走投无路了吗？"奥塔维奥也许想错了，内姆也很清楚自己走投无路。他不能留下来。假使他投降，人们会再次怀疑他一早就和警方有合作。或许，他还有别的选择？

红门区（Portão Vermelho）位于罗西尼亚顶部，那里的贫民窟紧挨着热带雨林。每当夜幕降临，糟糕的照明配上茂密的树林，让这个宁静多荫的角落更显黑暗，甚至透露出一丝邪恶。

当晚刚过10点，内姆乘坐一辆摩的抵达此地，但他和费让发现很难辨认出那辆黑色丰田卡罗拉的轮廓。阿泽尼亚、德莫斯特内斯和安德烈·克鲁斯三人从阴影中现身，内姆往前走了一步，打开后侧车门。

“慢着，”费让出声阻止道，“你得进后备箱。”

内姆瞬间惊呆了，他还以为自己听错了。他看了看费让，似乎觉得自己最信任的顾问刚刚失去了理智。他所有的本能都开启了。他想，躲进汽车后备箱，通常这只意味着一种结局。尽管这是你律师的车——特别是这还是你律师的车。

费让坚持己见。“这是为了你好。如果有人看到你这个里约的头号通缉犯坐在车后座，他们做的第一件事就是掏出机关枪把你打成筛子。”这个想法很有道理，短暂商议后，大家一致同意躲进后备箱是正确之举。

内姆屈身爬进后备箱。费让把一个装着50,050欧元和55,000雷亚尔现金的旅行袋放到了安德烈·克鲁斯旁边的座位上。这笔钱是三位律师的劳务费。内姆被裹在一张防水油布下面，飞快计算着这次冒险之举可能出现的后果。整个贫民窟会怎么看这件事？我的孩子们能安全吗？那笔钱要怎么办？我还能信任谁？

内姆从未如此强烈地被信任问题困扰，他花了十年的时间让自己知道得比任何人都要多。情报是他成功的关键，也是他生存下来的关键。然而，当内姆身处后备箱时，他失去了和外界的联系。当他离开贫民窟，也许这是他最后一次离开这里，他觉得自己再也无法预知将要发生什么事。他开始出汗。这会是个陷阱吗？“我甚至认为他们可能是想绑架我，要真是这样，那我可能没法活着回来了。”他对我说。

阿泽尼亚拼命打电话联系穆西巡官，想要提醒他“游行”马上就要开始了。车内气氛变得越发紧张。阿泽尼亚安排好了一切，但令人恼火的是他的手机偏偏在这时没了信号。“这是我、德莫斯特内斯和安德烈犯下的致命失误，”事后他承认，“我们当时应该等信号恢复，等穆西和他的队伍就位后再出发。这是我们这边犯下的大错。”

丰田车缓缓沿着小山坡朝加维亚大道顶点驶去。

阿泽尼亚一行人没有碰见穆西和他的民警同事，反而迎来了军事警察设置的路障。安德烈告诉第一位警官自己是刚果民主共和国驻里约的名誉领事，他和这辆车都享有外交豁免权，警察无权搜查他的汽车后备箱。

这位警官立刻通知自己的上司，32 岁的中尉迪斯雷利 · 戈梅斯（Disraeli Gomes），他全权负责围绕罗西尼亚设置的 16 个路障，监控所有进出贫民窟的人。当天晚上早些时候，他在动员演讲时是这样对手下说的：就算是巴西总统本人开着公务车从罗西尼亚驶出来，也照拦不误。

当戈梅斯抵达现场时，阿泽尼亚注意到手机终于有了信号。他立刻拨了穆西的电话。这名律师觉得把内姆成功交到民事警察手上关乎生死，因为想猎杀内姆将其充作战利品的正是军警部队内的一拨人。他根本无法承担后备箱被打开的后果。

接下来发生的事众说纷纭，仍然有待法庭审理。戈梅斯声称当时他和阿泽尼亚二人借一步说话，阿泽尼亚告诉他后备箱里塞满了现金。他讲了个不寻常的故事：他们一行人刚在罗西尼亚举办了一场为刚果某非政府组织筹款的晚会，此时正把现金运出罗西尼亚并转往国外。据戈梅斯称，这位律师随后声称后备箱里塞了超过100万的美金、欧元和雷亚尔。戈梅斯解释说，自己觉得阿泽尼亚此举意图行贿，所以当场逮捕了他。

阿泽尼亚否认自己曾说过这些话。与之相反，他称自己曾试着向戈梅斯解释，他们已经同民事警察安排好了会面，现在正前往第15分局。然后他把手机交给这位军警，好让对方同穆西直接对话。事后阿泽尼亚辩称，假使他真如戈梅斯所说被当场逮捕的话，这名中尉为何又允许自己回到丰田车上呢？他又为何允许自己一直保持通话呢？戈梅斯称自己当时有点担心：假如阿泽尼亚的确如他所言是刚果领事，那自己可能会在这起外交事件中捅娄子，到时候所有责任都得由他来担。

此时此刻，戈梅斯的一位同事悄声告诉他，三位乘客都已经从丰田车里出来，但汽车底盘的后部仍然压得很低。“后面放的东西分量不轻。”这名警官总结道。

戈梅斯旋即宣布所有人移步警察局，阿泽尼亚和克鲁斯似乎对此十分满意，他们还以为戈梅斯让大家移步的是第15分局。分局位于加维亚区中心地带，距离事发地最近。然而戈梅斯的决定出人意料，他后来解释道，因为涉及外交官员和将要被运出国的大量现金，此案理应由联邦警察负责处理。

穆西和戈梅斯两人的说法在各自的部门里逐级上递，最终传到了民警和军警的副警长那里，此时两名副警长正和公共安全部部长一起身处柏林。贝尔特拉姆肯定知道不少情况，甚至是事情的全貌。

正如许多发生在巴西的争议性事件那样，这次黑色丰田事件很快演变成军警和民警间的代理权之战。车队出发后，丰田车出人意料地打了个右转弯，因为车上的乘客仍然以为自己要前往的是第 15 分局而非联邦警察局总部。阿泽尼亚决定在海军俱乐部前停车等待民事警察的救援。援兵到了，但前来的高级警官还是输掉了由谁来逮捕内姆的争论。假设所有程序都被严格执行，这个案件应该归民事警察管，因为内姆的通缉令是由里约州而非联邦政府签发的。这是一场实打实的闹剧，而且是一场典型的巴西式闹剧。

事情的真相究竟是什么？内姆是否试图逃跑？抑或他真心实意打算自首？过去两年来，我一直试图从尽可能多的角度来检视那天发生的事情。内姆无疑对我有所保留，但他似乎也想看看我能否重构真相。其中一个重要的见证人费让已经去世。谁又知道哪些人说的才是真话呢？

我采访了内姆周围几个亲近的人，问他们觉得内姆当初的计划是什么。

内姆的第一任律师认为他中了费让的圈套，还好他们的“逃跑计划”被路障拦下了，否则最终费让定会下令绑架内姆。费让的某些言行表明他正在利用形势为自己谋利。但这个理论暗示穆西和阿泽尼亚也与此有关，这就完全说不通了。

穆西巡官则认为阿泽尼亚知道内姆会试图逃跑。这也有可能，但这对阿泽尼亚和克鲁斯父子而言风险巨大。假如自首计划黄了（鉴于当时罗西尼亚已经被包围，这很有可能发生），一旦有确凿证据证明这几名律师教唆内姆逃跑，这三人会受到严厉惩罚。

阿泽尼亚称内姆从来都没有认真考虑过逃跑这件事，他一直希望向民事警察自首。这种推测很合理，和三名律师和民警的行动都能对得上。如果阿泽尼亚在丰田车驶离罗西尼亚前就和穆西成功通话，就能证实这个说法。但他是被路障拦下后才拨通电话的，这仍然令人生疑。

公共安全部部长贝尔特拉姆则认为这一切都是精心策划的假把式。贝尔特拉姆称内姆就是在拖延时间，他早就决定要逃跑了，只是误判了形势。但这个轻蔑的回应和贝尔特拉姆的实际行动不太相符。毕竟是他一次又一次地批准手下的官员和内姆协商，其中一些会面甚至相当危险。11 月 9 日事发当晚，民事警察副警长向他详细报告了来龙去脉，他后来却声称不知道从玛西亚（Marica）远道而来的民警为何会出现在事发现场。他心里明明清楚得很。贝尔特拉姆有充分的理由怀疑内姆自首的决定，但他也做好了准备，进行过很多次尝试。

人人都打着小算盘，内姆似乎在自己的游戏中被人玩弄于股掌之间。但事实并非如此。无论这场逮捕有多混乱和复杂，这毕竟是他的地盘，如果真有一个人在引导事态的发展，那个人最有可能是内姆。

内姆向我坚称他当时还在试着争取自由，他已经安排好和一位能够将他藏几个礼拜的人会面，“直到尘埃落定”，然后他会向何塞·胡尼奥的警方联系人自首。这种想法是合理的，但我认为这会让他腹背受敌——无论敌人是来自警察内部还是敌对帮派。他已经对家人做出了最明确的承诺，特别是对孩子们。身为父亲的他若是死去，对任何人都没有好处。这个行动方案在我看来过于冒险。

真相在上空某处盘旋，我不时觉得它触手可及。随后，当我再次回顾一沓厚厚的采访记录时，一些细节引起了我的注意。在内姆和当时的里约情报局副局长巴尔博扎协商的过程中，巴尔博扎曾向内姆的律师说，比起接受内姆自首，当局更希望上演一场逮捕的戏码。这些讨论发生在2010年的州选举前的准备阶段，对于争取连任的州长卡布拉尔而言，那时正是逮捕内姆的最佳时机。律师对此表示同意，这样对内姆也有利。假如他是被逮捕而非自首，没人会指责他是个告密者。实际上，他在里约帮派圈的地位会不降反升。一次逮捕，双方获利。

调查进入尾声时，我和西蒙娜交谈过一次。她向我回忆内姆的养女泰伊娜曾在逮捕当晚和父亲告别。“这仅仅是我的个人观点，”她说道，“但我认为内姆非常清楚，一旦他离开罗西尼亚，就会被警察逮捕。我不太确定，但我觉得这一切很有可能是他自己安排好的——我是说他被捕这件事。”

当晚，内姆被捕的消息传开后，西蒙娜去了内姆母亲家，帮派的人都聚集在此。大家在为内姆被捕的消息落泪。“所有人都很哀伤，除了多娜·伊雷妮，她只是平静地坐在那里，小口喝着啤酒，”西蒙娜回忆道，“她是内姆的母亲，我还以为她会是全场最悲伤的人。”在一阵喧闹中，西蒙娜听见她小声说：“好吧，这比我想象中的来得早了点。”

最后一次探访安东尼奥时，我告诉他：“有时候，我忍不住觉得是你自己一手策划了这场逮捕。”我把话说到一半，内姆没有发表任何评论，但他突然看着我笑了一下。

一瞬之间，我想起了卡罗尔·理德（Carol Reed）的电影《第三人》（*The Third Man*）中那神奇的一幕。当奥逊·威尔斯（Orson Welles）第一次出场时，他站在夜色笼罩下的门廊前，一束光线闪过他的面庞，他对自己的高中好友霍利·马丁斯（Holly Martins）露出了一模一样的笑容。

安东尼奥从未肯定过这种说法。采访结束后，他再一次微笑着对我说：“有一天我会把故事的真相告诉你。”但我几乎可以肯定，他既没有打算藏起来，也没有打算逃跑、投降或战斗。在这场环环相扣的游戏里，他比其他人都先行一步。他走了一着妙棋，为自己找到了第五个选项——自导自演一场逮捕。

他既是扑网的飞蝇，又是布网的蜘蛛。

尾 声

2011 年 11 月 13 日星期日 12 点 45 分，里约州旗和巴西国旗在罗西尼亚 S 形弯道的旗杆上冉冉升起。一支由当地军警组成的合唱团突然齐声唱起欢快的巴西国歌，大约有 250 名贫民窟居民在周围鼓掌欢呼。

“罗西尼亚是我们的！”《环球报》在次日大肆宣传，他们这样写道：从此以后，罗西尼亚、维德加尔和天空农场这三个地区将不再属于“过去十年内暴力统治十万居民的武装贩毒集团。这些地区将重回国家和所有巴西人民的怀抱，无一例外”。

早在政府攻占罗西尼亚前，居民们就知道这一天迟早会来。“当时人们大多感到恐惧，”一位当时住在罗西尼亚，名叫玛格丽特·戴（Margaret Day）的 40 岁美国人观察到，“人们都很害怕。他们害怕是因为他们向未知世界迈出了一大步。他们不信任警察，也不知道警察要在这里驻扎多久。没有人会热烈支持毒贩们犯罪，但他们至少给这里带来了某种稳定。你不去自找麻烦，麻烦也不会找上你。”事实上，作为一位非裔美国人，玛格丽特表示比起自己的家乡纽约，住在罗西尼亚反而更有安全感。

占领行动的前一晚，罗西尼亚底部挤满了熙熙攘攘的顾客。一些人在囤积物资，做好长期被困在家中的准备。还有不少人围在流动摊贩身边，这些摊贩担心新来的平定部队会打着好莱坞和硅谷的旗号打击盗版，纷纷用 1 雷亚尔一张的低价推销盗版 DVD、CD 和电脑软件。

大约晚上 11 点，玛格丽特和朋友们在沥青区聚完会，余兴未消地回到罗西尼亚山脚的入口。当她离开贫民窟时，巴塞卢斯、亚壁区、牛仔长街和瓦莱奥区人头攒动，但等她回到家时，整个罗西尼亚空无一人，一片死寂。那天是星期六，本该是一周中社交活动最活跃的时候，通常半个里约的人都会蜂拥到“情绪”参加放克派对。她想，今晚大概是罗西尼亚过去 30 年来最安静的一晚。就在玛格丽特慢慢走上山时，沿途的派对、商铺、小贩和摩的司机都纷纷歇业或离开了。

面对即将来临的占领行动，罗西尼亚的居民都有一种不祥的预感，但内姆却表示平定行动不会遭到任何抵抗。他认为如果兄弟会试图反抗，唯一的后果就是带来一场毫无必要的血战——这是他最不希望看到的。但内姆此刻已经身陷牢狱，他的影响力还能保持多久？玛格丽特和罗西尼亚的绝大多数居民一样，完全不知道剩下的毒贩会不会奋起抵抗。

在回到卡丘帕区的小公寓前，玛格丽特在一家当地杂货店里买了点日用品，以防自己会被困在家里一段时间。面对眼下这种情况，她正犹豫要买什么食物好。店主认识玛格丽特，她已经住在这里六个多星期了，他留意到玛格丽特有点醉了，严肃地对她说："你现在马上回家去，待在家里别出来，"他一字一句告诫她，"直到你确认彻底安全之前，不要离开公寓一步。"

玛格丽特提着东西摇摇晃晃地走上楼，脑子里一团乱。接下来我会遇到什么？她问自己。我是不是应该拍几张照片？那些入侵的警察部队会朝我开枪吗？她开始在公寓里打扫卫生，脑海中盘旋着一个古怪的想法："好吧，假如 BOPE 要来搜查我的公寓，至少我应该把它弄得整洁一些。"这之后，她不安地睡着了。

凌晨 2 点 30 分，正当玛格丽特熟睡时，安全部队封锁了所有进出罗西尼亚、圣康拉多和加维亚的道路。他们还封住了连接莱伯伦、天空农场以及维德加尔的尼迈耶大道（Avenida Niemayer）*。祖祖·安热尔隧道被完全封闭，南区的几个地方设置了用于临时绕行的路。超过 1000 名民警、军警和特种部队在临近各区待命，一切整装待发。

此时的贫民窟仍然异常寂静。接下来的几个小时里，这里似乎与外界的士兵、毒品、腐败、警察还有装甲车隔绝了。罗西尼亚如同被人下了咒语一样：没有音乐，没有轰鸣的汽车引

---

* 这并不是以设计了巴西利亚行政区的那位世界著名建筑师之名命名的，而是以一位 20 世纪初的军事工程师之名命名的。

擎，没有说话声，也不见半个人影。这里的街道从未如此空荡过，能听见的只剩公鸡在清晨打鸣的声音。

凌晨 4 点 09 分，就在破晓之前，七辆装甲输送车沿着加维亚通往罗西尼亚的主干道圣维森特德马克斯（São Vicente de Marques）路攀行。他们遭遇的唯一抵抗是毒贩们洒在路上的油——面对着装有卡特彼勒履带的两栖坦克，这显然不太现实。

与此同时，40 名 BOPE 警员蹑手蹑脚沿着加维亚大道底部向上推进，一分钟后，针对天空农场和维德加尔地区贫民窟的行动正式拉开帷幕。

玛格丽特猛地一惊，从睡梦中醒来。直升机仿佛就在她屋顶的上方，轰鸣声大得让人难受。她还没有睡够，宿醉未醒。但体内残余的酒精很快就被飙升的肾上腺素冲淡了。

从她的公寓内望出去看不到主干道，因此玛格丽特连忙发短信给一个住在高层的朋友莱安德罗（Leandro）。“疯了。”他回复，“到处都是坦克。”突然间，睡在玛格丽特那栋楼屋顶的狗开始狂吠起来，伴随着巨大的砰砰声。邻居家的父亲咔嗒咔嗒地从屋顶走下来，把几只狗领进狭窄的楼梯走廊里。BOPE 警员正在整个贫民窟的屋顶上四处飞奔。“那场面就像《卧虎藏龙》里拍的一样，”有人这样回忆道，“太诡异了。”

清晨 6 点 20 分，玛格丽特收到一条莱安德罗发来的信息。“你出来吗？我们出去瞧瞧。”起初她有点不情愿，想到睾酮上脑的警察们正在贫民窟里四处游走。莱安德罗说电视上刚播完，整个平定行动已经结束了，一枪都没开。现在 BOPE 和其他安全部队完全控制了罗西尼亚。“五分钟后我在鲍勃汉堡店里等你。”他说道。

玛格丽特友善的邻居一家祈求她不要出门。“你疯了，你不了解眼前的情况有多危险。”但玛格丽特还是坚持离开。她和莱安德罗小心翼翼地沿着加维亚大道往 S 形弯道处走去。

天光破晓，但太阳还没完全扫除夜色的阴霾。空寂的街道宛如梦境，甚至有些瘆人，仿佛所有人都在一夜之间被移除了。就在 S 形弯道前，玛格丽特抓住了一道栏杆：她差点滑倒。地上是毒贩们为了阻止，或者说至少拖延 BOPE 的进攻而洒的油。

等掸干净身上的灰，她看见一队 BOPE 警员鬼鬼祟祟地爬上加维亚大道，半自动步枪的枪口直指她的胸膛和脑袋。她全身的毛发都紧张地竖了起来。警察们正在判断眼前这人到底是个潜在威胁，还是真的笨到家了，偏要选择在这一天的这个时候四处乱晃。他们选择了后者，然后从她身旁走过去，继续密切留意可能会出现的陷阱。

玛格丽特走到了帕萨雷拉（Passarella），这座人行天桥标志着罗西尼亚的入口，她看到有人睡在门口和人行道上，然后向莱安德罗表示自己从未在罗西尼亚见过如此情景。“每一个被平定的贫民窟都会引来许多流浪汉，”莱安德罗解释道，“因为大家都觉得接下来政府会提供救济，像是食物、住所，甚至钱。”

数百名贫民窟居民已经排起了长队等公交，就像过去每天做的那样。街道空无一人，玛格丽特不知道他们是如何到达公共汽车站的。但不管是刮风还是下雨，来的是毒贩还是 BOPE，这些人都别无选择，只能坐车去南边的中产阶级家里做繁重的体力活。他们穿过狭窄的街巷偷溜过去，想办法避开了那些带枪的士兵。

与一年以前发生在阿莱芒区的平定行动相比，罗西尼亚简直轻松太多了。两者所需的准备工作根本没法相提并论。阿莱芒区有 44 个进出口，而罗西尼亚只有两个，分别在加维亚大道的底部和顶端。行动开始的两天前，BOPE 队伍已经在环绕贫民窟的大西洋雨林里安营扎寨，想从那里逃出去根本没可能。

虽然没有遭遇任何反抗，但这次行动的规模仍非常庞大。超过 1000 名军事警察、民警、联邦警察和海军一起重夺三处贫民窟的控制权：罗西尼亚、天空农场和维德加尔。另外还有超过1500名人员为此次被戏称为“和平震慑”的行动提供后勤支持。

鉴于兄弟会和平处事的传统，贝尔特拉姆认为在罗西尼亚取得胜利应该比像在阿莱芒这样的贫民窟要来得容易，真正的挑战在于占领后对该地的管理。这一担忧完全有道理。

内姆被逮捕不到三周，有人走进加维亚宪兵警察局提交了一张 DVD。和 DVD 一起被送达的还有一张字条，是用大写字母写成的：

警察先生：

我对你们有信念。帮派分子必须被逮捕。录像带由我本人录制，我已经见够了诸如此类的谎言。内姆和威廉在一家烟草店里贩卖军火，而这里的警察对此视而不见。威廉通过贩毒获取支持和经济来源。我相信有信封内这盘影碟作为证据，这个无耻的人定会被逮捕。愿上帝保佑众人。阿门。

影碟里的内容引发了轰动。里面记录了内姆与居民协会前主席威廉的会面，后者在2005年因为被指控与毒贩有染而陷入冤狱。我们可以看到内姆将一大笔现金交付给主席，而主席则将枪支递给这位毒枭。一把半自动步枪在视频里异常显眼，这不像是内姆会做的事，他一直避免和枪支有公开联系。

DVD曝光后，威廉因军火交易被判入狱服刑四年，而内姆本就冗长的罪名清单也因此又添一笔。这次事件给两人的声誉带来重击。已经入狱的内姆不能看电视和报纸，只能看周刊，近乎与外界绝缘。

但有一件事内姆很清楚，拍下这段视频的正是他的心腹、现任居民协会主席费让。看到视频时，内姆瞬间就意识到这段视频被篡改过，他们的对话看起来比实际发生的要邪恶多了。威廉也意识到了这点，他们被陷害了。当鉴证科证明这段DVD视频被蓄意剪辑过后，法庭旋即宣布两人无罪。

很难想象除了费让外还有谁会去上缴DVD。对他来说，这件事可谓一石二鸟。自从内姆被捕后，威廉在民意调查中的支持率越来越高，这威胁到了费让身为居民协会主席的地位。这段视频能确保铲除威廉这个政治对手。事实上在遭到指控后，威廉的支持率迅速下滑。

这件事还有令内姆的刑期延长的风险。而费让不仅负责帮内姆管钱，还对剩下的兄弟会成员声称自己是内姆指定的继承人。看来他是想把政治权力和帮派权力集中在同一个人手上，而那个人就是他自己。

2012 年 3 月 26 日下午 3 点左右，费让沿着一条连接亚壁区和牛仔长街的狭窄小道往下走，大约走到半路时，一辆摩托从他身边呼啸而过，枪手同时射出六发子弹。其中三发击中费让的背部，另外三发没有打中目标。看来费让玩过头了，以致引火烧身。这是自内姆被捕和贫民窟被平定后的第六起暴力致死事件，带来了非常深远的后果。

几个月后，威廉的团队找来的电脑鉴识专家终于成功证明这段视频被篡改过，这在内姆看来一直是显而易见的事。没错，两人的确见过面，而内姆也为威廉的竞选活动献上了助选金，威廉虽然觉得受到了威胁，但还是觉得在这种情况下接受助选金是最明智的选择。但内姆并没有给对方枪。侦缉警司甚至设法追踪到了篡改视频的人，此人坦承费让就是幕后黑手。

是谁杀了费让？在他死后不久，内姆的一位名为“FM”的前手下被里瓦尔多·巴尔博扎逮捕。巴尔博扎是贝尔特拉姆的前情报主管，随后被任命为里约凶杀案组的负责人。费让于兄弟会内树敌无数，特别是在内姆入狱后。至于 FM 是自行行动还是奉命枪杀，无人知晓。

采取行动占领贫民窟之后，在建立正常运作的平定警队前，公共安全部部长会先部署一支强硬的过渡部队来消除毒贩余党的影响力。当阿莱芒区被政府完全控制后，这支临时部队中的一些人开始敲诈贫民窟内的居民，这正是贝尔特拉姆不惜一切代价想要避免的。民事警察的警官们戏称阿莱芒和周围的几个贫民窟是“塞拉佩拉达”，这是 20 世纪 80 年代吸引了众多年轻巴西男子的掘金地 *，当时那里遍地是金钱、武器和毒品，都是逃走的毒贩丢下来的。敲诈的主犯之一正是被称为“雷霆”的莱昂纳多 · 托雷斯警官——2007 和 2008 年当局进驻阿莱芒区时，州长卡布拉尔还对此人赞不绝口，称其为模范警员。† 这位叼着雪茄、长得像《第一滴血》主人公的警官在阿莱芒区附近的拉莫斯（Ramos）一带欺凌和威胁百姓。如今他已经被定罪入狱，成了耻辱。

讽刺的是，这些腐败警员的同党正是里约的主要毒贩。联邦警察最终揭开了这张敲诈网络，他们截取到了一条短信，是一名民警在 2009 年发给在罗西尼亚避难的兄弟会成员的，这名成员也是内姆的同伙。“明天 BOPE 会在你们那里展开行动，”短信的开头写道，“他们已经在树林里了。”当然，如果这名警官直接知会内姆的话，联邦警察就更难拦截到这条信息了。内姆本人很注重通信安全。

---

* 见第 9 章。

† 乔恩 · 布莱尔在纪录片《与魔鬼共舞》中讲述了关于托雷斯的部分故事。

这些腐败警察一直同兄弟会和红色司令部有合作，每人每月大概会收到5万雷亚尔的报酬，里面包括向贩毒集团出售武器赚的钱。

当“掘金地事件”和联邦警察展开的“铡刀行动”的调查细节曝光后，贝尔特拉姆立刻发声为里约的民事警察局局长阿兰·塔诺夫斯基（Allan Turnowski）辩护，后者坚称自己对敲诈行为毫不知情。三天后，局长被解雇了，因为他向参与“掘金地事件”的一位高级民事警官通风报信，说联邦警察正在追踪他。

“掘金地事件”对阿莱芒区的平定行动造成了不可估计的负面影响。卡布拉尔州长和贝尔特拉姆决不能在罗西尼亚重蹈覆辙。他们确实想办法做到了，但接下来发生的事比这还要糟。

2013年7月中旬，罗西尼亚内已经建立起一支由约700名警察组成的平定警队，其主要职责是维护法律与秩序，为当地居民的日常生活提供援助，鼓励当地民众支持平定警队、军事警察和其他公共部队，查找和收缴非法枪支和武器。某个星期天，平定警队长官艾德松·多斯桑托斯（Edson dos Santos）少校召集部下开会并下发了一张名单，上面列出了几十个人，据说他们仍在和兄弟会合作，而且涉嫌帮其藏匿枪支。

当天下午，43岁的砌砖工人阿马里多·德索萨（Amarildo de Souza）正从家里出来准备买点柠檬，一位平定警队警官突然叫住他。“喂，公牛！”出于职业原因，阿马里多身材健壮，人们都说他食量如牛，“我要带你回警局问话。”

这是平定警队以外的人最后一次见到阿马里多。警队总部位于红门区，两年前内姆就是在那里躲进了丰田卡罗拉的后备箱。总部由几个海运集装箱组成，看起来有些凑合，但工作氛围却很火热。

在里面，警察告诉“公牛”，警方觉得他知道兄弟会把武器藏在哪里了。事实上他们抓错了人了——罗西尼亚里还有一个阿马里多，曾经是兄弟会的成员。现在这位被抓来的阿马里多当然对此一无所知。为了逼他说出自己并不知道的情报，警察们把他浸了“潜水艇”。据联邦警察对其死亡原因的调查报告，警察们把一个塑料袋套在阿马里多头上，等他接近窒息时又把他一头按进一桶冷水中。当他下意识吸气时，肺部就会被冷水灌满。

当天那些警察们没弄清楚的事情还有一件，这位阿马里多患有癫痫。没过多久他就死了。警队总部里的两个摄像头神秘而“善解人意”地出了好几个小时的故障。然而，阿马里多辞世一年后，巴西主要的夜间新闻栏目“全国新闻”（Jornal Nacional）播出了一段令人震惊的视频片段，影像记录了总部院内大门处的情况，就在阿马里多死亡当晚，两辆 BOPE 警车驶入又驶出。被节目邀请来的鉴证专家的评论令人胆寒：他们很有可能是将一具尸体转移出了办公楼。没有尸体，就没有罪案。有了警察，谁还需要毒贩呢？

阿马里多之死被新闻公之于世，警察部队和贝尔特拉姆在占领罗西尼亚后的一年半内建立起的有限信任一夜之间烟消云散。根据一向的传统，罗西尼亚人封锁了祖祖·安热尔隧道，他们同平定警队之间刚萌芽的合作已然流产。

这起事件恰好同一场公共安全危机撞在一起，后者不仅困扰着里约当局，而且困扰着整个巴西。2013年夏，一场声势浩大的反政府示威活动席卷全国。整场运动始于6月初的圣保罗，一小群人抗议当地的交通费用再次上涨时，被警方用恶霸般的手段驱散——他们通常只会对贫民窟的人这么做。然而，这场示威的主力军是一群中产阶级青少年，没过多久他们就雇了一队律师向政府问责。与此同时，人们开始用全新的方式追踪报道最早的抗议者和随后走上街头的大规模示威者，他们被称为“媒体忍者”（Media Ninja）。

这群年轻的记者开始在社交媒体上直播示威活动。“媒体忍者”起初遭到了巴西最具影响力的报纸《圣保罗页报》（*Folha de Sao Paulo*）和《环球报》及各大电视台的无视，但很快就因实时转播警察的骇人暴行引发了大量关注。

没用多久，就在国际足联联合会杯（Confederations Cup）开幕式前夕，全国100多个城市都爆发了游行。这次比赛本来是即将举行的世界杯的序幕，通常由主办国在世界杯年的前一年举行，好向世界展示自己为即将到来的世界级体育盛宴做了何等充足的准备。

但在巴西，联合会杯的情况变得极其难堪，来自世界各地的足球爱好者们不得不穿过成千上万愤怒的示威者去观看比赛。抗议者的怒火主要发泄到了卢拉亲自挑选的继位者迪尔玛·罗塞夫（Dilma Rousseff）身上，当她在巴西利亚参加开幕式时，嘘声和讥讽的口哨声此起彼伏。罗塞夫所在的政党也散发出了巨额腐败的臭味，他们被卷进了一个巨大的政治丑闻之中："大额月度津贴"(Mensalão)。时任国际足联主席塞普·布拉特(Sepp Blatter)也未能幸免。实际上，那个夏天最流行的游行示威口号之一就是"国际足联滚蛋"，建造新球场期间频发的腐败交易甚至让巴西人自己都不愿参与这场体育盛事。

示威活动在里约爆发得最为猛烈。这之前，卡布拉尔州长还享有55%~60%的支持率。到了2013年7月，六周之内，他的支持率已经下跌到13%。卡布拉尔和他所领导的政府忽然间岌岌可危。

就在这时，阿马里多被杀害了。他的死动摇了平定行动，这项政策在整个里约有着广泛的群众基础，而且在某些重要层面已经产生了真正的回报。然而结果有好有坏。平定过后，街头武装贩毒团伙的数量减少了，被平定的贫民窟内的凶杀案减少了整整75%，警察和毒贩爆发武装冲突时的死伤人数也随之下降。但这也意味着帮派对这些地区的治安监管消失了，于是家庭暴力案件增长了四倍，强奸案翻了三倍，入室盗窃案也翻了两倍。*

尽管大多数帮派分子都隐匿在平定行动的大势之下，但这

---

* Ignácio Cano, Doriam Borges and Eduardo Ribeiro, *Os Donos do Morro:Uma Avaliação Exploratória do Impacto das Unidades de Polícia Pacificadora(UPPs) No Rio de Janeiro* (Rio: Heinrich Böll Stiftung, 2012), 35.

些人和他们的枪却从未消失过。在罗西尼亚，平定警队控制了这里的主要区域和加维亚大道。行动结束两年后，我在第一街后面散步时，脚下的小巷豁然开朗起来，变成了一块酒吧区，酒吧里面配着石质的桌椅。九个荷枪实弹的年轻人围坐在一起喝着咖啡，看上去很是冷漠，他们用杀手的眼神死死地盯着我和我的向导。幸运的是，这帮人的首领是一个看起来蛮有责任心的中年男子，他 30 多岁，挺着个啤酒肚，友好地握了握我的手。当大家认出我的向导后，紧张的气氛逐渐消散。四天后的星期六下午，这位挺着啤酒肚的男人在与平定警队的冲突中被枪杀。

前总统卢拉、现任总统罗塞夫以及他们所在的劳工党历来深受贫民窟居民的拥护，尤其是在他们推行了持续数年的"加速增长项目"（Programme of Accelerated Growth）之后。在里约，州长卡布拉尔所属的巴西民主运动党（Partido do Movimento Democrático Brasileiro）是劳工党在当地的同盟。贫民窟并没有加入这场撼动里约的大规模示威。这场游行的确表达了对联邦政府和里约州政府腐败和欺骗行为的不满，但那主要是来自"沥青区"的不满。

然而，面对阿马里多的死，就算并非所有贫民窟的居民都会为此走上街头，罗西尼亚也一定会。这对卡布拉尔而言是一个巨大的冲击。当被问道如何解决这个问题时，卡布拉尔试图推卸责任。"我又不是警察，"他告诉那些记者，"我们有公共安全部部长来负责这个问题。你们去问贝尔特拉姆吧！"此时部长正为如何平息罗西尼亚的怒火而备感压力。贝尔特拉姆手中还留有一张底牌，他召见了民事警察奥兰多·扎克内（Orlando Zaccone）。

扎克内是个不同寻常的角色。他是个佛教信徒，但常常会在对话中引用法国哲学家米歇尔·福柯（Michel Foucault）和美国作家麦克·戴维斯（Mike Davis）的话。后者是《布满贫民窟的星球》（*Planet of Slums*）一书的作者，这本书在巴西激进派圈子里颇有影响。扎克内说，戴维斯论证了统治阶级在贫民窟内采取某种形式的军事管制的目的是确保当地居民不会产生政治和革命热情。扎克内还有个博士学位，研究方向是争议巨大的“拒捕致死”（Autos de resistência），即警察在逮捕时因对方有明显抵抗行为而杀人。

这位警探曾和平定警队的领导人艾德松少校共事过。扎克内对罗西尼亚非常了解，没用多久就搞明白发生了什么事。和其他所有的平定警队长官一样，艾德松少校也是一位前 BOPE 指挥官，他将好几名 BOPE 警员纳入了平定警队，而正是这些人成了敲诈团伙的核心人物。他把平定警队打造成了一个民兵组织，贫民窟的每个居民——天然气经销商、摩的司机、电力供应商都要向他们上缴“保护费”。更令人不安的是，交钱的人还包括毒贩们。那场导致阿马里多死亡的调查被称为“武装和平行动”，旨在收缴被藏匿起来的武器而非毒品。罗西尼亚仍在对外售毒。据扎克内所言，艾德松和他的民兵团队还会从中抽取分成。

扎克内的调查导致数十名平定警队警官被捕，最终其中十人被送上法庭接受审判，其中自然包括艾德松·多斯桑托斯少校。他和他的爪牙们已经陆续获罪，面临长期监禁。

除法律问题外，阿马里多事件也证明了平定行动持续下去有多困难。贝尔特拉姆负责的是公共安全，这需要进行大量的组织工作。他抱怨其他部门几乎没有意愿参与到平定行动关键的第二阶段：他们需要提供基础设施服务，并明确表态政府不是只对清空贫民窟的武器感兴趣，还很关心贫民窟居民的福祉。

2014 年的世界杯只是预演，在 2016 年奥运会的筹备阶段，政府将会面临更大的压力。世界杯会在巴西全国各个城市展开，而奥运会只在里约热内卢一地举办。倘若贫民窟再次兴起暴力事件，里约市和州政府绝对无力承受。如果他们想要说服居民开展平定行动是值得的，就绝不能出现第二个“阿马里多”。

罗塞夫政府的支持率一路下滑，不过 2013 年冬季发生的大规模示威活动并没有在一年后的足球盛事期间重演。哪怕在第一场半决赛中巴西以 1∶7 的比分惨败于德国，在体育史上留下了惊人的败局。

尽管蒙受了失败的耻辱，尽管国营企业巴西国家石油公司（Petrobras）的巨型丑闻正在成型，罗塞夫总统还是在 2014 年 10 月拿下了为期四年的连任。

但她所带领的政府正在一步一步陷入窘境。卡多佐和卢拉执政的黄金年代已经过去，经济形势开始下滑。通货膨胀——这个沉睡在巴西境内的巨魔的眼皮似乎开始闪动。随后，巴西国家石油公司规模惊人的腐败丑闻开始发酵。据公诉人估算，贪污金额超过十亿美元，在这个巨型骗局中，这些钱被拿去讨好巴西社会经济中最为臭名昭著的部分：各个政党、建筑业和采掘业。

国民情绪日渐低落，平定警队的管控也日益松懈，特别是在罗西尼亚和阿莱芒这两个最大的贫民窟。兄弟会和红色司令部的残党同警队之间的冲突的次数猛增。

平定行动的代价越来越大，付出的代价不仅是金钱，还有生命。2012 年，5 名平定警员在枪战中死亡，9 人受伤；2013 年 3 人死亡，24 人受伤;而在 2014 年，有 8 人死亡，84 人受伤。受伤的毒贩和平民的数量达到了两位数。

平定行动是城市安全领域最具胆色的行动之一，然而其所需的巨大社会资源仅仅触达了里约 900 多个贫民窟中的 37 个。随着巴西政府面临的危机进一步加深，巴西国家石油公司的巨型丑闻极有可能将塞尔吉奥 · 卡布拉尔和他的继任者路易斯 · 费尔南多·佩佐扫出政坛。没人知道平定行动能否经受住这次挑战。那些同枪支、禁令和贫穷紧密相连的根本问题必然会在未来几年内继续存在。

被逮捕前，安东尼奥，也就是罗西尼亚之王内姆表达了他对贝尔特拉姆和平定行动的支持。然而在这之后，他越发觉得这项政策并没有被贯彻到底，而且包含着严重的风险。身处戒备森严的大坎普监狱，距离巴西、巴拉圭和玻利维亚三国交界处 400 千米左右，安东尼奥仍然心系罗西尼亚和那里的人们。即使运营毒品集团为他带来了诸多限制，内姆仍努力在最困难的时期保持贫民窟的安定。媒体和一些政客时常声称内姆在监狱中继续管理着兄弟会和毒品业务。调查官员起初试图指控他在监狱里远程操控贩毒集团，但他们放弃了，因为找不到任何确凿证据。当我写作这本书时，他的妻子达努碧娅也因为涉嫌参与贩毒而在监狱内服刑。内姆表示自己并不惧怕会在监狱待很久，只要警方允许自己见到孩子们。内姆显然藏了一些钱，毕竟他有七个孩子要供养。但他没有透露这笔钱的具体数目和藏匿地点。

内姆既非完人，也并非魔鬼。他是个机智又聪明的人，如今已年近 40 岁。在我看来，倘若当初受到过良好的教育，他毫无疑问会成为一个成功的商人，而不会像现在这样留下这么多犯罪记录。

艾杜阿尔达·洛佩斯，这个当年因病令父亲身陷毒品交易的小婴儿如今已经出落成了一个活泼聪明的 16 岁少女。她在学校表现优异，也完全理解发生在罗西尼亚人、她的家庭和父母身上的一切。她是他们所有人的骄傲，也是他们对未来的美好愿景。安东尼奥孤零零地待在监狱中，平静地面对着自己的命运："只要孩子们的未来有保障，我会遭遇什么一点都不重要。"

里约热内卢主要警力一览

里约热内卢总共有三支在役警察部队。其中两支是民事警察和军事警察，这两支队伍受里约热内卢州司法系统和政府管辖。第三支是联邦警察，隶属于巴西联邦司法部。

民事警察主要负责调查任何发生在里约州境内的违法案件，它的工作涉及大量情报和证据搜集，同时也有责任处理其他州立执法机关提出的调查要求，比如军事警察。当民警部队的警员搜集和准备好针对某一起可疑案件的证据后，他们会将材料直接转交给公诉部门，公诉部门则会根据情况来决定是否要将此案提交法庭。

民事警察的调查属性并不意味着他们整天坐在办公室里。在法官批准的情况下，他们有权对可能藏有犯罪线索的私有住宅或商业场所进行全面搜查。

民警中也有一支特别作战小队，通常被大家称为 CORE（紧急资源调配组），该小队于 1969 年，在长达 21 年的军事独裁期间成立。这支精英部队用于对抗异常危险的武装冲突。民警部队同时还拥有一个直升机组，在里约各个贫民窟发生骚动或混乱时常常会盘旋在各地的上空。

里约州公共安全部部长同时领导民警和军警两支队伍。

军事警察则是里约州内实际运作的主要警力，主要负责上街巡逻和维护公共秩序。理论上他们属于巴西军队的附属部队，这在该部队的组织架构和内部职位的安排上也有所体现，但事实上军事警察由民事警队控制。

军事警察有权逮捕任何有犯罪嫌疑的平民，但他们需要将针对此案件的调查工作移交给民事警察。两个部门间的恩怨由来已久，而这也被认为是该州警察系统难以作为的主要原因之一。在我写作此书时，时任公共安全部部长贝尔特拉姆将此看作他上任后亟待解决的首要问题。调和两个部门间的矛盾和行动的努力已经取得了一定进展，但仍然有很长的路要走。

里约的军事警察毁誉参半，它对自己作为本国历史最悠久的执法部队这一渊源颇为骄傲，这段历史可以追溯到 19 世纪的皇家警卫时期。而现状却是低廉的薪水使得许多成员易受贿赂和贪腐的诱惑。当地文化中的暴力和肆意杀戮的传统也令该部队和平民，尤其是贫民窟居民间的矛盾进一步激化。2012 年，为了对其成员过度的法外杀戮表示抗议，联合国人权事务委员会要求在巴西境内全面解散军警部队。

而在整个军警部队中争议最大的则是其精英小队 BOPE（巴

西特别警察作战营）所发挥的作用和处理事务的方式，和他们在民事警察中对应的小队一样，这支部队也成型于军事独裁期间。军事警察还因拥有专门的摩托车队、警犬队和防暴队而倍感自豪。

联邦警察局的总部位于巴西利亚，同时听命于联邦政府的法务部。该机构的主要职责是调查跨越巴西境内26个州和一个联邦特区（巴西利亚及其周边地区）的大型犯罪活动。这就意味着贩毒活动是联邦警察局参与调查的一个重要领域。近来，该组织也开始严厉打击大型的政治和经济贪腐案件。

考进联邦警察局要比考进州级警察局难得多，当然薪资也随之水涨船高。联邦警察局扮演着类似美国联邦调查局的角色，其历史可以追溯至19世纪葡萄牙国王和朝臣为了逃避拿破仑在里斯本的追击而逃亡至里约热内卢的时期。其前身是在1944年热图利奥·瓦加斯执政期间所建立的联邦公共安全部。

致谢

假如没有得到这么多人的帮助和支持，我不可能会写出这本书。除此之外，还有几个我希望感谢的人不愿意在此被提及。

首先，我希望能够向安东尼奥·弗朗西斯科·邦芬·洛佩斯，即罗西尼亚的内姆先生表达我最诚挚的感谢。假如没有他的配合，这本书根本不会出现。我必须强调，他允许我对其在监狱内展开长达总计 28 小时的采访，而且几乎没有对所提供给我的任何信息提出审查和管控的要求。所有的采访都有现场速记，而他唯一要求核对的只有直接引用他的话的部分。他没有干涉我为了此书去采访的任何人，而且很清楚我将会前往采访他的朋友、家人、敌人、警察、高级的政府官员和记者。他明确地向我表示，鉴于案件目前还在审理，他有义务保留部分信息。只要一有机会，我都会将安东尼奥对某次事件的描述同我所能查到的文书证据和所能找到的目击证人的证词作交叉对比。

在这个项目初期，安东尼奥的家人也向我展示了他们的热情好客。在此我尤其要感谢 Dona Irene，Vanessa dos Santos Benevides, Antônio Carlos Moreira da Silva, Simone da Silva 和 Eduarda Benevides Lopes。

其他我想要特别感谢的受访者有 Barbara Lomba, Alexandre Estelia 和 Reinaldo Leal，他们的耐心和个人魅力无愧于他们身为警察的身份以及对罗西尼亚和其毒品经济的深刻理解。

Emily Sasson Cohen 在项目初期就介入研究和调查，面对我无穷无尽的要求，她展现出了绝佳的耐心。她的努力对于本书的内容有着巨大的影响，同时她对我而言是不可或缺的支持。

同样的话也可以用来形容 Cecília Ollibeira，她在项目中途加入，向我们展示出了对里约地下犯罪世界和政治文化不可匹敌的熟悉和理解。

Robert Muggah 和 Ilona Carvalho Szabó 给我提供了可口的食物、温暖的住处和最大限度的情感支撑。没有他们的热情帮助，我根本不可能写完这本书。

Pedro Henrique de Cristo 是第一个把我介绍进阿莱芒区和维德加尔的人，他给我上了如何在贫民窟里协商的宝贵一课。我对他表示衷心的感激。

假如我没有学习一些葡萄牙语的话，我觉得自己就不可能有能力去书写任何有关巴西的故事。在我与这门看似难以攻破的语言搏斗时，不得不感谢两个人：在纽约，Patrícia Vitorazzi 面对身为初学者的我表现出了十足的幽默感和耐心，并且一直给予我莫大的帮助；在里约，当我试图掌握令人难以捉摸的虚拟语气时，Ana de Andrada 向我提供了急需的监督和教诲。

除了上述两人的帮助外，我也从两位出色的翻译 Paulo Eduardo 和 Leite Ivan Gouveia 那儿获得了许多引导，同时他们也是我最棒的旅伴。

Ana Pas 几乎负责了我所有采访录音的转译，她在迅速、准确转译的同时还向我提供了大量非常重要的文化指涉和背景。

没有 Gil Alessi 和 Clara Dias 的帮助，这本书一开始就不会存在。是她们打开了这扇门——感谢你们。

我也同样想要感谢我在罗西尼亚认识到的许多人，尤其想要感谢在我混迹于该社区里的那段漫长的时光里，Dona Neusa 和罗西尼亚欧比旅社（Obi of the Rocinha Guest House）对我的盛情款待。

在这种特殊的情境下，大坎普联邦监狱的主管和员工向我提供的帮助可谓业绩标杆，同时我也想要感谢为我安排探监的 Luiz Battaglin。

和 Peter Beverley 教授在牛津大学的会谈对我核查有关朗格汉斯细胞组织细胞增生症方面的有关事宜至关重要。

我同样想要感谢 Katherine Ailes, Iganacio Cano, Paddy Glenny, Emmeline Francis, Beth MacLoughlin, Kai Laufen, Julia Michaels, Felipe Milanez, Thomas Milz, João Moreira Salles, Paula Sandrin, Regine Schönenberg, Tony Smith, Rane Souza, Branca Vianna, Kelly Wachowicz, Richard Wallstein 和 Lee

Weingast 对我所付出的重要协助和珍贵友情。

在写作这本书的过程中，我有幸得到了最优秀的编辑的帮助，在此我希望能够特别向伦敦的 Stuart Williams 和 Bodley 致谢。在纽约 Knopf 出版社工作的 Dan Frank 和在多伦多 Anansi 出版社工作的 Sarah MacLachlan 在本书成书的每一个阶段都对我提出了许多批判性的意见和不遗余力的支持。同样的感谢我也给予纽约的 Michael Carlisle。

我和本书的巴西出版社 Companhia das Letras 之间的关系在这个项目启动以来就一直至关重要，十分感谢 Luiz Schwarcz, Otávio Marques da Costa 和 Flavio Mauro。

作为我的经纪人，Clare Conville 对我的意义则远超这个角色。每当我一次又一次感觉自己没法写完这本书的时候，她总是在那里确保我不会放弃。

更不能不提的是在我为这本书做调研的过程中，我失去了女儿 Sasha。在这样的境况下完成这本书对我来说极度困难，但在这方面我最需要感谢我的家人，尤其是我的儿子 Miljan 和 Callum 以及他们的表亲 Millie Radovic。除此之外，我需要感谢我的妻子 Kirsty 和她最大的支持，她是当我陷入黑暗时的那一束光。